HISTÓRICA

Eve Edwards

La Marquesa

Trad. de Penelope Karen Mekimm

EDICIONES B

México · Barcelona · Bogotá · Buenos Aires · Caracas
Madrid · Montevideo · Miami · Santiago de Chile

Título original: *The Queen's Lady,*
Primera edición en inglés, 2011

La dama de compañía
Primera edición en México, septiembre 2012

D.R. © 2011, Eve Edwards
D.R. © 2011, Publicado por Penguin Books Ltd.
 en Gran Bretaña
D.R. © 2012, Ediciones B México, por la traducción
 Traducción de Penelope Karen Mekimm
D.R. © 2012, Ediciones B México, S. A. de C. V.
 Bradley 52, Anzures DF-11590, México
 www.edicionesb.mx
 editorial@edicionesb.com

ISBN 978 - 607 - 480 - 347 - 1

Impreso en México | *Printed in Mexico*

Todos los derechos reservados. Bajo las sanciones establecidas en las leyes, queda rigurosamente prohibida, sin autorización escrita de los titulares del *copyright,* la reproducción total o parcial de esta obra por cualquier medio o procedimiento, comprendidos la reprografía y el tratamiento informático, así como la distribución de ejemplares mediante alquiler o préstamo público.

Para Lucy Drake

prólogo

1583

La Casa de Rievaulx, Yorkshire

FUE UN TRISTE DESTINO el haberse quedado con sólo tres personas en todo el mundo que la querían. Jane las contó en su mente, mientras descansaba la palma de su mano contra el cristal frío, con su mirada sobre la garita de ladrillos rojos y la carretera llena de baches que se dirigía hacia la llanura. Peor aún, una de ellas era una mujer a la que no podía acercarse pues se había casado con un hombre que Jane despreció de manera abrupta en matrimonio; la segunda estaba lejos de ella, elaborándole un vestuario de luto; la tercera estaba al borde de la muerte en la siguiente habitación.

—¿Jane?

La voz de Jonas era aún más débil que hacía una hora.

Jane se sujetó del marco de la ventana, en busca de la compostura que necesitaba desesperadamente. No soportaría perderlo, pero ambos sabían que no le quedaba otra opción.

—Aquí estoy, Jonas. —Jane dejó de contemplar las colinas desnudas para irse a toda prisa hacia su habitación, con los fondos pesados de su falda susurrando a través del silencio de la enfermería. Las ventanas estaban escondidas tras las pesadas cortinas que dejaban la habitación casi a oscuras. La tristeza del entorno se intensificaba por el tapiz oscuro que cubría las paredes y las cortinas de la cama color rojo oscuro, bordadas con hilo dorado. Eran muy antiguas, pero no había tenido la oportunidad de cambiarlas por algo más alegre. Aún endulzado con el aroma de lavanda y pétalos de rosa, el aire poseía el olor inconfundible de sudor amargo.

Jonas estiró su mano, un nudo frágil de venas azules y nudillos prominentes, como lapas pegadas en una roca en el mar.

—Has sido una niña muy buena, Jane.

Ella no se veía como tal, pero así era él; siempre pensó lo mejor de ella, desde aquella vez que la había rescatado hacía seis meses. Jane parpadeó para evitar el brote de lágrimas, decidida a no le compartirle la carga de su tristeza.

—Jonas, no hables más, no desperdicies tus palabras en mí.

Jonas Paton, marqués de Rievaulx, con su pelo canoso y rizado bajo su gorra de dormir, y la mitad de su rostro congelada, había sufrido un derrame cerebral hacía dos semanas. Si antes su estado de salud fue delicado, ahora su camino hacia la tumba parecía inevitable. Con sus setenta años a cuestas, el marqués estaba contento, ya que consideraba que la vida había sido muy generosa con él. De una sola cosa se arrepentía: de la situación en que dejaba a su esposa tan joven.

—Mis hijos..., abajo se reúnen como cuervos preparándose para darse un festín con mi cadáver —dijo Jonas con preocupación, dirigiéndose hacia el cubrecama de terciopelo. Sus palabras salían distorsionadas por la boca que se negaba a cooperar con su ágil cerebro.

—Ya, tranquilo. —Jane se arrodilló a su lado, acariciándole la mano.

—Es la verdad y tú lo sabes, Jane. Fue poco el cariño que me tuvieron mientras yo vivía, y te tratarán sin piedad una vez que me vaya.

Jane agitó la cabeza contradiciéndole, pero sabía que no era más que la verdad. Sus hijastros odiaban a la niña de diecisiete años que se había casado con su padre; lo consideraban un acto de senilidad por su parte. No entendían que el marqués se hubiera casado con doña Jane Perceval por otro motivo que no fuera rescatarla, más no por amor. Jane había sido exiliada a la residencia familiar en Stafford Grange, en el norte de Yorkshire, como castigo por haber rechazado el matrimonio con un conde; su padre, el conde de Wetherby, la condenó a «pudrirse en las llanura», en sus propias palabras. Ahí tuvo a su hija bajo un régimen de oración y ayuno, además de castigos corporales para que su carne rebelde se doblegara ante su voluntad, tratándola como si fuera una niña. Antes, Jane había estado muy segura de sí misma, cuando era el encanto de los señores de la corte de Elizabeth, pero ahora esa seguridad en ella misma quedaba destrozada, junto con su capacidad de valorarse a sí misma. Su padre la había considerado como un error costoso, y ella misma también llegó a creerlo. Mientras que su hermano, Henry, florecía dentro de la corte, y el hombre que una vez fue su amante, Walter Ralegh, reinaba como el preferido de la reina, ella se estancaba dentro de una cárcel rústica.

Por lo menos así fue hasta que llegó Jonas Paton a Stafford Grange de visita para la cacería. Había tenido esperanzas de llevarse a unos ciervos; sin embargo, se fue con una presa totalmente diferente. Era un hombre muy astuto con inclinaciones muy católicas, y desde luego, el marqués reconoció la realidad de la situación de Jane, que tenía una condena sin esperanza de un juicio justo ni tampoco del perdón paternal. Sintió lástima por la niña y la salvó con la oferta de un matrimonio, la única llave que abriría la puerta de su prisión. El acuerdo había resultado bueno para ambas partes: él se consiguió una joven amiga para iluminar sus últimos días, y ella un compañero sabio. Durante los últimos seis meses, Jonas había sido como un padre para ella, más padre que su verdadero progenitor. Ni siquiera contemplarón la idea de compartir la misma cama —él no deseaba más descendencia, ya que tenía una nidada de hijos que ya esperaban pelear su herencia— pero no cabía duda de que su tierna consideración la había hecho sentirse muy querida.

—Ah, Jane, quedará poco dinero después de la resolución, mis hijos pelearán hasta tu dote, ya que saben que nuestra unión no fue consumada —dijo Jonas en voz baja—. Sin embargo, ya aseguré tu dote, te hará falta, más adelante.

—No quiero dinero. —Jane frunció su boca, acordándose con disgusto de sus propios pensamientos egoístas hacía apenas un año, cuando había contemplado el matrimonio con un hombre de la nobleza muy enfermo, que la dejaría como una viuda adinerada, capaz de cumplir sus propios deseos. Ahora que su deseo estaba por cumplirse, se maldijo a sí misma por permitir que el destino la castigara de esta forma, dándole lo que había querido.

—Lo llegarás a necesitar, mi pajarita. Y esta vez, estará bajo tu mando no del de tu padre. Me hice esa promesa el día de nuestra boda. Quedará bajo fideicomiso, mis abogados, Baines y Rochester, serán tus tutores hasta que cumplas veinticinco años, pero les queda claro que tienes el criterio suficiente para manejar tus propios asuntos.

—Jonas...

—No, Jane, es preciso que hablemos de esto. Cuando yo me muera, tienes que huir de aquí. No estarás a salvo de mis hijos. Con mi título y tu belleza, tienes asegurada la bienvenida en la corte. Ya hablé con una mujer de confianza, Blanche Parry, ¿te acuerdas que la mencioné? Te podrá conseguir una buena posición dentro de la casa de la reina, una vez que haya terminado tu luto.

Jane se inclinó y descansó la frente contra la mano de Jonas, intentando ahogar su llanto.

—Ya ves, te liberamos, ¿verdad que sí? —Jonas acarició una mecha de su pesado cabello de color rubio oscuro que se había escapado de su tocado, entrelazándola con su dedo antes de soltarla—. Es hora de volar. Me da gusto pensar que puedas estar así... feliz.

Ella besó sus dedos.

—Jonas, eres el mejor hombre que jamás he conocido.

—Mi niña, creo... —susurró, con una voz menos fuerte—, que ya es hora para que traigas al sacerdote... y a mis hijos. Deseo despedirme de ellos mientras pueda. Los haré jurar cuidarte... aunque tenga pocas esperanzas de que cumplan con su palabra.

Jane se sentó más recta, acordándose de los muchos deberes que le correspondían como la titular de la casa de un marqués.

—Los traeré. Y... y si te molestan, les daré de golpes, ¡ya verás!

Su determinación a defender su paz hizo que Jonas sonriera, como ella había esperado.

—No estés mucho tiempo de luto por mí, Jane. No valgo tantas lágrimas. Tuve que hacer muchas cosas en esta vida de las que luego me arrepentí, tuve que tomar algunas decisiones terribles... para sobrevivir. Ruega por mi alma. Ahora, trae al padre Newton.

—Desde luego. —Jane rozó su frente con el último beso, y se fue a reunir a la familia.

Los países bajos españoles, cerca de Dunkirk

Un viento amargo llegaba desde el Canal de la Mancha, arrasando con el humo que aún nacía de la aldea quemada, como un trapo mojado sobre la pizarra de un alumno. Las siluetas negras de la taberna, las casas y los establos hacían un fuerte contraste contra el lago, duro por la escarcha, donde alguna vez los niños habrían jugado con sus patines. James Lacey se arrodilló al lado de una niña, y le tapó la cara con su mandil. Sus manos temblaban al ver el mensaje bordado sobre el bolsillo... la bendición de una madre para su hija. Mucho bien le había hecho. Las tropas de Felipe de España, bajo el mando del duque de Palma, habían destrozado esta aldea sin nombre como venganza sin sentido por un ataque de los guerreros holandeses del duque de Anjou. Los lugareños los llamaban la «Furia Española». James lo llamaba una masacre de inocentes.

No era la primera vez que veía una barbaridad, ni sería la última, mientras durara esta guerra tan horrorosa, pero ésta en particular por fin había acabado con algo dentro de él: la fe en la posibilidad de que una campaña militar pudiera ser algo honorable.

—¿Mi señor? —Se acercó su criado, un moro que guiaba dos caballos. Era difícil distinguirlos en la oscuridad, por el metal deslustrado de sus arneses, y el sayal que envolvía sus cascos—. Debemos irnos, señor, de un momento a otro podrán volver.

—Por el amor de Dios, Diego, ¿acaso no podemos enterrar a los niños, por lo menos?

James no tenía esperanzas de recibir una respuesta a su pregunta; ambos sabían que les quedaba poco tiempo para terminar con esta misión de espionaje detrás de las líneas del enemigo. Llevaba consigo información que tenía que llegar a Anjou y sus consejeros militares ingleses.

Diego agachó la cabeza.

—Sí, lo sé. Pero, ¿por qué? —James dirigió la última pregunta hacia el cielo vacío. Como respuesta, sólo recibió una pluma de nieve que se pegó a sus pestañas como una lágrima congelada. Dios le había endurecido el corazón en contra de su propio pueblo, dejándolo sufrir el doble-flagelo de las tropas que arrasaban con todo y la inquisición cruel por parte de su cacique, el rey Felipe de España. Viendo el sufrimiento de los protestantes holandeses en los países bajos, y la posesión de los españoles de Dunkirk y Nieupoort, que les serviría como puente hacia Inglaterra, si se decidian a invadir, a James le parecía que Dios se había convertido en católico, y que tenía la intención de doblegar al país de Elizabeth.

—Vamos, mi señor. —Diego le extendió la mano.

James tomó la palma fuerte del moro y se puso de pie. Apenas un año menor que él, Diego parecía tener mejor capacidad para soportar estas imágenes tan traumatizantes que su amo. James se mareó; el cadáver hundía a su espíritu como un ancla.

Inhaló profundamente, tratando de resistir una ola de náusea.

—¿Tienes los informes?

Con unos golpecitos en la bolsa de piel que traía en el pecho, Diego los señaló.

—Están seguros, mi señor.

—Entonces, sigamos en marcha. —James se subió a su caballo negro y lo dirigió hacia la carretera desnuda. Los espías de Su Majestad se refugiaron en el campo silvestre para evitar a las patrullas españolas, hasta desaparecer por completo dentro del bosque.

uno

1584

El Palacio de Richmond, Surrey

—Mira, cuando la reina se despierta, nunca está de buen humor —le dijó Blanche Parry, mientras guiaba a la nueva dama de compañia del retrete de Su Majestad hacia las habitaciones privadas de la reina. Elizabeth se había ido de caza al parque del Palacio de Richmond, por lo que tenían el campo libre para que la orientaran en sus deberes. Toda la corte se había ido tras la soberana como un tren que se arrastra de sus faldas, barriendo la nieve con un enorme tapiz de terciopelo lujoso y sombreros emplumados, todos montando caballos de primera, un desfile para el deleite de los plebeyos que tuvieran la suerte suficiente para verlos pasar.

—Es posible que le pidan a usted dormir cerca, para estar al pendiente de los mensajes. Yo, o alguna de las demás damas de la habitación, estaremos dormidas adentro —Blanche señaló la cama tapizada en la siguiente habitación. Las cortinas de color rojo manzana estaban bordadas con flores: pensamientos, rosas y amaranto.

La viuda marquesa de Rievaulx, el nuevo título de Jane, sonrió mientras miraba a su acompañante anciana y encorvada quien le guiaría durante sus primeros días como dama de compañía. Doña Parry había servido a Elizabeth de manera fiel desde antes de su coronación; ahora con sus setenta y seis años, parecía que merecía mejor cama que su lugar a los pies de la reina. No obstante, quizá esta criada fiel en verdad lo consideraba el mejor lugar en todo el reinado.

—Esperaré sus órdenes, mi señora.

Blanche le devolvió la sonrisa a la joven viuda, agitando su dedo.

—Ya sé lo que está usted pensando, milady.

—¿Eh?

—Que alguien tan anciana y medio ciega como yo ya se hubiera jubilado hace años.

—No, mi señora, para nada. Pero la verdad es que sí, pensé algo parecido.

—Todas las jóvenes piensan así. Siempre tratan de sentarme en el asiento más cercano a la fogata y me sirven papillas como si ya estuviera inválida. Pero como ya le dije a Su Majestad, esta vieja yegua de batalla le ha servido durante cincuenta años y piensa morirse con el arnés bien puesto.

Jane reflexionó en que el hecho de haber sobrevivido al reinado de cuatro de los Tudor, tan cerca del centro de poder, se aproximaba a un verdadero milagro, y no se merecía el mal pago de un trato despectivo por parte de jóvenes ingenuas. Jane tocó suavemente el brazo de la dama.

—Si le preparo una papilla, le doy permiso a que me la tire sobre la cabeza. —Le dijo Jane bromeando.

La jefa de las damas de compañía se dejó apoderar por la risa y tocó el dorso de la mano de Jane que descansaba sobre su codo.

—Lo tomaré en cuenta, milady. Venga, la llevaré con el mayordomo para que le busque una habitación. Quizá tenga que compartir con una o dos más, dependiendo de cuántas estén presentes en la corte. Siempre les digo a las damas de la nobleza que estarían mucho más cómodas con sus familias, sin embargo todas siguen rogando por el honor de servir a su soberana, y eso habla muy bien de ustedes.

—Gracias, pero no merezco tanto halago. Para mí es un orgullo servir a la reina, pero tengo que confesarle que entré a la corte porque mi finado esposo el marqués así me lo pidió.

—Ay, sí, querido Jonas. —Los ojos de la dama pasaron con astucia sobre el semblante de la bonita viuda, notando que aún traía sus ropas de luto a pesar de que ya hacía tiempo se le había terminado—. Veo que su luto es sincero.

Jane torció la pesada sortija de matrimonio de los Rievaulx. El hijo mayor de Jonas, Richard Paton, la había tratado de reclamar para su propia esposa y a Jane le dió mucho gusto negárselo. El trato de los hijos, como se había esperado, fue cruel desde el momento de colocar a Jonas dentro de la cripta familiar. Jane sabía que muchos —si no todos— en la corte creían que se había casado con Jonas por motivos de interés; la astucia de Blanche le causó tanta sorpresa como alivio.

—Sí, lo extraño. Era un esposo bondadoso y sabio. El tiempo que lo tuve fue demasiado corto.

—Me da mucho gusto haber encontrado un lugar aquí para su viuda, aunque sea muy poco en comparación con la generosidad que siempre me mostró. Y eso me recuerda: cuando reciba regalos por parte de los que buscan una audiencia con la reina, es apropiado que nos lo hagas saber a mí o a alguna de las demás damas superiores. Existe una distinción muy fina entre un regalo y un soborno, pero nosotras podemos ayudarle a entender la distinción.

Y así seguían las instrucciones hasta que Jane casi se mareaba con tanta información. Después de pasar los cuatro meses desde la muerte de Jonas a solas en Yorkshire, la inundación de gente, ruidos y movimientos que caracterizaban la vida de la corte la dejaban exhausta. Jonas se había marchado de manera tranquila, y durante un tiempo sus hijos la dejadoron en paz. Pero al llegar el momento en que los abogados tuvieron que pelear sus derechos de viuda, la empezaron a amenazar, expulsándola de la casa de Rievaulx y negándose a dejarle a los inquilinos de las propiedades de dote que eran suyas por derecho durante el resto de su vida. Sin ningún deseo de estar de nuevo bajo el mando de su padre, Jane había agradecido la previsión que llevó a Jonas a arreglar un lugar en la corte para su viuda.

A paso lento, Blanche llevó a Jane hacia las habitaciones del mayordomo, cerca de las de la reina.

—¿Y qué más tenía que decirte? —Dijo la anciana ya en confianza—. Ah, sí. Por supuesto, tienes derecho a alojamiento, alimento, luz y leña para tu fogata, si tu habitación cuenta con una parrilla. También son tuyas dos libreas te daré la tela necesaria; más vale que te dirijas con un sastre lo antes posible, ya que a la reina le gusta que sus damas de compañía estemos vestidas adecuadamente, para destacar mejor su imagen. Nosotros somos el engarce; ella es la joya... nunca lo olvides.

—No, mi señora. Entonces, ¿puedo pedirle permiso para ir con una costurera esta tarde?

—¿Tienes una propia? ¿No te conformas con uno de los sirvientes de la corte? —Al parecer, Blanche tenía poca paciencia con las damas adineradas y su costumbre de despreciar un servicio que a todos les servía, creyéndose superiores.

—Soy la madrina de una mujer digna, mi señora, era una gran amiga antes de que su padre perdiera su fortuna. Ella depende de mi patrocinio. No quisiera arruinar su negocio dejando de utilizar sus servicios.

—Eres bondadosa además de bella —dijo Blanche entre carcajadas, ya restaurada su buena impresión de la joven marquesa—. Estoy segura que te podrán dar permiso. No te toca tu juramento en la alcoba hasta mañana, entonces la reina no te buscará el día de hoy.

Jane tomó un barco que la llevó por el río desde Richmond hasta Londres, acompañada por su criada y dos lacayos. El río Támesis, de un color frío como pizarra, fluía rápidamente con la salida de la marea, dejando riberas desnudas llenas de lodo. Siendo que Jane era marquesa, si quisiera hubiera podido mandar a traer a Milly Porter hasta la corte, sin embargo, Jane sentía la necesidad y comodidad del taller de su costurera. Ahí sabía que sería bien recibida, con la posibilidad de un comadreo animado sin temor a las interrupciones.

Mientras se acercaban a Westminster, Jane notó que los dos remeros se le quedaban viendo de manera descarada. Jane lanzó una mirada breve hacia el mayor de sus lacayos y él de inmediato les dirigió unas palabras de reproche para exigir más respeto para su señora. Bajaron enseguida la vista.

Por supuesto, era preciso que los plebeyos se quedaran en su lugar, pero también existían límites. Jane nunca se había sentido cómoda mandando a su vieja amiga a pesar de que ahora era costurera. Antes de que el padre de Milly se hubiera involucrado en el complot en contra de la reina hacía cinco años, había estado al servicio de Robert Dudley, conde de Leicester, como su jefe de sargentos armados, y su única hija había recibido el trato de una noble. Ya que ambas familias vivían cerca y las niñas tenían la misma edad, Jane y la joven Milly Porter compartieron un tutor. Pero entonces, la suerte de los Porter se acabó. Por el crimen de pasar informes a los enemigos católicos de Su Majestad sobre los sucesos dentro de la casa de Leicester, a Silas Porter le quitaron su rango y sus riquezas y lo habían mandado a la Torre; mientras que Milly se quedó sin nada y ya no era bienvenida en la casa de Leicester. Siempre leal a su amiga que no tenía culpa, Jane se mantenía enterada de la situación de Milly, yendo de casa en casa con sus parientes lejanos. Una vez que Jane había tomado el control de su propia fortuna al casarse, le dió un gran gusto ayudar a Milly a poner su gran taller de bordados y confección para liberarla de la humillación de vivir como la pariente pobre caída en desgracia. Aunque el sistema de gremios era demasiado estricto para permitir que una mujer ejerciera la profesión de sastre, Milly había encontrado su lugar haciendo acabados sobre el trabajo de los sastres por su destreza en las artes femeninas de bordado y encajes.

Llegando a su destino, Jane cruzó la ribera lodosa expuesta por la salida de la marea por una serie de tablas. Tomando una carretela al taller, se evitó la molestia de caminar las calles sucias de la capital. Su criada y los lacayos no tenían la misma suerte, ya que tuvieron que tomar su camino como pudieron entre las heces de los caballos y la basura que se pudría en las alcantarillas. Desde la carretela, Jane miró hacia arriba, hasta la torre de la catedral de San Pablo; dominaba el horizonte de la ciudad, estirándose hacia arriba como el castillo de un gigante de los cuentos que había escuchado durante sus lecciones. Había pasado tiempos felices con Milly actuando las historias. Le causó un poco de pena recordar que ella siempre había insistido en ser la princesa, y que Milly se tenía que conformar con el papel de algún héroe o villano pero de todos modos no se molestaba; todo eso se terminó cuando la vida las llevó por rumbos distintos: Jane hacia arriba y Milly hacia abajo.

La carretela se paró afuera del taller en la calle Silver que quedaba justo al norte de Cheapside. Sin haber tenido la oportunidad de visitarla, Jane se alegró al ver que era una propiedad muy hermosa con un mirador y un cuarto superior que se estiraba hasta casi tocar la casa de enfrente. En la ventana estaban colgados unos ejemplares del trabajo de Milly, lino de la mejor calidad elaborado minuciosamente con bordados rojos, sedas enjoyadas de flores y terciopelo negro como la noche regados con bordados dorados. Una gorguera preciosa con encaje en sus orillas, casi tan esmerada como la gorguera de la misma reina, ocupaba el lugar de honor sobre un cojín rojo de satén, para señalar que este era un establecimiento para la gente más elegante, fueran los integrantes de la corte o las mujeres adineradas de la ciudad que seguían la misma moda.

—Bien hecho, Milly —mumuró Jane, con el gusto de ver el provecho que su amiga había sacado de este lugar de primera. Jane tomó la mano de su lacayo, quien la ayudó a bajarse de la carretela. El otro ya le estaba abriendo la puerta, asistiéndola a pasar a la tranquilidad de la tienda por enfrente del vigilante que guardaba la entrada, alejándola del caos peligroso de la calle.

Una joven sirvienta la esperaba adentro y se agachó para hacerle una reverencia.

—Milady, ¿en qué le podemos servir?

La mirada de Jane aún daba vueltas por la habitación, disfrutando al ver las señales de que el negocio iba bien: los pedidos envueltos sobre la mesa esperando a ser enviados, la clienta que examinaba botones dentro del estuche de niveles.

—Dile a tu señora que ha llegado la marquesa de Rievaulx —respondió su lacayo por ella.

A los pocos segundos de haber subido la sirvienta a la planta alta con la noticia, se escuchó un grito de alegría. Jane se hubiera puesto a reír si no tuviera que tomar en cuenta su dignidad ante los ojos ajenos. Su presencia ya había atraído la atención de unas amas de casa que se le quedaban viendo desde la banqueta afuera; sus miradas se fijaron en su doblete fino de bronce y la falda de satén rayada con listón negro, sumando el precio de cada metro de hilo dorado hasta las cuentas de ámbar. Fingiendo ignorancia ante el interés que provocaba, Jane dio una vuelta lenta, con la esperanza de que se animaran a volver después para hacer sus pedidos para un trabajo fino.

Su atención volvió en un instante hacia las escaleras cuando Milly, con sus ojos brillantes, bajó corriendo por el pasillo angosto y se lanzó hacia Jane donde la esperaba al otro lado de la habitación, con las manos estiradas como si se estuvieran volviendo a ver después de unas vacaciones largas separadas. Milly se acordó de sus modales justo antes de chocar contra su amiga y se inclinó para hacerle una reverencia.

—Milady —dijo agitadamente. Con menos de cinco pies de estatura, Milly era mucho más baja que Jane, además de ser delgada. Siempre bromeaba que para sus vestidos sólo necesitaba la mitad de la tela que utilizaba el sastre para los vestidos de Jane, que tenía el cuerpo más lleno, y decía que era una medida económica por las carencias que vivía.

Consciente de la necesidad de guardar las apariencias ante los demás, Jane inclinó su cabeza de manera real.

—Señora Porter. Deseo encargar a su sastre dos libreas, con acabados suyos, por supuesto.

—¿Son para sus sirvientes? —preguntó Milly, lanzándoles una mirada a los apuestos lacayos.

Pero claro que sí, a su amiga le gustaría tener una oportunidad con dos especímenes tan finos por las medidas de sus entrepiernas, pensó Jane con una sonrisa.

—No, son para mí. Voy a entrar al servicio de la reina.

Milly volvió a gritar — y entonces se tapó la boca con su mano. A Jane casi se le olvidaba su propia compostura, se le había olvidado esa tendencia de Milly de siempre gritar y vociferar en los momentos más inadecuados, metiéndolas a ambas en líos.

—Es usted afortunada, milady, por estar en la corte con la reina, ¡y tantos caballeros tan finos!

—Así es. —Jane se mordió la mejilla por dentro para evitar que se escapara la carcajada que quería brotar—. Aquí tengo la tela. —Con un gesto, señaló a su criada que entregara el rollo de satén blanco envuelto en un fondo de lienzo para protegerlo.

—¿Me permitirá tomar sus medidas, milady? —Milly señaló las escaleras.

—Por supuesto. —Jane se encaminó hacia la habitación privada en la planta alta—. Espérenme abajo —ordenó a sus acompañantes.

Una vez que estuvieron escondidas en la planta alta, Jane abandonó sus modales fríos de marquesa y se sentó en una silla al lado de la ventana, entregándose a la risa. Milly la acompañó, recargándose contra el marco.

—Ay, milady, ¡qué gusto volverla a ver! —exclamó Milly, con su rostro lleno de emoción.

—Ya basta con eso de «milady», Milly. Entre nosotras, cuando estamos a solas, insisto que me sigas diciéndome Jane.

—¿Pero vani-vanidosa no? —bromeó Milly, recordándole su antiguo apodo en la escuela.

—Solamente si quieres que te diga la tontina. —Jane cruzó sus dedos y los descansó sobre la faja de su vestido, relajándose en su silla lo más que podía con su vestuario armado.

—Creo que mejor no aceptaré ese honor. —Milly se sentó sobre un taburete—. Bueno, Jane, ¿algún cambio de medidas desde que te hice las ropas de luto? El señor Rich aún tiene los moldes que utilizó.

—Ninguno.

—Excelente, entonces tenemos mucho tiempo para charlar. Cuéntame todo. —Con sus manos hizo un gesto animado de emoción.

La sonrisa de Jane se oscureció.

—Ya casi lo sabes todo.

Milly se tranquilizó y abrazó sus rodillas.

—Se nota que lo extrañas mucho.

—Más de lo que hubiera imaginado —dijo Jane con un suspiro—. Me ayudó a componerme después del desastre con el conde de Dorset.

—Y ni hablemos de que una parte de tu rechazo al conde fue porque estabas enamoradísima de su hermano menor —dijo Milly con astucia.

Jane hizo un gesto: esto era lo malo de tener una buena amiga: no se olvidaban de lo que les confiabas, aun cuando quisieras que sí. Mientras estaba encarcelada en la residencia familiar, se había desahogado sobre el fracaso de su compromiso carta tras carta con Milly, con lujo de detalle. James, el hermano encantador y gracioso del conde, representaba para ella todo lo que había amado y perdido y escribió demasiadas cartas para narrar la fascinación que sentía por él.

—Bueno, James Lacey jamás iba a ser para mí, ¿verdad? Rechacé a su hermano de manera muy cruel— o al menos así lo tomó el resto de la familia.

—¿Y eso a pesar de que lo hiciste por doña Ellie?

—No lo saben ni James ni el conde. Tenía esperanzas de que la condesa lo adivinara, pero no nos hemos visto desde que ella se casó con él.

De manera pensativa, Milly sacudió un poco de lodo del dobladillo de las faldas de su amiga.

—Entonces, ¿doña Ellie no sabe lo que hiciste por ella? No la conozco, pero de todo lo que me has contado, parece que es buena persona. ¿Por qué no le escribes?

Jane alzó los hombros.

—En un principio era demasiado incómodo. Luego, ya pasó mucho tiempo.

—Pero es seguro que ahora los veas en la corte, ¿o no? ¿Así no tendrían la oportunidad de restablecer su amistad?

—Quizá, pero los Dorset no son adinerados, no les alcanzará para asistir de manera frecuente. Es posible que pasen varios años antes de que la vea. —Jane lamentaba la pérdida de su amistad con Ellie casi al mismo grado de haber dejado de ver a James—. Pero bueno, son historias muy tristes para un día como hoy. Mejor ni hablemos de mí, ya te lo escribí todo, sobre mis hijastros horrendos, los meses tristes que pasé después de la muerte de Jonas... ya lo conoces todo y es poco agradable. Mejor cuéntame de ti. ¿Cómo va el negocio?

Milly la miró con satisfacción en su rostro.

—Bueno, como mi principal inversionista, tengo que informarte que me va bien, gracias a tu patrocinio y a las clientas que me has mandado. Tengo a dos muchachas en el taller y a Henny para cuidar a las clientas, entonces ya soy toda una mujer de negocios. Y tengo al viejo Uriah para defender la entrada, bajo la insistencia de tu finado esposo.

Milly le dio una sonrisa a su amiga; parecía muy joven para tener tantas responsabilidades. Su rostro era dulce en lugar de hermoso, en el sentido tradicional, con ojos de color avellana y cabello sedoso y rojizo, aunque por el corte modesto que usaba no lo lucía. Jane no tenía dudas de que hubiera atraído a una gran cantidad de admiradores entre los antiguos vecinos y hubiera tenido buenas posibilidades de un matrimonio.

—¿Y tus patrones los sastres? ¿Sí te respetan? Jonas se preocupaba porque te dieran buenos términos de trabajo, siendo primeriza...

—Mujer —terminó Milly—. Es cierto que no ha sido fácil. La mayoría no pueden decidir entre coquetear conmigo y descartarme como relleno sin sustancia.

—¡Malditos! —Jane se rió.

—Afortunadamente, una de mis trabajadoras es hija de un tapicero mercantil. Él me ayuda cuando necesito que un hombre hable por mí o me encuentro en problemas con la Compañía de Sastres. Hago la mayor parte de mi trabajo con mi vecino, el señor Rich, y según él está a gusto con nuestra colaboración.

—Y ni hablar de que es un hombre sin ganas de coquetear... o por lo menos, no con personas de nuestro sexo.

—¡*Shhh*! Sé que en la corte ponen poca importancia en cosas así, pero por aquí es preciso que no lo menciones. Es muy lindo y no quisiera meterlo en problemas. ¿Pero qué decía? Ah, sí: el empresario del marqués: él se encarga del contrato sobre la propiedad, entonces me deja pocas preocupaciones por ese lado. Hasta diría que la mayoría de los sastres en Cheapside están satisfechos con mis servicios de acabados, y más porque les mando nueva clientela.

Jane sintió un alivio al escuchar la noticia. Casi era imposible que una mujer se estableciera en un negocio; la protección del marqués había sido el factor que lo había hecho posible para Milly, y Jane se había preocupado de que su muerte no le afectara mucho. Pero todavía no estaban fuera de peligro.

—Espero que el señor Rochester siga las instrucciones de Jonas al pie de la letra. Es posible que mi hijastro, el nuevo marqués, no tome en cuenta este detallito dentro de los bienes de los Rievaulx, pero si supiera que eres mi amiga, nos daría problemas por el simple gusto de causarme pena.

Con un gesto de la mano, Milly hizo a un lado el asunto.

—Diariamente doy gracias por mis bendiciones y trato de no preocuparme por el mañana.

—¿Y tu padre?

Milly suspiró.

—Gracias a Dios que las cosas han mejorado un poco. Lo soltaron bajo la condición de servir en la campaña en los Países Bajos como consejero para el duque de Anjou. Si se comprueba su lealtad, es posible que lo liberen de su exilio.

—¿Lo viste antes de que se fuera?

Milly agitó la cabeza.

—No, resultó que estaba fuera de la ciudad para atender un encargo de doña Norton cuando lo mandaron. Decidieron que lo necesitaban después de la caída de Dunkirk. Ese desastre fue una bendición porque ahora se requiere de los militares hasta bajo las nubes. Dicen que la guerra llegó a su crisis y que están aniquilando a los pobres holandeses.

A pesar de la insensatez de haberse dejado convencer de cometer una traición que por poco le había costado la cabeza, el padre soldado de Milly siempre le había caído bien a Jane.

—Quisiera que a mi propio padre lo exiliaran y al tuyo lo regresaran.

—¿Te ha vuelto a molestar desde la muerte de tu esposo?

Jane rozó los dedos contra las cuentas de ámbar de su doblete, era un tic nervioso que no encontraba la manera de dejar.

—No, pero solamente es cosa de tiempo. Me buscará, o para utilizarme o para recordarme mis fallas. No puede resistir la oportunidad de hacer menos a alguien.

Milly levantó un armado de su canasta de trabajo y ensartó una aguja. A Jane le agradaba que se hubiera olvidado del nuevo rango elevado de su amiga y que se portara como siempre lo había hecho para compartir el comadreo de forma íntima.

—Mi querida Jane, me parece que deberías volverte a casar. Búscate un caballero fuerte para protegerte de tu familia, pero esta vez que no sea un viejo paternal, sino un amante joven y lujurioso.

En vano, Jane trató de descartar la imagen de James cuando lo vio por última vez. Una figura intimidante con su doblete favorito de color azul y sus medias, sus ojos oscuros y cabello castaño, encantador y hábil sin esfuerzo. Si bien, también se acordaba de la atracción que había sentido en un principio por la apariencia apuesta de Ralegh, y con él no había llegado a nada bueno.

—Tengo poca confianza en mi criterio sobre los asuntos del amor —confesó—. El único amante que tuve me causó una gran decepción.

Milly perforó la tela con su aguja, frunciendo el ceño.

—Bueno, digamos que a pesar de que el señor Walter Ralegh es un hombre de apariencia fina, no tiene corazón. Te mereces algo mucho, mucho mejor, y como dicen, el que se quema con leche, ve una vaca y llora.

—Es decir, ¿crees que aprendí de mi error?

—*Mhjum* —dijo Milly con su boca llena de agujas para fijar el armado en el cuello de un vestido.

—Y tú, ¿qué tal? —dijo Jane con curiosidad, inclinándose hacia su amiga—. ¿Quién quiere cortejar a esta costurera tan nueva y bonita?

Milly se sonrió e insertó la última de las agujas.

—Quizá.

—Ay, no seas evasiva. ¡Cuéntame!

—Bueno, está el carnicero, el panadero y el velero…

Jane se recargó en su silla, apoderada por la risa.

—¡Qué mala eres! ¡Creí que hablabas en serio!

Milly hizo un gesto.

—Quizá así sea, ya que lamento decirte que nadie hace que mi corazón se acelere.

Jane dio un vistazo por la ventana. En el mes de febrero anochecía temprano y tendría que irse para poder llegar a sus habitaciones a una hora decente.

—Y hasta ahora, los buenos caballeros de la corte tampoco me han inspirado mucho. Somos un par de desgraciadas, ¿no es así?

—Los hombres tienen la culpa: o tienen todo por fuera sin nada por dentro, o todo por dentro sin nada por fuera. —Milly sacudió el encaje de manera que sugería que había tenido un encuentro que la había dejado decepcionada.

La risa hizo resoplar a Jane.

—Querida amiga, eres muy vulgar.

—Querida marquesa, tiene mucha razón.

Desde donde estaba, parada en la ventana, Milly observaba mientras la carretela se llevaba a Jane hasta la esquina, donde dio la vuelta y salió de la vista. Con un suspiro volvió a sentarse en su silla, jugando con el brazalete de cuentas que siempre llevaba, un compañero de sus pensamientos y de sus recuerdos. Se sentía muy feliz por Jane porque se merecía la oportunidad de encontrar su felicidad en la corte, libre de su familia tan ambiciosa. La verdad era que Jane le caía aún mejor ahora que cuando habían estado juntas en el aula. Con sus diez años, Jane tenía rasgos del carácter duro de su padre y además una buena dosis de vanidad por su belleza; los eventos de los últimos años —su desprecio por Ralegh y la desgracia que había sufrido por sus elecciones— habían servido para ablandar su armadura y agregar una pequeña dosis de humildad que le quedaba muy bien. Milly se sentía halagada por el hecho de que una marquesa y dama de compañía de la reina aún quisiera ser su amiga; de hecho, parecía que ansiaba más que nunca retenerla. Quizá era el resultado de haber perdido a Jonas, y darse cuenta de lo sola que estaría en este mundo sin amigos a su alrededor.

—¡Hola, hola, Milly! —gritó una voz de la calle, interrumpiendo su reflexión.

—¡Señor Turner! —Milly vio que el actor venía desde el teatro que quedaba al norte de la ciudad, con una capa escarlata tan fuerte como el toque de una trompeta.

—¿Cómo está la flor más bella de Cheapside? —Christopher Turner se detuvo bajo su ventana y se quitó el sombrero con una reverencia extravagante.

Milly se rió.

—Estoy bien, señor. ¿Viene usted por el vestuario del rey?

Christopher se tapó el pecho con la mano.

—Dama, usted me hiere. Vine a contemplar la imagen de la fina Perséfone en su marco de la ventana, la dama de la aguja, la que trae la primavera tempranamente a nuestra ciudad tan triste.

—Pase usted, truhán. Ya sé que sólo viene por el vestuario de su señor.

Quejándose de manera teatral como si tuviera una herida mortal, Christopher tambaleó hasta la puerta, donde repitió el espectáculo para Henny. Milly tomó su tiempo al bajar para permitir que Henny se divirtiera, sin ofenderse por el hecho de que el actor consideraba a cada muchacha una Penélope, una Helena de Troya o una Venus. Él tenía la misma capacidad para controlar sus declaraciones poéticas que la mujer de la marea de dejar de subir y bajar.

—Entonces, mi abejita de miel, ¿me hizo los re-acabados a la capa como se pidió? —preguntó Christopher cuando por fin bajó a la tienda. Tenía una personalidad vibrante, con sus dos metros de estatura y su mata de cabello negro y rizado, y llenaba la habitación como si fuera su escenario. Pero mientras Milly sentía demasiada ternura por Christopher, sabía que darle su cariño sería igual que desperdiciarlo, ya que muchas muchachas habían seguido ese camino para encontrar un corazón roto al final.

Le respondió con halagos semejantes.

—Pero por supuesto que sí, mi gallo cantor, mi luciérnaga, hice lo mejor que pude. —Milly tomó el bulto del mostrador y lo sacudió para enseñarle los nuevos bordados dorados y el collar de peluche—. Restauré los cierres para que luzcan casi igual que cuando el primer dueño la llevaba en la corte.

—Ay, qué lástima, quién podrá cantar el cuento triste de la capa que una vez se perchaba sobe los hombros de mi señor Leicester, de manera muy favorable para la soberana, y que ahora soporta las burlas de la gente. —Christopher hizo una pose trágica, cargando la capa en sus brazos como si fuera un héroe al borde de la muerte.

—Si alguien tuviera que contarlo, pienso que debería ser usted.

Christopher le devolvió la prenda.

—Sí, sé muy bien sobre el rechazo de la nobleza.

Milly sintió vergüenza por la falta accidental; hizo el comentario sin intenciones de ofender, pero él lo había interpretado como una crítica sobre su situación de nacimiento. Era un secreto abierto entre los amigos de Christopher que era el hijo ilegítimo del conde de Dorset y su amante, Judith Turner; el hijo bastardo que durante la vida del conde había recibido apoyo incierto y después de su muerte fue abandonado por la familia. Entonces era el medio hermano del mismo James que Jane tanto amaba, algo que Milly no había querido revelar a ninguno de sus dos amigos, ya que un mundo entero los separaba.

Sin deseos de seguir hablando del tema doloroso, Milly cambió el tema con la misma agilidad para voltear un dobladillo.

—Señor Turner, le ruego que le pida a su señor que muera de manera más discreta que no se revuelque sobre las tablas del piso. Puedo componer, más no hacer milagros.

Los pensamientos oscuros se desvanecieron, y Christopher movió sus cejas negras mientras buscaba un pretexto para proporcionarle otro complemento poético.

—Ay, pero tan sólo su aliento es un milagro, querida, que endulza hasta el mismo aire con los perfumes de Arabia.

Milly le dio un golpe suave en el brazo.

—Demasiado, Kit.

Christopher dio un paso atrás y rascó su barbilla.

—¿En verdad? Está bien, lo sacaré de mi soneto.

—¿Escribe sonetos?

Él asintió con la cabeza.

—Catorce líneas por diez chelines. Veintiocho líneas por dieciocho. Es una verdadera ganga si es un varón sin don de palabras que quiere conquistar a una noble bonita.

—Ah, bien, entonces a lo mejor sí es aceptable, los perfumes de Arabia son suficientemente finos para un caballero.

Christopher sacó su cuaderno y arrebató una pluma de la mesa.

—No, no, permitiré que el gusto de la dama me guíe. Me dará un bono si consigue matrimonio con ella por causa de estos sonetos. —Tachó las palabras indignas.

Milly se le quedó viendo mientras corregía.

—Pobrecita, qué decepción le espera después de la boda cuando se entere de que su pájaro cantor no es más que un pato viejo.

Turner la tomó de la mano y le dio un beso en los dedos.
—Pues así es el matrimonio, amor mío, desilusión mutua.
Con un jalón, Milly liberó su mano.
—Ya basta, diablito. No me interesa su discurso cínico el día de hoy. Aún tengo esperanzas de encontrar un esposo y la felicidad.
Él se rió.
—Confórmese con una u otra cosa, corazón. Así no se decepcionará.

dos

La casa de Lacey, Berkshire

El conde de Dorset tenía un heredero, un heredero con una semana de vida que lloraba a gritos mientras el padre lo bañaba con agua tibia en la fuente de la iglesia Stoke-by-Lacey. James sentía lástima por su sobrino, miserablemente envuelto en la ropa blanca del bautizo, con los ojos cerrados fuertemente contra el mundo cruel que lo había sacado de su cuna para llevarlo a este lugar tan duro y frío, lleno de piedras, nada más para hacerlo sufrir la indignidad de un remojón. James también sentía lástima porque, además de su hermana Catherine y su esposo, el señor Gilbert Hunsford, él le había tocado de padrino a la pobre criatura. Era muy poco deseable, ya que era un padrino que no sabía si creía en Dios o no.

James había tratado de convencer a su hermano mayor que no era buena idea hacerlo el padrino del niño, pero Will había insistido.

—¿Acaso crees que sería mejor que tuviera que depender de Tobias? —dijo Will en broma, refiriéndose a sus esfuerzos para aplacar al tutor de Cambridge que amenazaba con darle de baja al niño por varias infracciones a las reglas.

Sin decirlo, James reflexionó en que el bebé estaría mejor con Tobías como padrino, ya que él tenía el carácter más amable, pero no se arriesgó a lastimar los sentimientos de Will y Ellie con decírselo.

—Está bien, mientras te quede claro lo que te va a tocar, Will —advirtió.

—Sé muy bien lo que le va a tocar —respondió Will con calidez, abrazando a su hermano con un brazo—. Un buen hombre será su padrino.

James sabía que ya no era un buen hombre —si alguna vez lo fue— pero había aceptado para no arruinar un día que debía ser perfecto. Le daba gusto observar la alegría de Will, se lo merecía. El conde tenía a una esposa que amaba más que a su propia vida, y ahora un hijo para heredar su título. A James no le importaba perder su posición como el heredero de su hermano —de hecho, se lo había esperado desde el día en que Will se había casado con Ellie— pero no pudo evitar que le doliera que ya no hacía falta en la casa de Lacey. Siempre muy observadora, su madre ya se había dado cuenta de esto y se había retirado con su hija menor, Sara, a la casa de dote, a pesar de las protestas de Will y Ellie de que ambas se quedaran. El conde y la condesa no tenían intenciones de excluir al resto de la familia, sin embargo, estaban tan enamorados que hacían que los solteros como James se sintieran como si no tuvieran lugar ahí. Se arrepentía de no haberse conseguido algún tipo de empleo antes de volver a casa, algo que lo sacaría de ahí y que le daría un propósito para su vida. Mientras no tuviera que volver a la guerra en los Países Bajos…, no creía soportar otro minuto más de la guerra española contra los ciudadanos holandeses.

La familia atravesó la corta distancia hasta la casa de Lacey. A pesar de su gran orgullo, la madre no había estado presente, ya que seguía en cama para completar su cuarentena. La viuda condesa arrebató al niño de los brazos del conde y encabezó el retiro de las señoras casadas quienes subieron a la planta alta para acompañar a Ellie en el festejo en su alcoba. Entonces, James se quedó a cargo de Sarah.

—¿Por qué no puedo subir también, Jamie? —rogó Sarah, al parecer por centésima vez, colgada de su brazo mientras él la llevaba al salón familiar.

James nunca había sido el hermano más paciente del mundo, y en ese momento tenía una sensación de comezón, como si su camisa estuviera impregnada con un veneno infame. Los niños de Stoke-by-Lacey habían estado patinando en el estanque cuando los invitados del bautizo habían atravesado la aldea, y sus gritos lo hicieron recordar los gritos de las víctimas de la masacre que había visto desde la orilla del bosque, al grado de casi hacerle olvidar dónde estaba. *No había tenido más opción que quedarse ahí, viéndolos caer, impotente para salvar tan sólo una de sus vidas.*

James se sacudió con esfuerzos, obligando a su atención a volver al presente.

—Ya sabes por qué no, pequeña. Las damas hablan de cosas que no son dignas de los oídos de una soltera.

—¡Exactamente! Ellas pueden escuchar todos los comadreos emocionantes mientras yo me quedo con mis hermanos aburridos. Ni siquiera puedo ver cómo Ellie amamanta a Wilkins. Por favor, casi estoy grande, ¿no puedo subir?

—No, ¡ahora cállate! —*Esos gritos, y luego el silencio repentino. Dios santo, qué desperdicio.*

—¡No es justo!

—¡Cállate!

—Pero, ¡Jamie…!

Desesperado por escaparse, James giró con la mano alzada.

—¡Ya te dije que no! Maldita sea Sarah, ¿no puedes entender la palabra *no*? —Le lanzó una mirada de enojo, pero ella solamente le respondió con una expresión de horror al ver su puño apretado. Cayó un profundo silencio sobre la habitación; todos los hombres presentes, desde su hermano mayor hasta el padre Bagley cortaron sus conversaciones para averiguar lo que sucedía en la entrada.

—¿Jamie? —susurró Sarah, con su labio inferior tembloroso.

Disgustado con sí mismo, James abrió su puño. Ni por el enojo más grande, jamás había levantado la mano en contra de su hermana y no pudo entender el origen del impulso violento.

—Te dije que no —repitió, dando un paso hacia atrás. Cómo quisiera haber podido alejarse con la misma facilidad de sí mismo—. Te pido que me perdones. —Hizo un gesto de disculpa en beneficio de los invitados que lo veían, y se retiró. No soportaba conversar sobre pequeñeces mientras tenía el cerebro como un barril de pólvora a punto de encenderse.

Con pasos largos, salió de la casa y se encaminó hacia el establo. Diego lo interceptó.

—¿Su caballo, mi señor?

—¿Por qué otro motivo vendría aquí? —James pateó el comedero mientras su sirviente ensillaba a Tártaro.

—¿Lo acompaño? —preguntó Diego, sacando al caballo.

—No. Quédate. Para nadie sirvo de compañía. —James se subió a la silla y con una patada se fue a todo galope, intentando escapar de sí mismo, huyendo a través de las praderas.

⁓⁕⁓

Diego frunció el ceño mientras observaba la huida de su señor, hasta que se perdió entre la neblina que nacía del río, con su capa que parecía un par de alas que aleteaban en el viento. James había cambiado bastante desde su misión cerca de Dunkirk; ser testigo de las imágenes horrendas de aquella aldea parecía haber roto algo dentro de él. No podía dormir, y cuando lograba dormirse, las pesadillas no lo dejaban descansar. En más de una ocasión, James había apuñalado su colchón con la daga que guardaba debajo de su almohada. Diego se lo escondía en cada oportunidad, temeroso de que llegaría la noche en que James se lastimaría a sí mismo, pero su señor siempre le exigía que se lo devolviera, diciendo que no se sentía seguro si no la tenía cerca.

Diego alisó una manta vieja que el perro del establo había ocupado para su cama. James la había tirado al pasar, pero Diego sospechaba que ni cuenta se había dado, ya que estaba tan hundido en su propia desesperanza que ya no le importaba el efecto que tenía sobre los demás. Era un cambio total en un hombre que antes se había dado a conocer por su buen humor y el interés que tomaba hacia los otros.

El perro chilló de gratitud y le lamió la mano a Diego.

—Ya, perrito, se fue; ya no tengas miedo.

Pero por más consoladoras que fueran sus palabras para el perro, Diego no podía negar que él mismo tenía miedo. Temía que a James le persiguiera un espanto, una de las criaturas misteriosas de las que hablaban los ancianos de su aldea en África en voz baja, ya que con tan sólo mencionarlos por sus nombres, se arriesgaban a atraer su atención. Quizá uno de los espíritus de las personas de aquella masacre, de las que no habían recibido un entierro digno, ahora seguía a James; entonces, así seguiría hasta librarse del espíritu. Diego suponía que él mismo no padecía de algo parecido por el talismán que siempre llevaba en el cuello, y lo malo era que no se le hubiera ocurrido proteger a su señor con otro. ¿Sería posible que aún hubiera tiempo?

Diego tomó su horca y volvió a su tarea de limpiar la caballeriza de Tártaro, hablándole en su propia lengua a Bárbaro, la monta favorita del conde, que estaba en el corral de al lado. Tenía más confianza en el caballo que en cualquier persona. Al semental le contó sobre la misión horrorosa en los Países Bajos. De ahí, siguió con las propias pesadillas de su niñez, raptado de su tierra natal, pasando de un amo a otro, del turco al veneciano, del veneciano al español para llegar al fin con el inglés. A ese caballero de nombre Silas Porter lo habían encerrado en la Torre por una traición y Diego había terminado con los Lacey. Diego le confesó a Bárbaro que a pesar de sentir cariño hacia esta familia, el sufrimiento de estos pueblos extraños del norte no le afectaba de la misma manera: no entendía sus costumbres, mucho menos sus crueldades tan brutales. Sin embargo, sí había sentido lástima por los niños holandeses. Fuera de la nación que fuera, no se podía justificar cortar en pedazos a un niño para satisfacer a algún cacique ausente.

Bárbaro resopló su conformidad.

—¿Diego? —Llegó el conde, en busca de su hermano. Los mayores de los Lacey hacían un fuerte contraste entre claro y oscuro: el conde era rubio mientras que su hermano era de cabello rojizo pero quedaba claro que entre los dos se veneraban.

—¿Mi señor? —dijo Diego, recostando su horca contra la pared y saliendo del puesto.

—¿Se fue mi hermano?

—Así es, venerado señor. —Diego se sentía con pocas ganas de seguir jugando su juego de costumbre: exagerar de más el título del conde, sin embargo, se sentía obligado de intentarlo, siendo que era un día especial para el conde.

—¿Y cómo lo viste? ¿Actuaba un poco... diferente?

Claro que sí, eso quedaba tan obvio como la nariz en la cara de la señora Holton, la más grande de la aldea.

—Tenía la necesidad de un tiempo a solas, mi señor.

El conde se quitó su sombrero de terciopelo y pasó sus dedos por su cabello.

—¿Qué le sucedió, Diego?

—¿Mi señor?

—En los Países Bajos. No ha sido el mismo desde que regresó. Antes de irse, parecía un fósforo con ganas de encenderse, ansioso por las aventuras, por la vida de soldado; ahora está... está triste, ¿no es así?

—Así es, mi señor.

—Entonces, ¿qué le sucedió?

Diego se encontraba en una situación incómoda. Si James no le había contado a su propio hermano, ¿acaso era el lugar de un sirviente hacerlo por él?

—Por favor, Diego, solamente te pregunto porque me importa su bienestar. —El conde le rascó al perro detrás de sus orejas. El gesto, tan casual pero tan cariñoso, logró convencer a Diego.

—No fue lo que nos sucedió, sino lo que vimos suceder, lo que tanto atormenta al señor James —confesó Diego por fin—. Su hermano está sufriendo porque no pudo evitar las matanzas. Lo atormenta.

—Y así tenía que ser. Siempre fue de los que se iban corriendo para defender a los demás. —El conde dio unos golpecitos inquietos con los dedos en la caballeriza, hasta que su semental, Bárbaro, le mordisqueó los nudillos. Acarició la nariz del caballo, ya que se le hacía más fácil conversar sin verle los ojos a Diego.

—¿No tendrás alguna idea de una posible cura para su melancolía?

Diego frunció el ceño: no entendía por qué a los hombres sabios de este país les encantaba tanto hablar de humores y melancolías; él creía que el problema de James quedaba en el mundo de los espíritus. ¿Pero acaso no sería posible que la cura fuera la misma?

—Usted debería darle algo que hacer, mi señor. Necesita alguna tarea que lo saque del alcance del demonio que lo persigue. Los sabios dicen que se pierden cruzando el agua. Sin embargo, el Canal de la Mancha no resultó ser lo suficientemente ancho.

Ya acostumbrado a la forma de ver el mundo que tenía su criado, el conde buscó el consejo importante entre tanto hablar de demonios.

—¿Un viaje largo?

—Sí, mi señor. A una tierra donde el demonio no se atrevería a seguirlo.

El conde se puso más recto, sintiendo un alivio en la carga de preocupación que traía.

—Ahora que lo mencionas, de pura casualidad tengo un interés hacia un negocio de ese tipo. —Cerró los ojos, en consulta con su propio dios, antes de sonreír—. Sí, creo que quizá sea la voluntad del Señor. Prepara tus maletas, Diego, me parece que se van a dirigir al Nuevo Mundo.

Diego se quedó con la boca abierta: no había sido su intención dejar tan pronto la casa de los Lacey. Además, estaba cortejando a una o dos muchachas del pueblo.

—¿Yo, mi señor?

—Por supuesto. ¿De qué otra manera perderá James el demonio, si no lo acompañas para ahuyentarlo?

Diego quiso protestar y decir que odiaba viajar por mar, y que ya estaba harto antes de los doce años cuando llegó a Inglaterra, ¿pero para qué le serviría? Al parecer, su papel en esta vida no era más que obedecer.

—Sí mi señor. Me prepararé para el viaje.

Pero no sin ofrecer algunas oraciones a sus propios dioses.

¿Ralegh piensa hacer qué?

De regreso después de su paseo brutal, James se encontraba dentro del estudio de la casa, acorralado por su hermano y el esposo de su hermana, el señor Gilbert Hunsford. Will lo había detenido en su intento de robarse el vino de jerez, mientras Gil lo había obligado a sentarse. Ahora, se veía obligado a escucharlos a ambos con sus cinco sentidos intactos.

Gil era un hombre confiable de unos veinte años, y era amigo del conde desde hacía años. Con el corte práctico de su cabello castaño, su bigote parejo y los ojos tiernos, quedaba claro que era el partido perfecto para su hermana, Catherine, que tenía el carácter muy práctico, hasta el grado de que a James le parecía que a pesar de que su matrimonio había sido por conveniencia, se había convertido en un enlace de amor, pese a la tristeza de que ninguno de sus hijos había sobrevivido su infancia. No era de esperar que a Gil le interesara el sueño de Ralegh de colonizar una tierra lejana con las esperanzas vagas de encontrar oro.

—La idea de Ralegh no es tan loca como pudiera parecer —explicó Gil con paciencia, en una voz baja para acompañar su ancha figura.

—Si tengo que escucharlos, por lo menos denme algo de tomar —se quejó James.

Will le mostró piedad y le concedió un vaso de jerez, antes de servir dos más para él y para Gil.

Gil se sentó en la silla opuesta.

—Ralegh piensa establecer una colonia en la costa de América, en una parte aún sin dominio por un príncipe cristiano.

James tomó un poco del vino, sin saborearlo.

—Me parece que ya lo habían intentado. ¿Acaso no se murió su medio hermano mientras buscaba riquezas ahí hace apenas un año?

—Sí, es cierto que muchos han arruinado sus fortunas de la misma manera, pero estoy convencido de que algún día lo lograremos.

—Lo que cuentan de esa tierra es maravilloso —agregó Will—, mira nada más cómo España se enriquece con el oro y la plata de Perú.

—Así es —asintió Gil—. Si Dios le permite un imperio así al diablo de Felipe, ¿entonces por qué no a nuestra reina?

James no pudo obligarse a sentir emoción por esta aventura. Por supuesto, hacía un par de años, al igual que el resto del país, había estado fascinado por los cuentos de la circunnavegación del mundo del señor Francis Drake y de las riquezas que se había robado de las Américas. Durante esos años, todo niño había soñado con convertirse en pirata de Su Majestad, cruzando el océano Atlántico y venerando a Drake como su santo patronal. Pero ahora, a James ya no le quedaba la suficiente energía tan sólo para fingir darle importancia.

—Creo en verdad que lo que propone Ralegh es viable, Jamie —continuó Will—. Ya sabes que él y yo no nos caemos bien...

James resopló. Eso era decir muy poco: cada vez que los dos se encontraban en los juegos de justas, casi se mataban.

—Aún así, me impresionó la manera cautelosa en que hace sus preparativos, y estoy dispuesto a invertir en el proyecto.

James puso su vaso sobre la mesita de roble con tal fuerza que sonó.

—¿En verdad piensas darle dinero? ¿Estás enfermo o hablas en serio?

—Creo que la segunda de tus sugerencias. Gil también invertirá cincuenta libras.

Gil le cerró el ojo a James y dio unos golpecitos al bolsillo vacío de su doblete.

—Tienes que gastar para ganar.

—Así es. —James pasó la mano sobre su rostro. Sabía que aquí había algo que no había entendido por completo—. Bueno, todo esto me parece muy interesante, pero ya que apenas tengo dos chelines para sonar uno con el otro, veo poco probable que me apunten como patrocinador.

Will se levantó del escritorio donde se había inclinado.

—No estoy pensando en el dinero. Admiro la visión de Ralegh pero el hombre aún me inspira poca confianza.

—Eso no me sorprende, ya que es un presuntuoso de mal carácter que sólo obtuvo su lugar basándose en tener la carita bonita y la bragueta rellena.

Will sonrió.

—Por favor, Jamie, por mí no te detengas.

—Bueno, ya conoces mi opinión de él.

—Así es. Pero dejando todo eso a un lado, no se puede negar que es astuto y capaz de actuar. Algún día, a menos que tenga muy mala suerte, alguna de sus ideas dará fruto.

—¿Y crees que podría ser ésta?

Will alzó los hombros y desabrochó los ganchos de su doblete, permitiéndose relajarse después de estar todo el día ante la vista de sus inquilinos y sus huéspedes.

—Vale la pena intentarlo, quizá el norte de América tenga futuro. Pero necesitaríamos un hombre adentro para asegurar nuestra inversión. A Ralegh lo creo capaz de esconder la mitad de sus ganancias.

James sabía muy bien a lo que iban.

—¿Y esto significa?

—Serás tú. Ofrécete para el viaje.

James volvió a levantar su bebida y la agitó ante la luz de la fogata, viendo rayitos de luz roja como si fuera sangre que destellaba contra el vidrio.

—Ahora que tienes a Wilkins, yo en verdad no te sirvo para nada.

Will cruzó los brazos.

—Eso es un golpe bajo, Jamie.

James ya lo sabía, pero de ninguna manera se disculparía. Se rió amargamente.

—Lamento decirte que mis ansias de viajar se quedaron en los Países Bajos.

—Viajar no, Jamie, sino explorar, crear una colonia en una tierra nueva. Un nuevo comienzo. Pensaba que eso sería un estímulo para tu sed de aventura. ¿No te acuerdas de cuando jugábamos a ser capitanes?

Y en verdad, sí habían peleado muchas batallas por el mando del velero de su casa del árbol. Al pobre del viejo Tobias siempre le había tocado el papel del prisionero español que aventaban a los tiburones.

—Ya soy más sabio, Will. Lo más probable es que me mataría. Ya sabes que son pocos los que vuelven del mar.

—¿Pero acaso no te estás muriendo poco a poco aquí? —preguntó Will en voz baja.

Con el tacto de siempre, Gil se levantó y se alejó para permitir que los hermanos tuvieran su privacidad.

Jamie sintió una sensación extraña en el fondo de su garganta. No iba a llorar, por Dios.

—Todos podemos ver que estás sufriendo una tortura y yo daría todo lo que tengo para detenerla. Incluso tu criado cree que te sigue un demonio, fue él quien sugirió un viaje para curarte.

—Recuérdame bajarle el sueldo.

—Su intención era ayudarte.

James observaba la lumbre de la fogata mientras evitaba la vista de su hermano. ¿Sería posible que tuviera razón? ¿Que se estaba matando a sí mismo poco a poco, dentro del infierno de su propia construcción? Pero, ¿de qué manera librarse? No podía dormir, no tenía apetito, se sentía tan solo aun acompañado por sus seres más queridos. Supuestamente, los hombres eran más fuertes, no se doblegaban ante la primera prueba de su carácter. Miles habían visto cosas peores, habían vivido tormentos más duros, sin embargo, era él quien no se escapaba de sus pesadillas y apenas lograba controlar sus impulsos violentos. Si no se hubiera detenido, ¿sería posible que hubiera levantado la mano contra su propia hermana? Se quedó aterrorizado ante la posibilidad. Quizá en verdad lo mejor para toda la familia sería que él se alejara. Y quizá, sería aún mejor si jamás regresaba.

—Está bien, Will, está bien. Me convenciste: lo haré. ¿Qué tengo que hacer?

Su hermano separó sus brazos cruzados y se inclinó hacia James.

—Ve a la corte y preséntate con Ralegh. Le escribiré para explicarle el interés que tenemos en el proyecto. Está desesperado por inversionistas; no despreciará mi dinero. Involúcrate con los preparativos y, si te parece un proyecto con potencial, deberás participar en la expedición. Partirá en el mes de abril.

—¿Quieres que me vaya a América de manera permanente? —El hecho de ser tan insoportable para su hermano le provocó una punzada de dolor.

Will agitó la cabeza con consternación.

—No, torpe. Queremos que vuelvas para darnos informes. Este viaje tiene el único propósito de localizar un buen sitio para colonizar, no deberá durar más que el verano. Entre los viajes de exploración, es de bajo riesgo. ¡Caray, lo que menos quisiera es perderte en alguna tierra desconocida!

Ya más tranquilo, James asintió con la cabeza. Se dio cuenta de que la posibilidad de un viaje a una tierra desconocida ni lo emocionaba ni lo aterrorizaba. ¿Qué le importaba lo que le sucediera?

Will frunció el ceño.

—Tenía esperanzas de ver un poco de más entusiasmo de tu parte.

James se tomó lo último que le quedaba del jerez.

—Es tu proyecto, mi señor, no el mío.

—Pero aun así...

Gil los interrumpió antes de que los dos se pudieran poner a discutir.

—Mis buenos señores, es hora de dormir.

Will se puso de pie y se estiró.

—Qué excelente idea. Ellie no sabrá qué pensar de mí. Jamie, ¿también te retiras?

¿Y quedarse sin dormir, viendo el cielo? No, gracias.

—Me quedaré aquí un rato más.

Will no lo quería dejar solo.

—¿Me quedo contigo? Si gustas, podemos jugar ajedrez.

James ya estaba harto de la preocupación de Will, a pesar de sus buenas intenciones.

—Por Dios, Will, tu esposa aún no se recupera del parto. Ella te necesita más que yo. Ya lárgate.

Por fin estaba solo en el estudio. Puso otro tronco a la fogata y observaba cómo las chispas se iban volando por la chimenea. Era medianoche —su peor momento— y aún faltaban muchas horas para el amanecer, era imposible engañarse con que la noche pronto se acabaría. Empezó a levantarse para volver a servir del vino, pero luego se detuvo, sabiendo que no encontraría su consuelo en la botella. No quería que su familia lo pudiera encontrar con los sentidos remojados en alcohol.

—¿Jamie? —Mientras reflexionaba, un ratón había entrado a escondidas.

—Sarah. —James se volvió a llenar de culpa al recordar la manera en que le había hablado hacía un rato.

Su pequeña hermana se acercó, dejando a la vista sus pies descalzos que se asomaban por abajo de su camisón largo. Su cabello de color rojo dorado colgaba en dos trenzas debajo de su gorro de dormir.

—Siento haberte molestado —susurró, viéndole las puntas de sus botas.

Era lo único que podría hacerlo sentir aún peor por haber arruinado el día de su pequeña hermana.

—No, no corazón, no te disculpes con tu ogro de hermano. Fui yo quien se equivocó al atacarte así.

Ella entrelazó sus dedos con su falda. James sabía que ella misma había bordado el corpiño con sus mangas largas, llenándolo con figuras imaginativas de caballeros armados con los colores familiares de los Lacey, una para cada uno de sus hermanos. Ahora parecía que uno de los que idolatraba era un héroe falso.

—Oh, ven aquí, Sarah. —Él le señaló que se sentara al lado de él sobre el sillón y la abrazó, sintiendo alivio de que ella no mostrara vacilación.

—¿Ya con menos frío en los pies?

Ella asintió con la cabeza, se acurrucó junto a él, sin poder evitar lastimarlo un poco con sus codos puntiagudos. Con sus trece años, parecía hecha de puros ángulos y miembros delgados.

—Te quiero, Jamie.

—Yo también te quiero, saltamontes.

—Yo te quiero mejor.

—Yo te quiero más. —Le apretó la nariz—. Duérmete si quieres, yo te subo.

Ella se relajó al costado de Jamie, columpiando sus pies sin pensarlo mucho. James soltó un suspiro profundo, con una extraña sensación de consuelo porque ella lo había aceptado, con todo y sus cambios de humor. Después de pocos minutos, ella se durmió. Cuidadosamente, él la levantó para llevarla a la habitación que compartía con su criada. Después de acomodarla en su cama, él se dirigió a la suya y se acostó sin desvestirse sobre el cubrecama, para esperar el amanecer.

tres

Whitehall, Westminster

Ya que la corte se había transferido a Whitehall, no era necesario que Milly recorriera mucha distancia para entregar la ropa nueva de Jane. Llegó justo después de la hora de comer, montada detrás de su vigilante, el viejo Uriah, con una colección de paquetes en los cestos de sus alforjas. Jane observaba desde la ventana de su habitación mientras su criada recibía a la costurera y la conducía hacia la planta alta. La ropa siempre había sido como un vicio para Jane, y se emocionaba por ver lo que Milly había elaborado para ella.

—Milady. —Milly hizo una reverencia en la entrada de la habitación, recorriendo el sencillo cuarto con una mirada de decepción al ver que no se estaba reventando de oro y terciopelo. El palacio de Whitehall, por muy hermoso que fuera su pintura al exterior, por dentro era un desastre; los señores que ahí se quedaban se tenían que conformar con una habitación en tal estado que una taberna no se atrevería a ofrecer.

—Señorita Turner —respondió Jane, muy formal, haciéndole señas a su criada de que se fuera, una vez que había dejado los paquetes sobre el piso. La puerta se cerró.

—Ay, ¡qué horror! —exclamó Milly, haciendo un gesto ante el yeso agrietado en las paredes, y la ausencia de una parrilla.

—¿Verdad que sí? Y esta es una de las mejores habitaciones —dijo Jane, soplando sus dedos fríos—. Para que veas que ser una dama de compañía no es puro lujo. Por lo menos, aquí me toca mi propia habitación. Todas estamos temerosas del progreso del verano, ya que dicen que a menudo nos albergan como a unos soldados en un campamento militar. —Sonrió de manera traviesa—. Por eso te necesito a ti, para darle un poco de brillo a mi vida. ¡A ver, enséñame! —Con la práctica de hacía muchos años, logró escaparse de los brazos de Milly que la querían detener, y se fue a la cama para desenvolver los paquetes.

—No te atrevas —regañó Milly, dándose unos golpecitos en el pecho. —El trabajo de un genio no se puede hacer con prisa. Permíteme que te los abra.

Jane se cayó sobre su almohada.

—Está bien, pero date prisa.

Milly se rió y desenvolvió la primera de las dos libreas: un vestido blanco con un cinturón recogido y una falda sencilla que caía al suelo.

—El señor Rich y yo nos divertimos mucho con éstas... en verdad hace maravillas con sus cortes de tela. Te pondrás esta con una camisa de cuello alto y unos fondos. —Levantó la otra prenda, que tenía encaje en el cuello y los puños bordados con hilo de oro.

—Es lindo... y tan sencillo.

—Necesitarás un guardainfante y un rollo francés en las caderas si deseas darle más forma.

—Me gusta así —confesó Jane, acariciando el satén liso.

—E hicimos este chaleco con orillas de marta para que te lo pongas encima; y qué bien que lo hicimos, siendo que no cuentas con fogata. —Milly le enseñó una prenda de terciopelo negro con botones de perlas y el ribete de peluche, con un corte que se complementaba con el vestido para lucir la figura de Jane.

—Pero no te pedí… —empezó Jane, intentando protestar.

Milly la obligó a tomarlo.

—No es necesario que lo pidas, te lo descuento de la parte que te toca de las ganancias del taller.

Jane dio unas vueltas por la habitación con el chaleco puesto.

—¡Me encanta! ¿Qué más trajiste?

La segunda de las libreas era como un sueño: una falda ancha de color crema y el delantal adornado con perlas, una abertura bordada con flores de primavera, y las mangas y el corpiño blancos.

—¿Y el resto de mi satén blanco? —preguntó Jane, viendo con sospecha el damasco color crema que Milly había utilizado, que era mucho más fino.

—¿Se lo comieron los ratones? —intentó Milly.

—¡Ay, no! ¡Tienes que decirme!

—Es que me di la libertad de interpretar tus órdenes de manera creativa. Le dije al señor Rich que era muy aburrido que tuvieras dos vestidos de la misma tela, y que a la reina no le va a importar mientras lleves un color claro para complementarla, entonces así quedamos. —Frunció el ceño, preocupada—. ¿No te meterás en problemas?

Jane se rió y agitó la cabeza.

—Ay, no, sí hay reglas aquí pero no tan estrictas. Seré la envidia de todas las damas, y tú y el señor Rich no sabrán qué hacer con tantos encargos que les llegarán, una vez que se enteren de dónde conseguí mi ropa.

—Claro, fue por eso que lo hice: solamente por motivos de negocio.

—¿No para alegrarle la vida a una vieja amiga?

—Por supuesto que no.

Jane se colocó el vestido de frente.

—¿Cómo me veo?

—Hermosa. Pero ya lo sabía.

—Me lo pondré para la mascarada de mañana.

—A ver, ¿qué mascarada? ¿Y por qué no me habías avisado?

—Apenas me enteré ayer por la tarde. Es la última oportunidad de disfrutar un poco de frivolidad antes de la cuaresma. A mí me va a tocar el papel de Diana. La reina nos ha tenido practicando todo el día como si fuera una generala.

—¿Tú? ¿En una mascarada? —resopló Milly—. ¿No se han dado cuenta de que no puedes cantar para salvarte la vida?

—El papel no requiere que cante —respondió Jane, mordiéndose el labio para evitar perderse en la risa como Milly.

Una vez recuperada, Milly ayudó a que Jane doblara la ropa y la guardara dentro de su baúl, y luego se sentó junto con ella en la ventana, las dos compartiendo una cobija para cubrirse del frío. Una leve escarcha se veía sobre los techos opuestos, y el color blanco se retiraba poco a poco, con el paso del sol sobre las tejas que habían estado en sombra. La criada les trajo dos jarras de cerveza caliente con especias, y se retiró. Milly abrazó la suya, inhalando el vapor.

—Ay, qué delicia.

Jane solamente le sonrió de manera secreta.

—Será que me equivoco, querida amiga, pero me parece que tienes el ánimo elevado —interrogó Milly—. Aun antes de que yo entrara estabas como una abeja en primavera. ¿Qué te trae así? No creo que sea el hecho de que participarás en la mascarada.

Jane abrazó la orilla de la cobija.

—Es que alguien llegó a la corte.

—A ver, dime: ¿quién?

—James Lacey.

Justo a tiempo, Jane se cubrió los oídos mientras Milly gritó: —¡No!

—¡Sí!

—¿Y ya hablaste con él? ¿Qué te dijo? ¿Ya te dio un beso?

Jane alzó la mano.

—¡Cálmate, cálmate! Aún no nos hemos visto.

Milly pensó por un momento.

—Pero irá a la mascarada, ¿no es así?

—Eso sí, no lo dudo.

—Entonces tendrás la oportunidad de explicarle.

—Creo que sí, espero que sí.

—Ay, Jane, qué buena noticia. —Milly volteó a ver el baúl—. ¿Quieres que baje el escote? El señor Rich lo hizo modesto para una viuda, no llamativo para una doncella.

Jane detuvo a Milly antes de que pudiera hacer pedazos lo que Jane ya consideraba perfecto.

—Modesto para una viuda está perfectamente bien.

Milly se dio un golpecito en la frente.

—Sí, claro, perdón. Me emocioné.

—Como siempre.

—Como siempre. —Se detuvo durante dos segundos—. Pero la camisa es semi-transparente si llega la ocasión de lucirla.

Jane se sonrojó.

—Ya basta, callejera.

Milly se chupó las mejillas, intentando en controlar vano sus ganas de sonreír.

—No vayas a decir que fui la única en pensarlo.

La casa de Durham

En cuanto llegó a Londres, James no perdió tiempo para presentarse en la corte, luego de recorrer la corta distancia por el río hacia la residencia de Ralegh, la casa de Durham a la orilla del Támesis, que había sido el regalo de la reina para su favorito. Desde afuera, la residencia parecía un castillo, con muros gruesos de piedra que se levantaban desde el río. Una vez húmeda y oscura como mazmorra, Ralegh la había transformado, gastando una fortuna en adornos y muebles para convertirlo en algo digno de su posición como primer caballero del reinado. Como lo había imaginado Will, Ralegh recibió bien a James cuando entendió que los Laceys querían invertir en su proyecto. A James lo había invitado a pasar directamente al pabellón como si nunca hubieran existido malos sentimientos entre el conde de Dorset y Ralegh.

—¿Cómo está su hermano? —preguntó Ralegh de manera casual cuando James se unió a la gente reunida en el estudio de la torre alta con su vista del río. La habitación estaba llena de libros e instrumentos de navegación; los destellos de luz que se proyectaban desde el agua bailaban sobre el techo invitando a los ocupantes para seguir adelante con esta misión hacia lo desconocido. Los demás especuladores en este experimento americano resultaron una mezcla variada de comerciantes y eruditos, con uno que otro noble como James. Todos estaban estudiando los mejores mapas que hasta ahora se habían hecho de la costa que pensaban explorar. A pesar de ser novato para estos asuntos, James pudo entender que había demasiadas áreas blancas. Los pescadores de bacalao ya tenían un buen conocimiento del norte, Terranova; los españoles y franceses ya conocían Florida y el Caribe; sin embargo, lo que quedaba en medio era un verdadero misterio.

James recorrió su dedo sobre el punto que indicaba la ubicación del Golfo de México.

—Se encuentra bien, señor. Está celebrando la llegada de un hijo.

—La hermosa condesa le dio un heredero. Ya entendí. —Los ojos astutos y oscuros de Ralegh se entrecerraron—. Y él lo envió a acompañarme en este viaje.

Era típico del favorito de la reina darle vuelta al puño al encontrarse lo que parecía una herida abierta.

—Es un honor servir a los intereses de mi familia, señor Ralegh.

—Por supuesto. —La posibilidad de infelicidad para el otro parecía alegrar a Ralegh. Acarició su barba negra hasta que tomó la forma de una daga—. Recibimos con gusto a todos valientes en esta aventura. Esta vez, no los acompañaré yo, pero ambos de mis capitanes son hombres buenos. Estará en las mejores manos. ¿Qué destrezas tiene usted para ofrecernos?

James ya había pensado en esto durante su viaje hacia Londres.

—Al igual que usted, señor, tengo experiencia en la milicia. Puedo dar consejos de seguridad para la futura colonia.

Ralegh sacó el mapa desde abajo de la mano de James.

—No me han llegado noticias de algún servicio de distinción de su parte en el ejército de Su Majestad, señor.

James se endureció para evitar sentirse ofendido.

—Será porque pasé la mayor parte de mi servicio tras las líneas del enemigo, mi presencia en el extranjero no fue advertida. Le sugiero que le pregunte al señor Leicester si desea comprobarlo.

La expresión de Ralegh se alegró, una vez que captó.

—Ah, usted era espía. Excelente, entonces sabrá sobrevivir en territorios de fuerzas hostiles. También tenemos necesidad de rastreadores. ¿Usted lo puede hacer?

—Creo contar con algo de talento en ese campo.

—Qué bien. Quizá usted resulte aún mejor inversión de lo que aporta su hermano para el proyecto.

—Haré lo posible para ser de utilidad —dijo James sin emoción.

Ralegh se puso de pie y se estiró mientras una iglesia cercana tocaba la campanada de la hora.

—Mis señores, levantemos la sesión por hoy. Los que fueron invitados a la mascarada de esta noche son bienvenidos a acompañarme en mi barcaza, si lo desean.

Los hombres de la ciudad se retiraron con tacto, y los cortesanos se quedaron para hablar de sus planes para la tarde.

—Lacey, ¿usted nos acompañará? —preguntó Ralegh.

James hubiera preferido permanecer dentro de su habitación y no salir en toda la noche, pero sabía que había la expectativa de que se dejara ver en la corte, aunque fuera por una hora.

—Sí, señor.

—Entonces lo veremos luego en las escaleras del pasillo.

Ralegh se fue de la habitación para consultar su guardarropa famoso en busca de un traje para impresionar a su señora. James se fue a paso lento hasta su pequeña habitación para sacar una camisa limpia, era lo mejor que podía hacer en circunstancias de desconcierto.

∽✦∽

Esperando su presentación en el pasillo frío, Jane temblaba con su vestido nuevo. A pesar de las capas de la camisa, la saya, el corpiño, las mangas, la abertura y lo demás, aún le llegaba hasta los huesos el frío de febrero. Mary Radcliffe, otra dama de compañía, se sobó los brazos.

—Juro que se me enchina la piel —gruñó Mary, estirando el cuello para mirar por la puerta—. ¿A qué hora nos toca?

Jane puso atención en espera de la señal musical. El cortesano que tenía el papel de Júpiter estaba por concluir su discurso a la soberana, y entonces ya llegaría su oportunidad de cruzar el escenario, cada una con su máscara y llevando consigo un símbolo de su divinidad. Jane tenía un arco con flechas para representar a la cazadora; Mary Radcliffe cargaba una canasta de manzanas, que eran el símbolo del amor y la tentación de Venus.

—Si ese fanfarrón no se da prisa, le voy a arrojar mi fruta —gruñó Mary.

—No te hará falta; antes de eso yo le daré con una flecha —susurró Jane, frunciendo el ceño al percatarse de que su hermano, Henry, estaba sentado cerca de la reina. Además, a dos filas más de distancia vio a los tres cortesanos que menos le simpatizaban: Richard Paton, el nuevo Marqués de Rievaulx, acompañado por sus sombras de costumbre, Otho y Lucres. ¿Cómo había sido posible que Jonas fuera el progenitor de una cosecha tan desagradable de hijos? Richard, de complexión robusta, tenía arrogancia sin límite; Otho, flaco como espantapájaros, no conocía mayor felicidad que cuando estaba atormentando a alguien con menor fuerza que él; y Lucres, más afinado tanto de su rostro como de sus facultades mentales, quien solía ser el inventor de las maldades más viles. Lo único que se le ocurría a Jane como explicación, era que las largas ausencias de Jonas de su casa mientras asistía a la corte habían permitido que las personalidades de sus hijos se desarrollaran de la manera equivocada, hasta que ya fuera tarde para reparar el daño.

Apareció a la vista otro grupo de caballeros y sintió una gran emoción: James Lacey acababa de entrar con Ralegh y tomó su lugar cerca de la reina. James se veía muy serio con su traje negro con su doblete y las medias largas, al lado del vestuario de gala de Ralegh, un justillo de terciopelo dorado sobre un doblete blanco y rosa y calzas de satén.

Los músicos comenzaron a tocar. Jane inhaló para calmar sus nervios, y entró, tomando su lugar entre el desfile de los dioses y las diosas. La máscara con lentejuelas le dio confianza para salir ante la vista de James después de una separación de dieciocho meses. Se preguntó a sí misma si la reconocería. Nunca había estado segura de haberle simpatizado pero creía haberle agradado mientras estuvo como huésped en la casa de Lacey. Ella había notado que entre los dos había una chispa, ¿pero él?

Los dioses dieron una vuelta completa a la habitación, dando una reverencia después de cada cuenta de doce. Por fin, se juntaron para hacer una pose dramática frente a la reina, con Jane en la primera fila, alzando su arco y flecha como si apuntara al cielo. Se atrevió a mirar a la audiencia y con decepción vio que James estaba viendo las puntas de sus botas, con aparente indiferencia hacia la mascarada.

La reina fue la primera en aplaudir. Los actores de la mascarada se dispersaron para dejar espacio a los bailarines que seguían. Jane se orilló y le dio su arco y su máscara a un paje que la esperaba.

—*La volta* —ordenó Elizabeth, señalando a los músicos que tocaran el baile agotador que era uno de sus favoritos. Aún con más de cincuenta años, no perdía su corona como la gran bailarina de la corte. Desde luego, Ralegh se ofreció como su pareja, levantando y girando a Elizabeth conforme exigía el patrón de los pasos, y las faldas de Elizabeth volaban mientras ella saltaba con la energía de una mujer mucho menor. Después de terminar su circuito de la pista, los acompañaron más parejas en el baile. Jane esperó cerca de la orilla, con la esperanza de que James levantara la mirada y la viera, pero él no se cansaba de su contemplación del piso.

—¿Desea usted bailar, marquesa? —Fue el hermano de Jane, el señor Henry Perceval, quien apareció a su lado. Era un hombre grande con el mismo aspecto rubio que ella, y rara vez se quedaba sin pareja a pesar de no ser el heredero del condado de su padre, pues ese honor era para el hermano mayor, David, quien casi no salía de Yorkshire. Henry había entrado al servicio con Ralegh en Irlanda, y por su destreza militar le había sido otorgado el título de caballero.

Jane se dio por vencida con James.

—Qué amable es usted, hermano, gracias.

Henry la tomó con fuerza de la cintura y la arrojó al primer salto, para que sus faldas se extendieran cuando aterrizó. Ya que era un baile muy vigoroso, *la volta* no les daba a sus participantes la oportunidad de platicar y Jane enfocó su concentración en no perder el compás mientras se preguntaba a sí misma cuáles podrían ser los motivos de su hermano para sacarla a bailar. Lo más probable era que el nuevo interés que mostraba en su presencia en la corte era señal de que su familia la pensaba utilizar una vez más. Al terminar la música, vio que sus sospechas tenían cierta justificación cuando Henry la orilló.

—¿Qué tal te va como dama de compañía, Janie?

—Muy bien, gracias, Henry —respondió ella sin calidez, desconfiada del uso del viejo apodo que le ponía.

Henry señaló a un mozo para que les trajera vino.

—Estuve platicando con tu hijastro. —Dijo la palabra con una voz despectiva.

—¿En verdad? ¿Y cómo está el querido Richard? —El tono de Jane ardía como ácido mientras fingía calma, pero también sintió un escalofrío de temor: los hijos de Paton estaban en Londres. Era muy poco probable que le trajeran buenas noticias. Con todas sus fuerzas rezaba que guardaran su distancia, y que permanecieran al otro lado de la pista de baile.

—Se revienta de cólera hacia ti, hermana. Dice algo sobre un anillo de bodas y unas propiedades de dote. Confieso que dejé de escucharlo después de la primera hora de su desahogo. Tienes un gran talento para encontrar enemigos.

—Creo que fue la herencia de los dos.

Henry se inclinó hacia atrás.

—Mi padre y yo hemos estado hablando.

Ya venía: el motivo de haberse acercado de manera tan amigable.

—Podríamos ayudarte contra los Paton, para que obtuvieras tus derechos a la herencia de tu esposo.

—¿Así es? —Jane tomó un trago de vino, recorriendo a la gente presente en busca de James—. ¿Y cuál sería el costo para mí?

—Nada. Simplemente quisiéramos explorar contigo las posibilidades de otro partido. Fue una gran sorpresa para mi padre que pudieras cautivar a un marqués; ya cambió de opinión sobre tu potencial.

—Qué agradable para él.

—Dice que si antes fue un marqués, ¿por qué no un duque para la próxima vez?

—¿Por qué no? Sino por el hecho de que por el momento no hay duques disponibles en Inglaterra.

—¿Y quién dijo Inglaterra?

—Ah, ya entendí. Mi padre ya está ampliando sus pensamientos más allá de sus prejuicios patrióticos. Supongo que se dio cuenta de alguna ventaja comercial que me cree capaz de obtener para él.

Henry no dijo nada para contradecirle.

—Puedes decirle que esta hija suya está cansada de ser la peona en su juego interminable de ajedrez. Ya no me interesa que me cambie por una pieza de mayor valor.

Henry se rió.

—Sabía que dirías eso, y por lo tanto buscamos un incentivo que te inclinaría hacia la ejecución de tus deberes.

Con un toque de temor, Jane dijo: —¿Incentivo?

—Ah, mira, es el muchacho de los Lacey. James, ¿verdad? —Henry ignoró su pregunta calculadamente y a James le dio un golpecito en el hombro antes de encaminarse hacia la puerta.

—¡Lacey! ¡Qué gusto verlo de nuevo en la corte! ¿Me parece que te acuerdas de mi hermana?

Aún tensa por la amenaza disfrazada de Henry, el corazón de Jane dio un soplo dentro de su pecho. No le agradaba la presencia de su hermano, pero por lo menos había logrado que James se acercara. Hizo una reverencia.

—Señor.

Unos ojos cafés la contemplaron con desdén.

—Milady Perceval —dijo James de manera cortante, haciendo una breve reverencia a ambos, con intenciones de escaparse de la fiesta.

Henry se negó a permitirle que se fuera tan fácilmente.

—No sé si ya le contaron, mi señor, pero ahora mi hermana es una viuda, y ni más ni menos que una marquesa.

Henry siempre había sido vulgar, pero a Jane le incomodó que hablara de manera tan directa.

—Mis condolencias, señora —murmuró James, con su mirada fija en la salida.

Los músicos comenzaron a tocar otro baile, una alemanda elegante.

—Afortunadamente, su tiempo de luto ya pasó y se encuentra disponible para participar en nuestro festejo —continuó Henry, disfrutando la incomodidad que el noble le causaba a su hermana, negándose a reconocerla.

—Henry, por favor —murmuró Jane, completamente humillada por la manera descarada que rogaba por una pareja para ella.

—Vamos, hermana. —Henry le tocó la muñeca con un aire de superioridad que la desesperaba—. No puedes pasar la noche bailando únicamente con tu hermano. La cuaresma está por llegar y no tendrás otra oportunidad antes de abril.

Jane tenía ganas de que el piso la devorara. Había esperado alguna señal por parte de James de que aún le guardara algún sentimiento, sin embargo, su porte era tan severo como su atuendo. Ahora eran suyos los ojos que contemplaban las puntas de sus botas.

—Mi buen señor: ¡los dos son aguafiestas! Voy a buscarme una pareja alegre y los dejaré en su rincón de tristeza. —Con una breve reverencia, Henry se retiró, sin duda contento por haber dejado a su hermana en una situación socialmente imposible. Derrotar a su hermana, aunque fuera por un asunto de menor importancia, siempre le daba mucho gusto.

Jane dio un paso hacia atrás.

—Pido disculpas, señor, no fue por mi propia petición que mi hermano lo obligara a bailar, ya que queda claro que no está dispuesto a hacerlo. Le deseo buenas noches.

Después de una pausa, las puntas de las botas cortaron la distancia que ella había abierto entre los dos.

—No, tiene razón. Esta es nuestra última oportunidad. La experiencia me sería, —James se detuvo en busca de la palabra más adecuada—, *iluminadora*.

—¿De qué manera? —Jane no pudo evitar sentir un hormigueo de placer cuando le tomó de la mano y la llevó a la pista de baile para unirse al desfile. Era aún más guapo que en sus recuerdos, ya que su rostro se estaba convirtiendo en el de un hombre, dejando la apariencia del joven que ella recordaba. Su cabello rizado desde sus sienes, llegaba hasta su gorguera, y se rebelaba contra algún intento para peinarlo, pero tenía la barba corta y lisa.

—Siento curiosidad por cerciorarme si usted aún se considera de una posición muy superior a nosotros, los pobres Lacey, señora. —El baile los separó antes de que ella pudiera formular su respuesta. Él volvió para darle la siguiente vuelta—. Ah, pero por supuesto que sí: ahora usted es marquesa, un escalón arriba de mi hermano, el conde, y tan lejos de mí que al tratar de averiguar su posición superior me lastima el cuello. No cabe duda de que está muy satisfecha de sí misma.

Era aún peor de lo que ella se había imaginado: decir que sus sentimientos hacia ella eran amargos era decir muy poco.

—Puedo explicarle, señor. Jamás me consideré superior a su familia, al contrario. —Jane intentó una sonrisa de conciliación, pero no logró penetrar las defensas de James.

—Me alegra que ya se haya dado cuenta de la verdad, señora. Quizá ganó el título, pero jamás tuvo la nobleza.

Con ese insulto, la música se transformó, llegando a la tercera sección alegre con que concluía la alemanda, dejando a Jane sin oportunidad de responder. Sintió que él le había soltado una bofetada. La había atacado sin justificación, sin darle la oportunidad de explicarle la verdad de lo que había sucedido entre ella y su hermano hacía tantos meses. Una rabia, como no había sentido durante muchos años, se le subió mientras él la columpiaba con sarcasmo por el último compás, con los ojos duros, sin alegría. Los músicos tocaron la última tonada y los bailarines se quedaron frente a frente.

—Ha sido un gusto, milady —dijo James lentamente.

—Señor, —dijo Jane, temblando de rabia—, ¡usted es un canalla arrogante!

Ni siquiera le hizo una reverencia al retirarse, dejando que sus faldas rozaran el piso al pasar como si fuera para barrerlo como el polvo en el piso. Y así terminó la reunión que tanto había deseado con el hombre de sus sueños.

cuatro

James se maldijo a sí mismo mientras la señora Jane lo abandonaba, dejándolo incómodamente solo en medio de la pista de baile. Jamás debió haber aceptado la invitación a bailar con ella. Lo hizo porque ella se había quedado tan humillada por el toque brusco de su hermano al presentarlos que había sentido lástima por ella. Y para finalizar, permitió que la molestia que sentía hacia él mismo por su propia debilidad lo provocara a insultarla. Por lealtad hacia Will, lo apropiado hubiera sido negarse a bailar con la mujer que lo había rechazado, o permanecer en silencio; sin embargo, la maldita fascinación que él sentía hacia ella lo había llevado a hablar con franqueza. Ahora lo había abandonado ante toda la corte, y sería el tema de comadreo durante varios días. No cabía duda de que algunas personas escucharon sus últimas palabras, lo cual empeoraría la tormenta de la especulación.

Buscó su refugio detrás del estrado donde se sentaba la reina, escondido de la vista de las legiones de cortesanos que adulaban a la monarca. Si hubiera estado en sus manos, se hubiera retirado de inmediato a sus aposentos, pero había aceptado regresar con Ralegh y se veía obligado a quedarse en la fiesta hasta que el favorito estuviera dispuesto a retirarse, y al parecer, aún faltaban horas para que llegara ese momento.

—Mi penitencia —murmuró James, señalándole a un mozo que le trajera una copa de vino.

No era para discutirse que Jane se veía bien, se confesó a sí mismo dando un sorbo al vino, sin darle importancia a la cosecha. Ella llevaba un vestido color crema con adornos complicados sobre la abertura, adornos muy bonitos y probablemente costosos. Él no sabía nada sobre la moda, en verdad, el tema le importaba un rábano, pero incluso él tenía que conceder que ella tenía un estilo propio. Un estilo real, si decirlo en presencia de Elizabeth no era blasfemar.

Comenzó un nuevo baile y James se aseguró de que nadie lo mirara como posible pareja. Jane se encontraba entre los bailarines, y el señor Mountjoy era quien la conducía sobre la pista. James quiso dejar de verla, pero se le hacía imposible hacerlo. Con temor sospechaba que se había enamorado de Jane durante aquella primavera cuando su hermano la había cortejado; la verdad era que una parte de sus sentimientos hacia el rechazo había sido de alivio, porque ya no sería necesario buscar la manera de evitarla. Entonces, ¿por qué le tenía rencor aún? El rechazo había lastimado sus sentimientos, mientras que a Will le daba igual. Y después, Jane había comprobado su falta de profundidad al casarse con aquel viejo marqués... Eso no le había sorprendido a James, en verdad, aunque sí lo había decepcionado. Ella era igual que su hermano: buscando subir la escalera social y mejorar la situación de su familia sin tomar en cuenta los sentimientos mayores. No cabía duda que ser dama de compañía era parte de su plan, un peldaño para influir como una de las que guardaban el acceso a Su Majestad.

James alzó su copa, brindándole en silencio. Le deseaba buena suerte. Sus asuntos eran precisamente lo que eran: suyos. En el futuro, guardaría su distancia.

Una hora después, Ralegh lo encontró.

—¿Por qué la cara de amargura, Lacey? —preguntó de manera casual—. Las damas no dejan de preguntar hacia dónde huyó.

James señaló su lugar entre las sombras.

—Esta noche prefiero observar, más no participar.

—¿Una cierta dama lo arruinó para las demás, eh? —Ralegh frotó las manos, soltando destellos de luz desde sus anillos—. Una delicia, nuestra señora la marquesa. Y ahora una viuda. —Dio unos golpecitos a su bigote, perdido entre sus pensamientos—. Entonces, está libre.

De inmediato, James volvió a sentir un brote de rabia, como una flecha lanzada de la cuerda apretada de un arco; el otro tenía la mirada de depredador.

—Y es una dama de compañía —dijo con severidad—. A nuestra soberana no le agradan los predadores en sus fincas.

—Es cierto. Pero a mayor riesgo, mayor emoción, ¿no cree?

James no deseaba pensar nada semejante.

—¿Está preparándose para retirarse, señor?

—Así es; la reina está cansada y se ha retirado a dormir. Estoy libre para retirarme también. —Ralegh le chasqueó los dedos a su criado—. Meadows: que traigan la barcaza a las escaleras del muelle.

De reojo, James vio que Jane estaba conversando con el señor Mountjoy, sin el mismo resplandor en el rostro que la había destacado en la mascarada, que él había notado cuando su mirada estaba alejada de la suya. ¿Sería posible que él fuera la causa? No estaba seguro si sentirse orgulloso o culpable. Uno de los aspectos más torcidos de su odio a sí mismo era el impulso que sentía de provocar que a otros la vida también les dejara un sabor amargo, pero siempre que lo lograba, se arrepentía.

—¿O quizá desea seguir con la cacería? —preguntó Ralegh de manera astuta.

—No, señor. Aquí no hay nada para mí. —James se retiró del salón sin mirar hacia atrás.

La siguiente mañana después de la mascarada, Jane se despertó con dolor de cabeza y un genio de los mil demonios. Después de ofender a su criada y caer mal a todos en general, decidió que no era una compañera digna para las demás damas y que necesitaba tomar un poco de aire. Lo que más deseaba era una charla animada con Milly, pero en la tarde le tocaba atender a la reina y no conseguiría el permiso para ausentarse a la ciudad. La nave de la abadía de Westminster le daría un refugio para dar un paseo amparada de la lluvia fría que caía de los cielos invernales y entonces se encaminó hacia allá, pidiendo a su lacayo que la esperara en la puerta mientras ella caminaba tranquila sobre las piedras grises, leyendo las inscripciones con poco interés. La luz débil que entraba por las ventanas altas hacía que la iglesia diera una sensación de estar sumergida debajo del agua, y que las tumbas que contemplaba fueran los restos de naufragios del pasado.

Jane se había inclinado para inspeccionar el friso en el pie de un monumento cuando sintió un toque de hielo sobre su hombro.

—Querida madre —Richard Paton estaba parado con los pies separados y las manos sobre las caderas como el retrato del viejo rey Henry.

Ella se levantó de prisa y volteó para ver de frente a su hijastro, Richard Paton, el nuevo marqués de Rievaulx. Con sus casi cincuenta años, su cuerpo estaba tomando la forma de un barril con piernas flacas, una figura que no se prestaba para las calzas ajustadas que actualmente estaban de moda. Jane anhelaba encontrar en su hijastro algo que le cayera bien, pero lo único que compartía con su padre eran sus ojos castaños, mas no su carácter dulce.

—Señor Rievaulx —respondió Jane de manera fría, metiendo sus manos a las mangas de su abrigo para evitar que viera como temblaban. Nunca se había sentido segura con Richard, ya que sabía muy bien que le deseaba lo peor.

—La vi en la mascarada anoche. Espero que se encuentre bien.

¿Acaso deseaba hacer las paces?

—Sí, estoy bien. ¿Y usted?

—Agotado por los abogados y las deudas.

—Entiendo. Lamento saber de sus dificultades.

—¿En verdad? Entonces ayúdeme y deje de reclamar la dote de la sucesión de Rievaulx.

Jane le sonrió apretando los labios.

—Lo lamento, pero no tanto.

Richard miró por encima de su hombro, como una indicación para sus dos hermanos, Otho y Lucres, y ellos se acercaron. Para Jane, eran como los clones de su hermano mayor, aunque con un poco menos de gordura y un poco menos de carácter. ¿Cómo había sido posible que un hombre tan dulce como Jonas engendrara una manada de lobos como ellos? Jane buscó su escape. Un sacerdote venía cruzando la nave; ¿quizá lo podría alcanzar para hacerle una que otra pregunta espiritual hasta que sus hijastros se cansaran de su persecución?

—No, no, milady: no se escapará de nosotros —dijo Richard, siguiendo con su mirada el camino de la mirada de Jane—. Insistimos en que nos escuche, ya hace demasiado tiempo que evita esta conversación. —Inclinó la cabeza y Otho y Lucres entrelazaron sus brazos con los de Jane, casi levantándola del suelo mientras la secuestraban de la abadía por una puerta lateral.

—¡Bájenme! —protestó Jane—. Aquí es un santuario, ¡no pueden hacer esto!

—No necesita un santuario para ampararla de su familia. —La mirada de Richard recorrió el vestíbulo cubierto a donde habían llegado, en busca de un escondite—. Por aquí.

En unos momentos Jane se encontraba en un rincón entre la tumba de un caballero y un banco de piedra.

—¿Lista para escuchar? —preguntó Richard, descansando una de sus manos contra la pared cerca de su cabeza, con su cara tan cerca de la de Jane que ella pudo sentir el calor de su aliento contra su mejilla. Gotas de lluvia le caían en el cabello, dejándolo aplastado y grasoso contra su cuero cabelludo. La tenía completamente acorralada; lo único que quedaría visible para cualquier transeúnte sería la campana de sus faldas, aplastadas contra las piedras de la pared.

Jane tragó saliva.

—Muy bien. Entonces, milady, abandonará su demanda y devolverá las joyas que su finado esposo le dejó como dote. No creerá que una novia de seis meses —y una que ni siquiera era novia de verdad, ya que nunca la tocó— podrá llevarse mi herencia.

Jane no supo cómo responder. Jonas no le había dejado más de lo que le tocaba a cualquier viuda: lo suficiente para vivir mientras quedara con vida. Era lo que él había deseado para ella. Y la única joya que provenía de los Rievaulx era la sortija de bodas que no quería devolver por motivos sentimentales, las demás habían sido suyas, y parte de su dote. Si devolviera el anillo, sería como decir que su matrimonio con Jonas no había sido de verdad.

—Su padre deseaba que ustedes me respetaran como le corresponde a una viuda —dijo Jane por fin.

Richard resopló.

—¿Respetarla? ¿A usted? ¿Una cosita de dieciocho años que ni siquiera yo mismo aceptaría como esposa? El juicio de mi padre se vio gravemente afectado durante sus últimos días, y eso lo haremos saber en la corte, con lujo de detalle.

—Amaba a su padre...

Él la interrumpió, cortando el aire con la mano.

—Ya, basta de lágrimas falsas, milady. Ya veo que nuestras peticiones no tienen el menor efecto sobre su corazón de piedra. Tendré que tomar lo que no accede a entregarnos.

Deslizó su mano por su brazo para tomarla con gran fuerza de la muñeca. Antes de que Jane entendiera cuáles eran sus intenciones, trató de arrebatarle el anillo. A toda prisa, Jane cerró el puño y trató de zafarse.

—¡Suélteme! —Le lanzó un golpe con la otra mano, tratando de quitarlo a empujones, rabiosa de que fuera capaz de asaltarla. Logró darle un buen golpe en la nariz que le sacó unas lágrimas.

—No, ¡hasta que consiga lo que quiero! —gruñó—. ¡Sujétenla!

Otho tomó la otra mano de Jane y la aplastó contra la pared. Ella soltó un grito de desesperación mientras Richard le obligó a extender sus dedos, pero Otho le tapó la boca y la nariz con su palma, sofocándola. Lucres daba vueltas, vigilando.

—¡No tengo pendiente de romperle los dedos! —advirtió Richard, doblándole la muñeca hacia atrás hasta que le ardió de dolor.

En peligro de morirse asfixiada, Jane mordió la palma de Otho; él la soltó con una palabrota y ella tomó el aire suficiente para soltar otro grito.

Se escucharon unas botas sobre el pavimento; Jane escuchó el gruñido de Lucres cuando alguien lo arrojó a un lado.

—Caballeros, ¿están locos? Asaltando a una dama en pleno día, ¡y en la iglesia, como si fuera poco!

Richard se quedó inmóvil, ya consciente de la punta de un estoque en medio de sus omóplatos. Jane cerró sus ojos y recargó su cabeza contra la pared, con un fuerte dolor en el brazo. No dudaba de que formaran una imagen extraña, los tres hombres contra una dama. Qué heroicos.

—Esto no es asunto suyo —siseó Richard.

—A mí me parece que sí. Aléjense de la dama.

Jane se dio cuenta de que conocía esa voz. Maldita su suerte: el que venía a su rescate era ni más ni menos que James Lacey. Al ver que era ella, seguramente les diría que siguieran adelante.

Richard no estaba dispuesto a acceder tan fácilmente; aún eran tres contra la única espada del intruso.

—Señor, esto es un asunto de familia. Le aconsejo que nos deje en paz. —Apretó la mano que sujetaba la muñeca de Jane, haciendo que soltara un grito ahogado.

—Aún así, odio ver un abuso contra una dama. Digamos que es una de mis costumbres. —Con su estoque presionó con más fuerza, hasta lograr penetrar una capa de ropa para tocar el doblete abajo.

—Hermano, dejémoslo para otro día —advirtió Otho, recorriendo el lugar con una mirada nerviosa. Un grupo de caballeros se había formado al exterior del panteón para ver la riña.

Richard soltó el brazo de Jane y se hizo a un lado.

Mátame de una vez, Dios mío, pensó Jane, maldiciendo su suerte. ¿Para qué levantar la vista para ver una cara de desdén?

—Milady, ¿está lastimada? —Jane escuchó la sorpresa en el tono de James, al encontrarla en tal posición. La pregunta no era precisamente hostil, sino llena de preocupación.

Ella sobaba su mano lastimada contra su pecho y con un empujón se apartó de la pared que la había apoyado durante los últimos segundos.

—Estoy... Estoy muy bien, gracias, señor.

—¿Qué ha hecho la dama para recibir tal maltrato de su parte? —preguntó James, viendo furiosamente a los tres hombres mucho mayores que ella.

Ay, claro, tendría que ser algo que ella había hecho. Sería imposible que él aceptara que esto no fuera su culpa.

—Nuestra madrastra se niega a devolvernos un anillo familiar, que por derecho me toca a mí —escupió Richard—. No es que sea un asunto de su incumbencia, joven.

—¿*Madrastra*?

La condena que llevaba esa sola palabra era más que suficiente para Jane. Con otro empujón se apartó de Richard sin mirar a James de frente. Su hijastro la tomó de la espalda de su abrigo pero el golpe del lado plano del estoque hizo que la soltara.

—Creo que son suficientes por hoy sus intentos para *persuadir* a su madrastra. Milady, la acompaño a su habitación.

Jane escuchó que la seguía.

—No será necesario, señor. Dejé a un hombre esperando en la puerta poniente.

—No, insisto. Está blanca como el papel. —Jane sintió su toque en su brazo, pero con el dolor de los moretones que tenía desde la muñeca hasta el codo, se estremeció.

—Sólo deseaba ofrecer un apoyo. Usted se ve a punto de desmayarse.

Ella soltó una carcajada sin gracia.

—No hay ningún peligro de que me desmaye. Quizá de que arroje unas cosas tras algunos individuos, mas no de que me desmaye.

—¿Y no existe una buena relación entre usted y sus hijastros? —La tomó cuidadosamente del codo, olvidando por un momento su discusión de la noche anterior. Por el momento, ella no era más que una dama con necesidad de auxilio, y Jane tenía la sensación de que ignorar una situación así iba en contra de sus instintos, aunque no conociera los detalles.

—Es cierto que mis hijastros me tienen poco cariño, señor. Su padre me advirtió que esperara algo así de su parte. Fue por eso que me aconsejó buscar la protección de la casa de la reina. —La impresión había hecho que Jane bajara la guarda; era inusual que ella le contara cualquier cosa a alguien que no fuera Milly.

—¿Y el anillo?

Jane extendió la mano, molesta porque temblaba.

—Mi sortija de bodas, un rubí. Entregaré con gusto mi patrimonio cuando me muera, pero no pienso concederlo por libre voluntad, burlando mis votos matrimoniales. Jonas jamás me lo hubiera perdonado.

James miró el anillo que tanto había peleado y sintió una revoltura en el estómago. Su frágil muñeca estaba roja e hinchada, con varios moretones; tenía la palma abierta donde la sortija le había cortado bajo la presión de la fuerza de Richard. De repente, James sintió el deseo de volver corriendo para hacer pedazos al nuevo marqués.

—Milady, está usted lastimada.

Jane dobló sus dedos con cuidado.

—Creo que no se me rompió nada. Sin embargo, me hubieran lastimado mucho más si hubieran logrado zafarme el anillo.

La sugerencia de una sonrisa de triunfo superó a James. No pudo evitarlo. Levantó la mano lastimada de Jane y le dio un beso sobre los nudillos lastimados.

—Milady, es usted una tigresa. Mis pobres servicios no le hacían falta, ¿verdad?

—Bueno, de eso no estoy segura, señor, es usted muy bueno para el rescate. Fue mi buena fortuna que llegara justo en ese momento.

James guardó su estoque en su cinturón.

—No fue suerte, milady, sino la buena fortuna de que decidieran atacarla en la ruta hacia el salón de esgrima. Si no hubiera sido yo, seguramente hubiera llegado algún otro practicante de un momento a otro.

—Siempre había pensado que mis hijastros eran unos idiotas; ni siquiera tienen la inteligencia suficiente para armar una buena emboscada —murmuró Jane.

James se rió y se sorprendió. La joven marquesa siempre había tenido un sentido del humor muy ácido; daba sabor a cualquier situación, mientras otras damas aburrían con comentarios insípidos. Había sido uno de los motivos de su anterior atracción; jamás había comprendido por qué su hermano la había visto muy insulsa y demasiado propia. Por su parte, James siempre había sospechado que ella tenía el carácter fuerte al igual que él. Lo sucedido comprobaba que tenía razón.

Encontraron al hombre de Jane dormido sobre un banco por la puerta poniente de la abadía. James lo despertó con un empujón.

—¡Cumple con tu trabajo, joven! Mientras dormías, atacaron a tu señora.

El sirviente tartamudeó sus excusas.

—Para la próxima vez, mantenla a la vista en todo momento. —James le hizo una reverencia a Jane—. Aquí la dejo.

Ella respondió con otra reverencia.

—Gracias, señor.

James esperó sobre las escaleras hasta que vio que llegaban seguros a la puerta del palacio de Whitehall. Agitó la cabeza, sorprendido por sus propias acciones y las de ella. Hacía un día se habían arrojado insultos; ahora, actuaban casi como si fueran amigos.

cinco

La Calle Silver, Londres

MILLY LEYÓ VARIAS VECES la carta de Jane sin entender lo que decía. Quedaba claro que la había escrito en dos partes: la primera, con una furia sobre la grosera conducta de su amado James la segunda, para narrar un trato muy distinto de su parte. Su pobre amiga estaba muy perdida: no parecía darse cuenta de que sus dramáticos cambios de estado de ánimo revelaban sentimientos profundos. Lo que aún quedaba por descubrir eran sus sentimientos hacia Jane.

—Señora, la vino a ver un joven —anunció Henny desde la puerta del salón de la planta alta, retorciéndose las manos.

Milly trató de evitar que el tic nervioso de su sirvienta la molestara, y fracasó.

—¿Qué clase de joven? —preguntó, pasando un hilo de seda color azul celeste por una aguja—. Espero, no sea el alguacil. Creo estar al corriente con las cuentas.

—No, no es él. —Henny jaló su mandil para enderezarlo—. Es uno de esos moros que luego ve uno en las casas de los grandes señores. Tan oscuro como el mismo diablo.

Milly bajó su trabajo, rezongando por la molestia.

—Te pido que no hables de esa manera.

Su reproche no le hizo efecto a Henny, una londinense con los mismos prejuicios que sus paisanos. Tenían la costumbre de pensar que cualquiera que fuera diferente —fuera judío, moro, español, ruso— era el descendiente de Satanás.

—¿Desea que le mande subir, señora?

¿Y qué más podría hacer con él?

Paciencia, Milly, paciencia, se dijo a sí misma.

—Por favor.

—¿Y al viejo Uriah también?

—¿Pero para qué?

—Bueno, por si se pone peligroso con usted.

—Henny, baja en este instante y dile al visitante que suba con los mismos modales que muestras ante todos los demás. No será necesario mandar al guardia. Me imagino que nos trae un negocio por parte de su señor o de su señora, mas no amenazas.

Milly se cercioró de que todo estuviera en orden dentro del salón, haciendo al final una inspección de su propia persona para asegurarse de que presentaba una imagen de limpieza y eficiencia. Se puso al lado de la ventana para esperar que llegara su visita.

—Suba, eh, señor. Es la primera puerta del lado derecho —dijo Henny de manera cautelosa como si estuviera tratando de tentar a un león con un pedazo de carne sobre cada escalón para evitar que la atacara a ella.

Los pasos del hombre se escuchaban ligeros y rápidos sobre los escalones. Se abrió la puerta y entró un aire que hizo saltar las llamas en la parrilla.

—¡Diego! Por Dios, ¡eres tú! —Milly se asombró en cuanto reconoció a su visitante. Tenían tres años sin verse. Él había sido el mozo y el paje de su padre durante años hasta que Porter cayó en desgracia. Cuando habían vendido a Diego junto con el viejo caballo de su padre, Bárbaro, Milly ya no había sabido nada de él.

Diego sonrió e hizo una reverencia extravagante.

—Señora Milly.

Las preguntas inundaron al cerebro de Milly como si fuera un gentío peleando los mejores lugares en el teatro.

—¿Cómo estás? ¿Dónde vives? ¿Cómo te enteraste de mí?

Él se rió, tomándola de las manos y dándole una vuelta.

—Se ve bien, señora.

—Así es, pero me niego a aceptar que me digas así: me siento extraña si no me dices Milly. —Los dos compartían muchos recuerdos: tenían casi la misma edad, y se habían hecho amigos cuando el padre de Milly le ordenó a Diego enseñarle a montar. Milly sospechaba que los niveles de clase que dominaban la sociedad inglesa eran incomprensibles y ridículos para él; siempre los había observado según se necesitara, y los había ignorado cuando podía. Él había sido de los pocos que la consolaron cuando llevaron a su padre a la Torre de Londres. Durante un tiempo habían seguido en contacto, sin embargo, los mensajes de él, que venían en forma de collares de cuentas y brazaletes, hechos con cuidado por sus propias manos, habían terminado después de que ella se mudara por quinta vez. Parecía que localizarla simplemente se había vuelto demasiado difícil.

—Por favor, ¿cómo me encontraste?

Diego se rió ante su curiosidad. Para ella, era imposible ignorar un secreto.

—Bueno, Milly, me acordé que eras la amiga de la señora Jane. La vi hace dos años y le pedí a su criada que me dijera dónde estabas, pero esa muchacha no me ayudó en nada. —Sus ojos cafés brillaron con la risa, implicando que la respuesta a su petición no había sido con los mejores modales.

—Cuando vi a la señora en la corte, les pregunté a las sirvientas que tiene ahora y fueron mucho más amables. Dijeron que su señora te había venido a visitar aquí. —Le apretó las manos antes de soltarlas—. Se ve que le ha ido bien, señora Porter.

Eran pocos los que pudieran pensar que convertirse de dama en costurera fuera algo bueno, pero era típico de Diego ver las cosas de manera distinta. Milly entrelazó sus dedos con alegría, dejando que la felicidad de esta visita inesperada la mareara, ya que traía consigo tantos lindos recuerdos de su niñez. Con él siempre había sido más viva, más capaz de ser ella misma.

—Qué afortunada soy de que te hayas tomado la molestia, Diego. Ay, ¡tengo tantas cosas que contarte! Pensé que te había perdido para siempre. Te imaginé en la casa de un gran señor, quizá un embajador, de viaje por todo el mundo con su séquito.

Diego levantó el vestido que Milly estaba elaborando para inspeccionar su trabajo, deslizando sus dedos sobre los bordados finos.

—Más o menos tienes razón. Estoy al servicio del conde de Dorset y sus hermanos. —El grito de sorpresa que soltó Milly lo hizo estremecer y sonreír—. Por los dedos del gran cocodrilo, Milly, se me había olvidado que hacías eso.

Ella se rió. Siempre había sido el juego de Diego decir cosas exageradas.

—Por las lágrimas del elefante blanco, es una enfermedad incurable para mí, te lo juro. Pero, ¿el conde de Dorset? ¿Cómo sucedió? —Era tan extraño que tres de sus amigos se hubieran visto envueltos en las fortunas de esa familia de la nobleza.

Con cuidado, él volvió a colocar el vestido sobre la mesa de trabajo.

—Fui con Bárbaro. Mi señor el conde necesitaba un caballo y el de tu padre estaba a la venta. Ya ves lo sencillo que es. Por el momento James Lacey es mi patrón.

—Pero por supuesto, así te enteraste de que la señora Jane está en la corte. —Le señaló que se sentara—. ¿Cuánto tiempo tienes para tu visita?

—Tiempo suficiente. Mi patrón está en consulta con el señor Ralegh y sus amigos. Están planeando un viaje.

Milly tiró unas piezas de carbón sobre la fogata con tal de que Diego no sintiera el frío. Sabía que no soportaba el invierno inglés.

—¿En verdad? ¿Y adónde van?

—A las Américas. —La expresión en el rostro de Diego era de escepticismo—. Estos ingleses son extraños. Piensan reclamar aquella tierra para ellos mismos. ¿Acaso no les basta con este país?

Viéndolo de frente, Milly agitó la cabeza.

—Vamos, Diego, nosotros los ingleses no somos como los españoles o los portugueses con sus enormes imperios. Tenemos que mantener el mismo nivel de los vecinos.

—Pero, ¿por qué piensan que esas tierras les pertenecen? —Parecía que para Diego esto era un verdadero misterio—.

Se trasladan al otro lado del mundo para robarse el oro y la plata y luego se disputan todo eso como si fueran unos perros que pelean por un hueso. ¿Por qué no podemos simplemente conformarnos todos con lo que tenemos en casa?

Milly alzó los hombros.

—No lo sé, pero parece que la naturaleza del hombre es desear siempre más. Yo sé que yo misma siempre estoy pensando en lo que sigue; en el éxito para la empresa, en los amigos, en la felicidad, en tener una familia algún día. —Su mirada encontró a la de Diego por un instante antes de volver a caer—. Quisiera tener mi propio pequeño imperio de costura. ¿Acaso no deseas lo que no puedes tener a veces?

Diego no le dio respuesta de inmediato. La miró de forma penetrante, y luego su mirada bajó hasta donde sus manos descansaban sobre sus piernas. Carraspeó.

—Sí, siempre he deseado más, pero pedirlo me da temor.

Milly sospechaba que le quería decir algo, y le daba miedo lo que podría ser, para ser sincera. Su trato siempre había sido como si ella fuera una novia, mas no como lo que le correspondía como la hija de su patrón. En aquellos tiempos, sus niveles sociales habían sido muy distintos, pero ahora que ella tenía que trabajar para ganarse la vida, eran en gran medida de un nivel.

Sonrojándose, dijo:

—Jamás te imaginé capaz de sentir temor a nada. —Por dentro, lamentaba el hecho de haber nacido pelirroja, con una piel tan pálida que la pena que sentía siempre quedaba muy a la vista.

—Pero créeme que sí lo soy.

El sonido de unos golpes en la puerta los interrumpió. Christopher Turner entró en la habitación, ya declamando a toda velocidad.

—Joya del Támesis, ¡tiene que ayudarme! —exclamó dramáticamente—. Tengo que escribir un poema pero mi musa se niega a visitarme. Estoy desesperado, no, más bien, sediento como un hombre en medio del desierto, por alguna idea. —Ya tarde, Christopher se dio cuenta de que Milly tenía compañía. No se detuvo, sino que giró para aprovechar la presencia de Diego—. Señor moro, estoy a sus órdenes. Le ruego que perdone mi interrupción; deme una oportunidad y le aseguro que no se aburrirá.

Diego se puso de pie, con la misma incomodidad de un gato que acababa de recibir una cubetada de agua fría.

—Señor actor.

Milly se puso inmediatamente entre sus dos visitantes.

—Kit, le presento a un viejo amigo, Diego, una vez, él… bueno… trabajó con mi padre. Diego, Christopher Turner, y tuviste razón al pensar que es actor; también es vecino y muy buen cliente.

—¿Y ahora quién es su patrón, mora divina del seto inglés? —preguntó Christopher con la misma floridez de siempre.

Diego no hizo caso al juego de palabras.

—Soy parte de la casa del conde de Dorset, señor.

Christopher se tensó, y su calidez de hacía un momento se convirtió en unos cristales de hielo como los que cubrían una ventana en enero.

—¿En verdad? Le doy mis condolencias.

—Mi patrón es un hombre generoso —dijo Diego con sinceridad—. Sus condolencias no me hacen falta.

—Entonces, que me las devuelva. —Christopher chasqueó—. Ya, se van.

—Señora Porter, me retiro —anunció Diego, dándole la espalda al intruso.

—Ay, ¡pero yo pensé que tenías el tiempo suficiente para quedarte un rato! —Protestó Milly.

—Vendré otro día. Ya veo que se encuentra muy ocupada.

Ella intentó restablecer la armonía con una sonrisa, pero ya se había perdido.

—Por supuesto que no. El señor Turner puede esperar, ¿no es así, Kit?

El actor se quedó sin decir nada, viendo a Diego con enemistad en los ojos.

—¿Kit? —dijo Milly, otra vez.

—Siempre es un placer esperarla, querida —dijo con una calidez innecesaria, dándole a Diego señales equivocadas sobre la naturaleza de su relación.

—Señora Porter, le deseo buen día. —Diego hizo una reverencia y se fue a toda prisa.

Ya enojada con Christopher, Milly le arrojó un cojín.

—¡Criatura enfurecedora! ¡Lo ahuyentó!

El actor cayó despreocupado sobre la silla abandonada por Diego.

—No le llegará nada bueno por hacer tratos con los Dorset ni sus sirvientes, mi amor. Hablo por amarga experiencia. Es mejor que la deje en paz.

—Señor, ¡usted es insoportable! Yo no soy su amor, y no me hacen falta sus patrullajes a los límites de mis amistades.

Christopher se tapó la frente con su mano.

—¡Eso es! Una imagen hermosa, la mujer que desprecia, los límites del amor… ya veo el soneto. —Se puso de pie con un salto y llenó su mano de besos—. Gracias, gracias dulce Milly. Me ha salvado el pellejo.

A Milly se le hacía imposible permanecer enojada con Christopher. Su prejuicio contra la familia de su padre era profundo y a veces sin justificación, pero de todos modos sus intenciones eran buenas.

—Bueno, me da gusto poderle servir de algo —dijo con sarcasmo—. Casi recompensa el hecho de que corrió a uno de mis mejores amigos para ganarse un par de monedas.

—¡Mi corazón y mi bolsillo son suyos, querida! —gritó Christopher mientras salía.

—¡Qué lástima que ambos suelen estar vacíos! —gritó Milly a sus espaldas.

—¡Excelente! —dijo la voz de Christopher desde la planta baja—. También puedo utilizar esa imagen, oh musa del cielo de hilos dorados.

Diego se encaminó a toda prisa hacia la casa de Durham por las calles londinenses, esta vez sin tomar en cuenta el interés que los capitalinos pálidos solían mostrar hacia su color inusual. Durante mucho tiempo, había considerado a Milly Porter como la mujer ideal. Se acordaba de lo brillante que era su cabello color cobre cuando de niña lo llevaba suelto, y de lo liviano que era su espíritu y sus labios tan dulces, muy apetecibles. Él sabía que las inglesas no lo veían feo —por lo menos, el paso del tiempo le había mostrado que no lo rechazaban por su piel morena— pero por algún motivo, Milly siempre se había negado a reconocer sus encantos, insistiendo en verlo nada más como amigo.

Pero la última vez que se habían visto, apenas tenían catorce o quince años. Ella jamás había entendido que los regalos artesanales que le daba eran regalos de cortejo, según las tradiciones de su propia tierra. Él había llegado a su taller con altas esperanzas de que ella ya estuviera lista para reconocer lo que había entre ellos, y esas esperanzas habían quedado arruinadas por ese mono ridículo con sus patas largas y su ropa extravagante.

Desde una taberna, un hombre salió tambaleándose hacia atrás, chocó con Diego y lo tiró al camino de una carreta que venía acercándose. Diego se quitó de su camino con agilidad y se puso de pie, y su recompensa fue un latigazo por parte del conductor.

—¡Extranjero estúpido! ¿Tiene ganas de morir? —gritó el zoquete.

Diego le deseó un camino directo al infierno de los cristianos y siguió caminando, tratando de quitar la mugre de su librea. Odiaba a los londinenses, excepto a una ciudadana en especial. Ella era la excepción.

seis

—¡Hija!

Jane se detuvo sobre las escaleras que iba bajando para tomar el pasaje del río hacia la casa de Milly. Era el día de descanso de sus labores, pero Henry le había mencionado que su padre estaba en la corte, y hasta ahora había logrado evitarlo. Ya que parecía que su intento de esconderse en la ciudad había fracasado, giró e hizo una reverencia.

—Padre, ¿cómo le va? —*Tratemos de actuar con civilidad*, pensó. A señas, les dijo a sus sirvientes que la esperaran.

Thaddeus Perceval, el señor de Wetherby, estaba parado con los brazos en jarras sobre el primer escalón, contemplándola desde arriba. Un hombre gordo con modales bruscos, tenía una mata de cabello de color blanco-dorado, arrugas de amargura alrededor de su boca y ojos de un color azul más pálido que los de ella. No se había tomado la molestia de actualizar su guardarropa antes de presentarse en la corte, entonces llevaba su tabardo rojo oscuro con un doblete de color lodo con calzas que habían estado de moda hacía diez años, dejando muy en claro que era un noble de provincia.

—Estoy bien. Dejé a David y a tu tía en buen estado de salud —respondió con una voz áspera.

Jane jugaba con el fondo de seda de sus mangas largas.

—Me da gusto saberlo.

Su padre señaló el barco que la esperaba al pie de la escalera.

—¿A dónde vas, Jane?

Lo que menos deseaba Jane era que él se enterara de que ella aún tenía contacto con Milly Porter; él había dejado muy en claro que ella no podía tener nada que ver con «esa cualquiera traicionera» cuando a su padre lo habían mandado a la Torre. Anteriormente, el conde de Wetherby había considerado al padre de Milly un buen soldado y un cazador de primera, entonces el hecho de que fuera condenado por un crimen de tal seriedad había ofendido a Thaddeus de manera personal.

—Pensaba visitar la plaza de los joyeros —inventó Jane rápidamente.

—¿Qué? ¿Acaso ya eres tan adinerada que puedes gastar en tales lujos?

La respuesta de Jane fue una sonrisa sin emoción, ya que sabía que no había respuesta correcta para esa pregunta.

—Pero bien, me parece que el mandado puede esperar, ya que tienes un año sin ver a tu padre. —Le señaló que subiera las escaleras.

A Jane no le quedaba de otra mas que obedecer y terminar de una vez con la discusión. Él le dio un beso lleno de espinas, que le daba a entender que todo estaba bien entre los dos, desde el punto de vista de su padre, por lo menos. ¿Acaso no tenía la inteligencia suficiente para recordar la amargura de su última partida? Siempre había resentido de manera abierta el contrato de matrimonio que Jonas lo obligó a aceptar, en el cual le dejaba a Jane el control de su propia dote en caso de quedarse viuda. Afortunadamente, ella ya no tenía la obligación de obedecerlo, más allá de la expectativa social de que los hijos respetaran y honraran a sus padres. Ambos sabían que si ella se pusiera abiertamente en su contra, se arriesgaría a sufrir una condena generalizada.

Así será, pensó Jane, preparándose mentalmente. *Me niego a hacerme la víctima.*

—¿Henry ya habló contigo? —Preguntó, llevándola de nuevo hacia el palacio y sentándola sobre un banco en un rincón cerca del gran salón.

Con anhelo, Jane miró por la ventana hacia el pequeño jardín de senderos con arena y setos precisos, sabiendo que aún no tenía escape.

—Sí, señor.

—Es un buen muchacho, Henry.

Jane se quedó sin hablar, viendo cómo el jardinero rastrillaba los senderos, dejándolos lisos.

—Ya te encontró un buen partido, el segundo hijo de un duque francés, un hombre estable. Tiene intereses en el transporte y el vino, tiene unas propiedades grandes en el oeste del país. El hijo mayor es un poco débil, y lo más probable es que él reciba la herencia.

—¿A conveniencia de usted o de la mía? —preguntó Jane en voz baja, jalándose las mangas por los nervios.

Thaddeus sonrió, sin entender sus intenciones.

—A la de ambos. Él nos podrá ayudar a desarrollar el mercado francés para nuestro paño.

Jane buscó la manera de desenvolverse de esta interferencia en su vida pero lo único que se le ocurría era negarse de manera abierta.

—Lo lamento, señor, pero no estoy dispuesta a volverme a casar, con tan poco tiempo después de la muerte de Jonas.

—Dios mío, hija, ¡ya pasaron meses! No puedo creer que una mujer como tú quiera echar a perder lo mejor de su belleza en el luto de una viuda. Hiciste un partido excelente, mucho más allá de mis expectativas después de «ya-sabes-qué», pero nadie te está pidiendo que sigas llorando ahora que ya pasó el mes de luto.

Jane sabía que era inútil protestar contra la imagen tan mala que tenía de ella. Nunca la había creído capaz de sentir lo que él mismo no sentía.

—Aún así, señor, no puedo aceptar esta oferta amable de su parte de conseguirme otro partido.

Thaddeus se puso de pie de un salto y su aspecto de padre bondadoso se convirtió en uno de amo furioso, que era más típico de él. Aplastó el puño contra la palma de la otra mano.

—¡Henry me había advertido que seguías igual de necia! No tienes idea de lo afortunada que eres, jovencita, rodeada de lujo durante toda tu vida. ¡Ya es tiempo para que me pagues lo que me debes y me obedezcas por una vez en tu miserable vida!

Jane cerró los ojos, imaginando con todas sus fuerzas el oro que tenía resguardado, que le daría una seguridad contra sus ataques. Él podía arrojarle los insultos que quisiera con su lengua venenosa, sin embargo no le podía hacer ningún daño.

—Siendo que el tema que discutimos se trata de mi matrimonio, señor, creo que sí es preciso tomar mis deseos en cuenta.

—¡Al diablo con eso! ¡Eres una niña mala sin respeto! ¿Qué quieres hacer? ¿Ocultar con tu estatus de viuda el hecho de que tengas amantes y avergonzar a tu familia?

Jane no pudo imaginar cuál era su motivo para concluir que ella estaba a punto de embarcarse en una vida de libertina, siendo que antes de llegar a la corte siempre había sido un ejemplo del buen comportamiento.

—Esa no es mi intención, señor. Lo único que busco es servir a la reina.

En el rostro de Thaddeus se veían las ganas de acabarla a golpes.

—Henry ya me dijo que después de tan poco tiempo, la gente habla de ti a tus espaldas; de discusiones con tus amantes en plena pista de baile, de pleitos en el campo santo..., ¡yo tendría todo el derecho de encerrarte por ser indigna de la compañía de la gente decente! Tus hijastros ya están diciendo que has cometido actos de brujería, ¡y que embrujaste a su padre para robarles la herencia!

Jane no pudo aguantar más. Con un salto se puso de pie, poniéndose frente a frente con el hombre que durante tanto tiempo había hecho de su vida una miseria.

—¿Y sería capaz de utilizar sus acusaciones en contra mía? ¿Contra su propia sangre? Tenga mucho cuidado, señor: si toma el camino de apoyarlos en sus acusaciones locas, se arriesgará a perder cada moneda que yo tengo. Tienen intenciones de quitarme toda mi fortuna, incluso la dote que usted le dio a Jonas. ¿En verdad prefiere dejárselo a los Paton que a su propia hija?

Se notaba que la pregunta lo había obligado a reflexionar, y hubo una pausa antes de que diera su respuesta.

—Mi preferencia, Jane, sería tener una hija que me obedeciera y que me permitiera manejar sus bienes y elegir un esposo para ella. ¿Cómo es posible que una cosita de dieciocho años como tú sepa lo que le conviene?

—Jonas me creía capaz de tomar mis propias decisiones.
—Tu esposo era un anciano, incapaz de juzgar algo así.

Estaban a punto de involucrarse en una discusión sin final, ya era suficiente. Jane hizo una reverencia.

—Le ofrezco disculpas, señor, pero tengo que ir por una diligencia para Su Majestad. —Lo rozó al pasar, y sus faldas se engancharon en las hebillas de sus zapatos. Prefirió arrancarlas para liberarse que agacharse para desenredarlas.

—Esto no ha acabado, Jane —advirtió su padre.

Jane alzó su mentón para mostrar su invulnerabilidad, y se marchó sin dar respuesta.

—Si los vientos nos favorecen, veo probable que la *Dorothy* y la *Bark Ralegh* crucen el océano en dos meses. —Ralegh dio un golpecito al mapa que tenía sobre la mesa—. Es preciso asegurar los abastos suficientes para la expedición para que duren hasta que llegue al mar Caribe. Me niego a aceptar que el proyecto fracase por falta de puerco salado o agua fresca.

James se quedó alejado del grupo que rodeaba el mapa y permitió que su vista se desviara hacia la ventana donde veía el Támesis y los miles de barcos que cruzaban de un lado para el otro. Si bien hacía frío dentro del estudio circular de Ralegh, también tenía una de las mejores vistas de toda la ciudad de las marismas de Lambeth y el paisaje de los alrededores. Muchos de los caballeros presentes llevaban abrigos gruesos con fondos de piel para la reunión, por lo que se veían como una agrupación de animales silvestres.

El doctor Dee, astrólogo de la reina, arremangó las mangas de su toga negra para hojear un libro grueso lleno de sus garabatos minúsculos. La barba larga y blanca que colgaba de su rostro parecía el pico de una garza.

Según las estrellas, la fecha más ventajosa para iniciar la embarcación sería a finales de abril, el día veintisiete, anunció con su voz aguda.

¿Y quién se lo discutía? El doctor Dee había elegido el día de la coronación de la reina, y parecía que su pronóstico para un reinado glorioso y largo se cumplía, siempre y cuando pudieran evitar que España arrasara con su pequeña nación de protestantes a las orillas de Europa. James se estremeció al sentir sobre su cara el soplo de la brisa del río que entraba por las grietas en la ventana de bisagras, que por un momento lo llevó nuevamente al frío de los Países Bajos.

—Lacey, ¿sigue usted con nosotros? —dijo la voz de Ralegh, interrumpiendo sus memorias oscuras.

—A sus órdenes, señor. —James se separó de la pared para unirse al grupo de hombres alrededor de la mesa.

—¿Aún tiene intenciones de acompañarnos en este viaje?

—Por supuesto, me muero por ir —dijo James sin emoción.

—Para su inspección del terreno para propósitos de defensa, ¿qué clase de equipo necesitará?

James trató de encontrar el entusiasmo para dar su respuesta.

—Un par de hombres buenos para ayudarnos a tomar medidas, alguien que sea capaz de guardar un registro de lo que encontramos, de preferencia un cartógrafo.

—Pienso mandar a un dibujante, he utilizado sus servicios en otras ocasiones, y es muy bueno.

—Entonces con él bastará. ¿Entiendo además que no pensamos comenzar con la fortificación del sitio elegido para la colonia?

—No, no tengo intenciones de cometer los mismos errores que las demás expediciones.

Como la de su finado medio hermano, pensó James.

—La preparación es clave —continuó Ralegh—. El papel de usted será averiguar qué nos hará falta, luego volver para enviar a los colonos con la preparación adecuada para construir un lugar seguro donde vivir. Enviaremos campesinos y artesanos, tanto hombres como mujeres, cuando estemos listos para sembrar raíces en América.

—Entonces, ya tengo todo lo que necesito. —En verdad, lo único que solía necesitar era librar a los demás de la carga de su presencia.

—¿Llevará consigo un sirviente?

—Así es.

Ralegh hizo unos apuntes en su lista del personal destinado a viajar.

—Lo asignaré al *Bark Ralegh*. ¿Sabía usted que yo mismo participé en su diseño?

—Eso me da mucha seguridad, señor.

Esta vez, Ralegh sí detectó al sarcasmo. Levantó la vista y le sonrió a James con una expresión de travesura en su rostro.

—No lo dudo. Yo mismo me arriesgué un par de veces dentro de ella, es una señora fiel para un navegante sincero.

James levantó una ceja con ganas de reír, a pesar de sus malestares.

—¿Y usted se considera honesto?

Ralegh se rió.

—A veces. En el mar, siempre. No soy tan tonto para tratar de engañar a ese monstruo.

La reunión se acabó y James volvió a su habitación y encontró a Diego tallando sus calzas para quitarles lo que parecía la mitad del contenido de los drenajes de Londres.

—¿Qué te sucedió?

—Me sucedieron un borracho y un caballo de carga, señor. —Diego dio golpes a sus calzas con una tableta de jabón.

—Para eso están las criadas de la lavandería —dijo James razonablemente, dándose cuenta que estaba de intruso en una de las pocas ocasiones en que su hombre mostraba su coraje.

Diego hizo un gesto de impaciencia.

—Las criadas le sirven a usted… y a mí me sirven de insultos por pedirles sus servicios.

James se rascó la cabeza.

—¿Pero por qué? ¿Qué hiciste para hacerlas enojar?

La mirada que Diego le lanzó llevaba la sugerencia de que había mostrado la misma inteligencia que un tonto del pueblo.

—Yo no hice nada, mi señor. No sé si se ha dado cuenta, pero a los londinenses no les caigo bien.

James se quitó su chaleco, pensando que ya era hora de cambiarse para cenar.

—Pues, los tontos son ellos. Eres un hombre simpático, Diego.

—Aunque tuviera el mismo encanto que nuestro anfitrión, señor, aún así me odiarían. Los únicos negros como yo que ellos conocen son los diablos pintados en los muros de las iglesias, o los villanos en el teatro.

James se detuvo con la mitad de su doblete abrochado. Durante todo el tiempo que llevaban juntos, Diego jamás se había desahogado tanto. James estaba tan acostumbrado a la apariencia de su sirviente que se le había olvidado a qué grado sufría Diego a causa de ella. Siendo sincero, él mismo había compartido alguna vez prejuicios similares al conocerlo; solamente el hecho de conocerlo más íntimamente le había enseñado que había más hombre debajo de la piel. Se acercó a Diego y le quitó las calzas llenas de jabón.

—Como te dije, los tontos son ellos. —Se encaminó hacia la puerta y gritó hacia el corredor:— ¡Oigan!

Una sirvienta vino a toda prisa por las escaleras e hizo una reverencia mientras trataba de recuperar su aliento disimuladamente.

—Mi señor.

—Te encargo que la librea de mi hombre quede limpia de inmediato. Y más vale que no me lleguen noticias de que alguna de ustedes lo ha insultado de alguna manera, ni con las palabras ni con la mirada. ¿Queda claro?

La criada miró a Diego con temor en los ojos.

—Sí, mi señor.

James le dio las calzas, casi arrojándoselas, y le dio la espalda, cerrando la puerta.

—Gracias, señor —dijo Diego en voz baja, aún con un poco de resentimiento en la voz.

—Por Dios, hombre, no me agradezcas nada. Sólo pido lo que te corresponde por derecho. Si son despectivas contigo, mi sirviente, entonces a mí también me insultan.

Diego se permitió sonreír, ya más cómodo porque James decía que lo había hecho por interés propio.

—Y de ninguna manera podemos aceptar eso, ¿verdad, oh mi señor orgulloso y poderoso?

—Tienes mucha razón; nosotros los señores poderosos no lo podemos aceptar. Y ahora que lo pienso, parece que yo mismo tampoco tengo calzas limpias, ¿verdad?

Diego buscó y encontró unas calzas azules, ya viejas y reparadas, en el baúl de James. Los dos se quedaron viendo esa triste imagen con resignación en las miradas.

—Bueno, pues, por lo menos, según las damas, usted las llena bien —ofreció Diego.

James resopló, pero esperaba que Diego tuviera la razón. La verdad era que le gustaba la idea de que Jane admirara sus piernas, a pesar de saber que no le serviría de nada. Habían hecho las paces, y él se sentía dispuesto a conformarse con que disfrutaran una breve amistad. Creía que su deber hacia ella, y hacia todos los que lo conocían, era alejarse de sus vidas lo antes posible. Él era el añublo; ella era la rosa que tenía que florecer sin llevar las huellas de su presencia.

La reina decidió cenar con una pequeña compañía esa noche, diciéndoles a sus damas de compañía que en su opinión, los banquetes durante la cuaresma eran una pérdida de tiempo. Era imposible disfrutar de una cena completa de pescado y carnes blancas, que a pesar de los esfuerzos de los cocineros no apetecían, ya que el verdadero anhelo de todos era una pieza sabrosa de venado, carne de res o de lechón. Jane estaba sentada en la orilla de la mesa, realmente disfrutando su pollo almendrado, pensando que no le hacían falta las carnes rojas, dijera lo que dijera la reina. Sin embargo, guardó silencio, ya que en los primeros días de su servicio ya le había quedado claro que eran muy pocos los que gozaban del privilegio de discutir las opiniones de la reina: Ralegh, el señor Burghley, su principal consejero, la señora Parry, pero jamás una joven viuda marquesa. Incluso había escuchado cuentos de que en ocasiones la reina había jalado las orejas de los que la hicieron enojar. Disfrutando otra mordida, Jane se preguntó a sí misma si una parte del gozo de la cena era por la compañía. El destino le había sonreído y la había colocado del lado de James y lejos de la alimaña de Ralegh.

—Nunca tuve la oportunidad de preguntarle, mi señor, ¿cómo está la señora Ellie, es decir, la señora Dorset? —preguntó con algo de timidez, con su mirada fija en la curva de su mentón justo arriba de su barba que traía corta y limpia. Ella imaginaba presionarlo ligeramente con su dedo.

—Recién aliviada de su hijo, el nuevo heredero del conde —respondió James. Frotó el lugar que ella estaba viendo como si sintiera el roce de su mirada.

—Me alegra mucho la noticia. —Sonrió hacia su plato, dorado por la iluminación de los candelabros colocados sobre la mesa.

James contempló su perfil con interés.

—Usted habla sinceramente, ¿verdad?

—¿Y por qué no? Ellie es… era una gran amiga.

—Yo pensaba que a ella y a mi hermano los despreciaba.

Jane se sonrojó.

—Jamás. Usted se equivoca sobre el asunto.

—Pero esas fueron sus palabras al rechazarlo. —James limpió los jugos de su plato con una pieza de pan.

—Si él se pone a recordarlo con claridad, se dará cuenta de que no dije nada por el estilo.

A la brevedad, James entendió lo que ella quería decir.

—Simplemente permitió que él así lo pensara.

—Bueno, sí. Pero jamás tuve la oportunidad de explicar mis motivos.

—Señor Lacey, me dicen que usted está participando en el proyecto del capitán Ralegh —interrumpió la señora del otro lado de James, con una mirada que señalaba que no estaba de acuerdo con que Jane tuviera toda la atención del joven noble.

James volteó a ver a la interrogadora para darle una breve descripción de lo que se había discutido dentro de la casa de

Durham. Jane escuchó con algo de alarma la noticia de que James pronto se iría de viaje.

En cuanto él pudo librarse de la dama insípida, volteó a ver nuevamente a Jane.

—¿Me parece que usted estaba a punto de explicar algo?

Durante un momento, a Jane se le olvidó lo que había estado a punto de decir por su consternación ante la revelación de que él arriesgaría su vida por una aventura, un viaje al otro lado del mundo.

—¿Usted va a participar en la expedición de Walter Ralegh? —Apretó el mango de su cuchillo con tal fuerza que sus nudillos se pusieron blancos—. Pero, ¿por qué?

James miró su mano.

—¿La idea le causa preocupación?

—La verdad, sí. Es muy probable que nunca vuelva. ¿Qué falta le hacen aventuras locas como ésa?

—Milady, soy el segundo hijo: lo que yo haga no importa.

—¡Claro que sí importa! —dijo Jane con un incremento de coraje. Parecía que su propia vida le daba igual, como si estuviera dispuesto a perderla por una tontería.

—Milady, no se preocupe por mi destino. En verdad no valgo la pena. —Le sonrió como si fuera suficiente para que todo quedara bien—. Ahora, en verdad quiero escuchar lo que me quería decir sobre su decisión de no casarse con mi hermano. Siempre ha sido un misterio para mí, y estaría agradecido si me lo pudiera resolver.

Jane quería soltarle un golpe por el descuido que mostraba hacia su propio bienestar pero no era ni el momento ni el lugar para continuar con ese argumento.

—No permití que el compromiso se efectuara porque ya sabía que era a Ellie a quien él quería. —Jane tomó su copa para tomar un poco de vino, para evitar por un momento la necesidad de ver la incredulidad en su rostro—. Ella lo necesitaba más que yo.

—¿Y por qué no se lo dijo?

—¿Hubiera sido posible para el conde reconciliar su deber hacia su prometida con el su deber hacia la que en verdad amaba? Temía que él jamás rompiera el compromiso si lo dejaba en sus manos. Todos hubiéramos terminado condenados a la infelicidad.

James se la quedó viendo como si fuera por primera vez.

—¿Lo hizo por Will y por Ellie?

Ella se rió en voz baja.

—Bueno, le confieso que también fue por interés propio. ¿Acaso a usted le gustaría estar casado con alguien que estuviera enamorada de uno de sus mejores amigos?

—Pero nosotros pensábamos... yo le creí...

—Ya lo sé, ya lo sé: usted me creyó una bruja con corazón de piedra. Es extraño el número de personas que tienen la misma opinión. —Se inclinó hacia él de manera más íntima—. ¿Qué es lo que estoy haciendo mal?

Por su sonrisa, él pudo notar que estaba jugando. Él le siguió la corriente.

—Para empezar, se ve demasiado perfecta. La perfección desconcierta a la gente, siempre suponemos que hemos hecho algo mal y eso molesta.

—Estoy muy lejos de la perfección. —*Si él supiera*, pensó Jane. La verdad era que jamás se había perdonado la mala decisión de haber compartido un encuentro apasionado con Ralegh hacía dos años. No nada más iba en contra de sus valores, sino también era una estupidez, que pensándolo bien parecía el mayor de los pecados.

—Está bien, entonces. Dígame algo para convencerme de que usted no logra la perfección.

—¿Como qué?

—¿Usted ronca?

Ella frunció el ceño, fingiendo concentración.

—No lo sé. Tendrá que preguntarle a mi criada.

—¿Quizá tenga algún hábito que fastidia, como tronarse los dedos?

—¡En toda mi vida jamás hice eso!

—Parece que no va a ganar, milady.

—Ah, ya veo. Entonces deje de distraerme. Yo misma le confesaré. Es algo muy grave y jamás me verá con los mismos ojos.

—Adelante.

—No puedo cantar —susurró Jane.

—¿En verdad?

—Ninguna nota. Hay burros que cantan con mejor tono que yo.

—Juro que es excelente —dijo James con un golpe sobre la mesa—. Se cayó de su pedestal y ahora tiene que revolcarse en el lodo con los demás mortales como yo.

Jane se rió.

—Siempre estuve ahí, señor. Era usted quien me creía perfecta. Jonas siempre me decía... —Se interrumpió con temor a que se perdiera la atmósfera de juego recordando a su esposo.

—Adelante, milady.

Jane giró la sortija en su dedo.

—Me decía que era su pajarita. Era una broma, porque cantaba como un pato, mas no como un ruiseñor.

—¿Lo extraña, verdad?

—Cada día. Era... era el hombre más bondadoso que jamás conocí.

James sacudió las migajas de su manga.

—¿Lo amaba usted?

—Sí.

Averiguando primero que nadie los escuchara, carraspeó.

—Entonces, debería decirle que sus hijastros están haciendo mucho ruido acerca de que usted jamás fue su esposa por completo.

Quizá era lo último que quisiera discutir, y menos con James Lacey.

Él se sonrojó con la misma pena que ella sentía.

—Veo que la incomodé. Le pido perdón.

Jane se armó de valor.

—Lo que quiero que usted entienda, señor, es que Jonas y yo éramos grandes amigos y compañeros mutuos. Yo lo honraba y él me apreciaba. Quizá nuestro matrimonio no fue de lo más típico, sin embargo había más amor entre ambos que en muchos otros que he visto.

—Lo puedo creer —dijo James, tocando el dorso de su mano con suavidad—. Uno de los dos merecía todo el cariño que le tocó. Él fue un hombre afortunado.

—No, señor, fui yo la que tuve buena fortuna. Él me salvo de más formas de las que puedo decirle.

James le dirigió una sonrisa radiante, que lo iluminaba aún más por el hecho de que últimamente se veía tan triste.

—Me quedo con mi propia visión del caso, milady.

siete

Con nerviosismo, Diego llamó a la puerta de Milly con sus nudillos, sin saber qué clase de bienvenida le darían fuera del horario laboral. Desde las demás casas cercanas, alcanzaba a escuchar a la gente ocupada con sus actividades vespertinas: sentándose a cenar, riéndose y a un bebé que lloraba en uno de los cuartos de arriba. Un gato cruzó la calle cautelosamente, parecía otra sombra, más oscura que la misma noche, con los ojos iluminados como el diablo. Los dedos de Diego rozaron su amuleto. Había sido una locura venir solo a este lugar; sin embargo, no podía evitarlo.

—¿Sí? —A través de una grieta, lo observaba un anciano gruñón con una mata de cabello canoso como un cepillo de alambre.

—Vine a ver a su señora.

—¿Quién la busca? No lo veo, acérquese a la luz.

Diego levantó la linterna que llevaba consigo para dejar su rostro a la vista. Los ojos del anciano se abrieron más.

—Dígale que Diego la quiere ver.

Soltando varios gruñidos, el sirviente se fue. Diego se quedó esperando en la entrada, incómodo por estar en una posición tan expuesta a una hora tan avanzada. Cheapside era un lugar seguro de día; sin embargo, después del atardecer los callejones como éste tenían la reputación de amparar a los rateros y cosas peores. Le despertaba los mismos temores que las barrancas de la selva cerca de su aldea, donde su padre le había advertido que jamás se acercara; lugares traicioneros donde las vides entrelazaban los pies de los intrusos, donde los reptiles infestaban y los gatos salvajes reinaban.

—Óyeme, joven —llamó una mujer que se venía acercando desde el lado norte del callejón. Levantó sus faldas para enseñar los tobillos y los fondos de color rojo. Algunas mechas de su cabello amarillo se escapaban por debajo de su gorro, y las cintas de sus prendas estaban flojas, al parecer para quitarlas con facilidad, como una serpiente que estaba a punto de mudar la piel.

—¿Buscas un poco de compañía?

—Gracias, señora, pero no. —Respondió Diego, con una sonrisa amable pero fría. En sus viajes con el ejército, había conocido a las acompañantes del campamento en los Países Bajos, las lavanderas quienes se ganaban un dinero extra de manera menos honrada, y había llegado a entender la despreciable falta de opciones que las llevaba a tomar una decisión así. En su país, no se hubiera permitido que las mujeres terminaran en una situación de tal desesperación, sin embargo, aquí la gente se resignaba ante su existencia. Londres era una ciudad tan extraña.

—Qué lástima, pareces un paquete sabroso. Nunca tuve a un moro —respondió la callejera con una sonrisa pícara, sin la menor preocupación por su rechazo.

—Lamentablemente, señora amable, tendrá que esperar para tener esa experiencia.

Un hombre flaco apareció en la esquina del callejón, caminando a paso acelerado con el mentón hacia adelante como si fuera la proa de un barco.

—Pos qué sucede, Mary. Ya lárgate a Cheapside para ganarte la vida.

Mary puso en blanco los ojos antes de decirle: — Está bien, está bien, Jed. Estaba a punto de irme. Buenas noches, señor. —Le mostró los dientes a Diego.

Ahora el hombre vio a Diego, esperando en la entrada de la casa.

—Malditos extranjeros. —Escupió por los pies de Diego—. ¿Buscabas una revolcada de a gratis?

—No —dijo Diego de manera cortante, desesperado porque el anciano se apurara para permitirle entrar. Lo que menos buscaba era traer problemas a la casa de Milly.

El hombre lo observaba de manera calculadora, probablemente pensando que le podría ganar en caso de llegar a los golpes, además de quitarle el monedero.

—No me gusta que andes manoseando a las muchachas, ¿me entendiste?

Un par de hombres con expresiones duras se acercaron, seguidos por dos callejeras más.

—¿Qué sucede, Jed? —preguntó uno. Diego vio con consternación que el nuevo tenía el cuerpo de un rinoceronte. Aunque tenía sus trucos para lidiar con un solo atacante, ahora veía que la situación no tenía buenas posibilidades para él.

—Este negrito estaba insultando a Mary —gruñó Jed.

—¡No es cierto! —protestó Mary.

—¡Cállate! —Jed le soltó una cachetada que hizo que se cayera contra la pared.

—Maldito Jed, ¿por qué demonios hiciste eso? —gritó, con la mano en su cabeza—. ¿Acaso me quieres matar?

—¡Déjala en paz! —gritó Diego, corriendo para ponerse entre ella y el puño alzado del hombre.

—¡Quítale las manos de encima, diablo negro! —gritó una de las otras mujeres, poniéndose enfrente de Diego para cerrarle la salida.

Diego se dio cuenta que dejar el escalón de la entrada había sido un grave error: se encontraba en medio de una pandilla de hostiles, y su única aliada estaba tirada en el suelo tratando de recuperarse de una lesión en la cabeza como consecuencia de su impacto contra la pared.

—¡Vete por donde llegaste! —Gritó el rinoceronte, haciendo a la mujer a un lado para lanzarle a Diego un gancho con la derecha.

Diego lo esquivó pero el hombre que parecía un palo lo atacó por atrás. El impacto lo estrelló contra la banqueta. Logró soltar unos golpes pero luego el rinoceronte lo sujetó del brazo y una de las mujeres se sentó sobre sus piernas. Varias manos jalaron su ropa en busca de su cartera. Con una patada logró quitar a la mujer de sus piernas y se hizo un ovillo para proteger su cabeza y cuerpo de lo que venía.

Tomando su tiempo, el viejo Uriah por fin llegó al salón de Milly para anunciar que había llegado una visita. Sin embargo, no hicieron falta sus palabras por el aviso de los ruidos de la calle. Milly corrió a la ventana justo a tiempo para ver el asalto a Diego por parte de tres vagos y sus zorras. Con un empujón abrió la ventana.

—¡Déjenlo en paz! —Gritó—. ¡Haz algo, Uriah!

El anciano la miró con consternación.

—Pero, señora, ¡son tres!

—Por todos los santos, no te quedes ahí parado, trae a los vigilantes, a los vecinos, ¡no me importa, pero haz algo!

Agarró el aguamanil del lavabo y se lo arrojó a la pandilla como si fuera una manada de perros callejeros en plena pelea.

—¡Auxilio! ¡Auxilio!

Por todo el callejón los postigos de todas las ventanas iban abriéndose. Algunas cabezas se asomaron.

—Señora Porter, ¿qué diablos sucede? —Apareció el señor Rich, el sastre, con un paño en el hombro, ya que había estado cenando.

Milly señaló la riña en la calle.

—¡Están matando a mi amigo! ¡Ayúdenos, por favor!

Rich se metió para llamar a sus aprendices. Abrió la puerta del taller y salieron cuatro jóvenes con muchas ganas de pelear. Milly quiso ver qué sucedía con Diego pero estaba perdido entre la batalla. Sintió un alivio al ver que Christopher Turner salía de sus habitaciones con dos amigos; vinieron corriendo para unirse a la pelea.

—Gracias a Dios, Kit, ¡ahí está Diego, pero no lo veo! ¡Sálvelo!

Christopher puso sus dedos en la frente en forma de saludo para señalarle que la había escuchado. A una de las callejeras le aventó su abrigo, prometiéndole una recompensa si lo guardaba, y se lanzó a la riña. Por fin Milly vio a Diego, nuevamente de pie y dándose de golpes con un gigante. Con un presentimiento de los resultados si seguía en esa posición, Christopher tomó a Diego de su abrigo por la espalda y lo arrastró hacia un lugar seguro, con Diego lanzando golpes hacia un lado y luego al otro sin saber quiénes eran sus amigos y quiénes sus enemigos. Milly bajó corriendo a la planta baja y abrió la puerta de la entrada justo a tiempo para que Christopher empujara Diego hacia adentro. Tiró un medio penique para recuperar su abrigo, y luego él también se metió, azotando la puerta una vez que estuvo adentro.

—¡Por Dios! ¿Cómo logró que se detuvieran? —Se lamentó Milly, ahora preocupada por los aprendices del señor Rich y los amigos de Christopher.

—A ese fuego ya le queda poca leña, dulzura —respondió Christopher—. No se preocupe.

Y ciertamente, después de intercambiar unos insultos que pintaron la noche de azul por su pesadez, la pelea se convirtió en un duelo de palabrotas hasta que ambas fracciones se fueron por distintos caminos, cada una creyéndose la ganadora.

Diego estaba a gatas, y de la nariz caían gotas de sangre a los tapetes de junco de Milly. Parecía un animal salvaje domado, temblando por la impresión de haber peleado por su vida. Milly se puso de su lado.

—Ay, Diego, estás lastimado. —Con dedos suaves rozó su cabello con sus rizos apretados.

Diego se sentó más recto, con su librea y su cara hechas pedazos, sin poder verle a los ojos.

—No es nada de importancia, no te preocupes.

Pero Milly ya se había ido a la cocina por un trapo mojado para ponerle en la nariz.

—No me digas que no me preocupe, Diego; vi que casi te mataban esos perros insensatos. Que vayan a Bankside si quieren provocar al oso.

—¿Por qué empezó todo? —Preguntó Christopher, recargándose contra la mesa de patrones, evitando arrugar las telas costosas ya preparadas para el día siguiente. Cruzó los pies y examinó sus uñas—. Las peleas no surgen solas.

Diego se puso incómodamente de pie, todavía tapándose la nariz con el trapo de lino que Milly le había dado.

—No les agradó mi cara, señor. No les hacía falta otro motivo.

Christopher metió la mano a una canasta de trabajo para jugar con un par de tijeras.

—Lamento escucharlo, pero ha de darse cuenta también, señor moro, que su presencia afuera del taller de la señora Porter a estas horas no le hará ningún bien a su reputación. Si usted fuera en verdad su amigo, la dejaría en paz.

—¡Al diablo con eso! —Interrumpió Milly—. ¿Por qué no ha de visitarme a la hora que él guste? Tengo a Uriah y a muchachas aprendices por toda la casa para asegurar que todo siga igual de decente, deje de decir tonterías. ¿Y usted, qué tal? Nunca ha dejado de pasar por su cena y el comadreo porque ya sea muy noche, ¿verdad que no?

—Pero yo no soy extranjero, Milly; soy el vecino —dijo Christopher con mucha paciencia, con el mismo tono que hubiera utilizado para explicarle algo a una niña de muy poca inteligencia—. Se recordará y discutirá la presencia del señor Diego y los amantes más crueles del escándalo de Cheapside contemplarán su conexión con usted. Sufrirá su negocio. Usted aún es nueva aquí, aún está a prueba.

—Si es así, entonces me voy —dijo Diego con un tono miserable.

Pero Milly no estaba dispuesta a aceptar que ese actor entrometido que debería saber más, lo ahuyentara por segunda vez.

—No lo harás. *Usted* —dijo Milly, empujándolo con la punta de uno de sus dedos—, subirá a mi salón a cenar. *Tú* te vas a quedar hasta que haya atendido tus heridas. Henny y el viejo Uriah pueden acompañarnos para que nadie pueda hablar mal de tu visita, Dios sabe que a ambos les encantan las habladurías; mejor que el rumor sea por algo bueno.

Diego volvió a limpiarse la nariz, pero ya no estaba sangrando.

—¿Estás segura, Milly?

—Sí. Ven.

Lanzándole una mirada llena de furia a Christopher, guió a Diego hacia las escaleras.

—Sube..., te seguiré una vez que haya calentado algo para que todos comamos. Te juro que estás caminando como un borracho, me imagino que incluso tienes la visión borrosa. —Volteó a ver de nuevo al actor—. Es bienvenido a quedarse si gusta, Christopher. Y gracias por su ayuda ahí afuera —dijo, señalando la calle.

—Esta es una tontería, Milly. De esta amistad no resultará nada bueno —advirtió Christopher—. De un momento a otro se irá con su señor Lacey, y usted se quedará sola para arreglar el lío que le deja.

Milly se puso recta hasta alcanzar su estatura completa, aún un pie más baja que el actor, como si fuera una gallina enojada que se atrevía a discutir con el zorro.

—Así que no se quedará. Que pase buenas noches, entonces.

La pura fuerza de su coraje lo ahuyentó hasta la puerta.

—Milly, escúcheme. Entienda, antes de que sea tarde.

—Buenas noches, señor Turner. —La puerta se cerró.

James se fue del palacio con el mismo estado mental que hubiera tenido de haber acabado de descubrir que la Tierra había abandonado su lugar de costumbre para darle vueltas a la luna. Mientras caminaba por las calles que quedaban entre Whitehall y la casa de Durham, su camino iluminado por un niño que cargaba una linterna, tenía mucho tiempo para reflexionar sobre el hecho de que había estado equivocado en todo lo que había pensado de Jane durante dieciocho meses. Había renunciado a la vida como condesa por el bien de su amiga. En cuanto ella se lo confesó, se lo había creído —de hecho, una vez al aire libre, la verdad parecía la explicación más obvia— y se vio obligado a culparse a sí mismo y a nadie más por haber pensado tantas cosas malas de ella durante tanto tiempo. Si él hubiera ido con ella después de su rechazo a Will, habría escuchado su versión de la historia; quizá las cosas fueran diferentes: ella no se hubiera casado con su marqués, y él...

Probablemente no hubiera ido a los Países Bajos, se confesó James a sí mismo. Había aceptado la comisión en un ataque de rabia, permitiendo que sus malos sentimientos hacia Jane, la dama de la corte por excelencia, lo pusieran en contra de la alternativa de una vida en la corte.

Pero la realidad era que sí había ido y que ahora no era capaz de hacerle buena compañía a nadie. Sabía que por fuera su apariencia era casi igual, pero por dentro su alma estaba hecha pedazos. Si el viejo rey Henry no hubiera acabado con los monasterios, su tentación habría sido encerrarse en uno, excluido del mundo exterior para evitar que otros tuvieran que sufrir su presencia.

Le dio una propina al niño de la linterna y levantó al portero de la casa de Durham, quien lo recibió diciéndole respetuosamente: *Buenas noches, mi señor.* El ruido de sus botas sobre los peldaños fue su único acompañante al subir las escaleras de piedra, mientras aflojaba la gorguera que le apretaba. Se caían los broches de sus amarres pero no se molestó en buscarlos. La única luz en la habitación venía de una sola vela sobre la parrilla fría, siendo que Diego había pedido la noche para ir a visitar a una amiga. James soltó una maldición por haberse olvidado de pedir que una de las criadas le encendiera la fogata antes de su regreso. Arrojó su abrigo hacia un banco que quedaba al lado de la puerta y se agachó para encender la leña.

Apenas estaba ardiendo la lumbre cuando habló una voz por la ventana.

—Ya era hora, mi señor, me estaba congelando aquí, esperando su regreso.

Con un salto, James se puso de pie, sacando su estoque y su daga. El intruso era un desconocido, y no tenía intenciones de conocerlo mejor.

—¡Fuera! —Ordenó.

El joven descansaba un pie sobre el alféizar y el otro en el piso, apoyando su cabeza con el brazo que descansaba sobre la rodilla levantada; la imagen perfecta de la indolencia.

James miró hacia sus espaldas, esperando ver a algún cómplice. Tenía que ser un ladrón. James no tenía la importancia política suficiente para justificar un intento de asesinato.

—Estoy solo, mi señor —dijo el hombre, como si sus sospechas le causaran gracia—. Muy solo.

—Fuera. ¡Ya!

El hombre se puso lentamente de pie, saliendo de las sombras con un paso. Era casi de la misma edad de James, alto, con una mata de cabello negro rizado y sin barba. Un arete de perla colgaba de uno de sus lóbulos. A James le extrañó el hecho de que le recordara a su hermano Tobías. Algo en sus ojos oscuros le hacía recordar a ese travieso.

—Mi señor, le pediría perdón por mi intrusión pero sé que un Lacey jamás perdona lo que percibe como insulto. —Hizo una reverencia—. Mi nombre es Christopher Turner. —Esperó, como si esperara una respuesta.

—¿Y eso a mí qué? No suelo estar familiarizado con los rateros y vagabundos que vienen hasta mis habitaciones a robarme. Regresa todo lo que tomaste y márchate de aquí, malnacido.

—¿Malnacido? —dijo Christopher con una risa amarga—. Es cierto, y gracias a su estimado padre.

—¿Qué dijiste sobre mi padre? —James se dio cuenta de que tuviera los motivos que tuviera este hombre para estar en sus habitaciones, la violencia no formaba parte de ellos. Su porte era relajado, y se mostraba más cómodo con la situación que James. James bajó las armas, manteniéndolas en las manos pero ahora descansando la punta del estoque en el piso.

—Christopher Turner —repitió el hombre—. ¿Mi nombre no significa nada para usted?

James dio un paso cuidadoso hacia la parrilla donde la leña estaba a punto de acabarse. Guardó su daga y con la mano que le quedaba libre, puso un par de leños sobre la fogata.

—Me temo que estoy en desventaja: me parece que nunca he escuchado ese nombre en toda mi vida, aunque queda claro que usted esperaba lo contrario.

—Bueno, como si fuera poco. —Christopher se rió como si se burlara de sí mismo—. Aquí estaba yo, esperando la gran reunión, y resulta que ni siquiera sabía de mi existencia. Eso me pone muy bien en mi lugar. Comenzaré de nuevo.

—Enderezó su espalda e hizo una reverencia de corte, con mucho estilo y mucha profundidad—. Mi señor: Christopher Turner, y no ratero aunque confieso ser vagabundo bajo las leyes de Su Majestad. Actor del teatro. Residente de Londres. Escritor de sonetos indiferentes.

James resopló, y decidió que a pesar de la entrada a escondidas y sin invitación a la habitación, el joven sí causaba gracia. La casa de Ralegh se daba a conocer como un lugar donde se juntaban los hombres que buscaban conectarse, y sin duda al actor le había costado poco trabajo convencer al portero de dejarlo entrar en busca de una audiencia. La corte sufría de una plaga de hombres con rima, buscando a los que alquilaban su pluma.

—Dios mío, un poeta. Era lo único que me faltaba. Se equivocó de habitación, si busca un patrón para sus versos, inténtelo con Ralegh. El día en que yo le mande un poema a alguna dama será el mismo día que pida mi propia ejecución. —Guardó su estoque y se recargó contra la repisa de la chimenea, aún sin confiarse lo suficiente para sentarse en presencia del desconocido.

—Pero se me olvidó mencionar la parte más importante, mi señor. Mi madre fue Judith Turner. —Una vez más, el actor esperó una reacción y no recibió más que una ceja levantada—. Lamento decirle que ella era la amante de su padre. Yo soy su hermano... su medio hermano.

James se quedó sin palabras. Jamás había creído que su padre fuera un santo, sin embargo, tampoco se había encontrado con un bastardo engendrado por él; sin embargo, siendo que ya había notado el parecido con Tobías antes de que el hombre tan siquiera hablara, se sintió obligado a creerle.

—Estoy... este... me da gusto conocerlo, señor —dijo tensamente, sin saber cuál era la respuesta más adecuada en tales circunstancias.

—Sé que no es cierto. —El actor parecía tener un punto de vista filosófico sobre la vergüenza que podía causar para la familia.

James quería sentirse más despierto para enfrentar esta nueva relación, no soportaba los momentos de complicación y conflicto y al parecer éste se estaba convirtiendo en uno: el hijo abandonado enfrentando a su hermano legítimo, probablemente con alguna demanda que James no tenía la capacidad de satisfacer.

—¿Por qué no se presentó con nosotros antes?

—Bueno, algunos miembros de la familia sí me conocen, señor. Recibía un pequeño estipendio de los bienes familiares hasta que sucedió la muerte de nuestro padre, administrado por el mayordomo, un señor de apellido Turville, me parece. Me alcanzaba para unas cuantas nociones de aprendizaje, pero se acabaron cuando tenía unos trece años y me vi obligado a tomar el escenario para ganarme la vida. —Su tono era ligero pero James pudo detectar amargura detrás de las palabras; el resultado de años de descuido.

—¿Y su madre?

—Falleció, mi señor, hace diez años.

—Mis condolencias. —James le dio la espalda para encender las velas situadas a cada extremo de la repisa de la chimenea, y para tomarse un momento para reconciliarse con la sorpresa. No estaba seguro sobre cómo tenía que sentirse al descubrir que tenía otro hermano, y sobre todo uno tan cercano a su edad, si era verdad que Turner había tenido trece años cuando el viejo conde había muerto. ¿Se ofendería su madre al enterarse que su esposo había tenido una amante? La viuda señora Dorset no era ninguna tonta, quizá ya lo sabía. No. James descartó esa idea de inmediato: era imposible de imaginar que ella permitiera que se aislara al hijo de su esposo de manera tan abrupta, su corazón bondadoso jamás aceptaría castigar a un niño por culpa de su padre. Lo único posible era que no se hubiera enterado.

—¿Quisiera saber por qué vino a verme esta noche, señor Turner? —preguntó James, señalando una silla enfrente de él—. Sé que hablo en nombre de mi hermano mayor en cuanto a que estaremos dispuestos a ayudarlo en la medida de nuestras posibilidades.

Christopher se negó a sentarse.

—Prefiero quedarme de pie, señor. Le aseguro que no vengo a rogarle ni tampoco a obligarlo a reconocerme. Dios sabe que el tiempo para eso ya pasó, y lo mejor es seguir como siempre.

—Entonces, ¿qué desea?

Christopher se sobó la nuca, y James se dio cuenta de manera desconcertante que él también hacía el mismo gesto.

—Quiero pedirle que frene la conducta de su hombre.

—¿De mi hombre? ¿Se refiere a Diego?

—Él mismo. Está cortejando a una amiga mía y quiero que se detenga.

El pecho de James se congeló.

—¿Por qué?

—Es una linda muchacha, valiente y con mucho talento. Se merece algo mejor.

—¿Le molesta el hecho de que él es un moro?

—Me molesta el hecho de que está al servicio de usted.

Una rabia brotó dentro de James, alimentada por las memorias frescas del maltrato sufrido por Diego en las calles y bajo este mismo techo, lo que arrasó con su primer impulso de ser diplomático con este pariente olvidado.

—Diego es un sirviente leal y un buen hombre. Cualquier mujer deberá sentirse honrada por ser la depositaria de su cariño. Me parece, señor, que si usted desea a la muchacha, lo mejor sería declararse con ella, mas no ir corriendo con el señor de su rival para apuñalarle la espalda.

La furia de Christopher fue aumentando en proporción a la de James.

—Usted no entiende; ¡no sabe cómo sufrimos, los que nos involucramos con los Lacey! Le apuesto que le queda poco tiempo en Londres. Siempre se van en sus veleros dejando atrás vidas destruidas y naufragios. Yo no quiero que eso le suceda a Milly Porter. Él le echará a perder el negocio, ¡y a ella también!

—Su resentimiento en contra de mi familia va más allá de lo razonable, señor Turner. Ahora que se da cuenta de que nosotros no tuvimos conocimiento de su nacimiento, lo más justo sería ablandar su prejuicio con comprensión sobre los motivos por haber quedado en el abandono.

—Algunos sí tuvieron conocimiento, señor. El último estipendio llegó dos meses después de la muerte de nuestro padre; su hermano deberá estar enterado, por lo menos.

—Tenía apenas catorce años cuando murió nuestro padre. No, nuestro mayordomo, Turville, ha de ser el responsable, y mi intención es practicarle un interrogatorio minucioso sobre el asunto, de eso no tenga ninguna duda. —James, frustrado, pasó una mano sobre su cabello—. Pero en cuanto a Diego, si la muchacha le gusta, le deseo la mejor de las suertes. No tengo la menor intención de interferir.

Christopher agitó la cabeza, con la boca torcida por el disgusto.

—Es lo más típico de los Lacey: lavarse las manos de toda responsabilidad.

—No sabe lo equivocado que está. No nos conoce ni a mí ni a mi hermano, entonces no está en ninguna posición para juzgar nuestros motivos. —James ya estaba harto: fuera o no su hermano recién descubierto, el actor mostraba una enorme falta de respeto ante su superior social, dándole órdenes como si fuera el sirviente en lugar del noble. Ya había sido muy tolerante. —Cuando se le pase el coraje, si quiere presentarse ante mi hermano, el conde, estoy seguro que lo recibirá con los brazos abiertos. Pero le advierto: no se oponga a la felicidad de mi hombre, es parte de la casa y de la familia. Defenderé sus derechos con todas mis fuerzas.

Christopher se rió amargamente.

—Ya ve, por un lado dice que me tratarán como familia, y por el otro pone los derechos de un sirviente por encima de los míos.

—No diga tonterías, señor. —A James le parecía que Christopher exageraba sus penas, como todos los actores ya demasiado acostumbrados a los discursos dramáticos. Turner se equivocaba si lo creía capaz de ignorar tantos años de servicio de parte de Diego nada más para complacer a un medio hermano que ni siquiera conocía.

Christopher jaló los cordones que aseguraban la capa de color rojo fuerte que llevaba en los hombros, todavía furioso a pesar de su pose de indiferencia.

—Quizá le dará más importancia a mis palabras cuando le diga qué le sucedió a su moro esta noche.

James se estremeció con alarma.

—¿Qué sucedió?

—Su presencia provocó una riña fuera de la puerta de la señora Porter.

—¿Está herido?

Christopher alzó los hombros.

—Un poco dañado, pero no en grave peligro.

—¿En verdad? —Quizá tendría que buscar a Diego—. ¿Sigue ahí? ¿Dónde lo dejó usted? —Con su mano hizo un gesto hacia la dirección de la ciudad y con la otra tomó su abrigo.

Christopher observaba irónicamente mientras James se preparaba para salir.

—Está en la casa de la señora Porter. Ella está atendiendo sus heridas.

Como si hubiera estado escrito, alguien llamó a la puerta. James la abrió para encontrar a uno de los hombres de Ralegh.

—¿Sí?

—Le llegó un mensaje de la ciudad, señor. Su sirviente tuvo un percance y, según el reporte, sigue un poco confundido debido a una lesión que tiene en la cabeza. El mensajero pregunta si será posible concederle una ausencia extendida hasta que se recupere por completo. La persona que lo está atendiendo no considera que se encuentre en buenas condiciones para volver a casa esta noche.

James volteó a ver a su visita.

—Entonces, ¿debo entender que estas son las acciones de la señora Porter?

Christopher se recargó contra el marco de la ventana con los brazos cruzados.

—Sí, sería típico de ella.

James se volvió a dirigir al sirviente.

—Dile al mensajero que iré por mi hombre mañana, y que le comunique mi agradecimiento a su amable rescatadora.

El sirviente hizo una reverencia y se fue a entregar las noticias.

La interrupción logró enfriar el conflicto que había dentro de la habitación. Sin saber qué hacer con su medio hermano, James cerró la puerta y volvió a su posición al lado de la parrilla, manteniendo la distancia entre los dos. Había sido una noche muy extraña. Primero, las revelaciones de Jane lo agitaron, y ahora la noche estaba cerrándose con un nuevo pariente y un sirviente en problemas. De todos los de su familia, él era el menos indicado para tratar con este hermano difícil: Will tenía la amabilidad y firmeza para ponerlo en su lugar, Catherine el calor maternal para abrazarlo, Tobías el espíritu para seguirle la corriente, Sarah el encanto para tranquilizarlo. Lo único que James tenía para ofrecerle eran el fracaso y la dureza que le había dejado un año de guerra. Pero sabía que también tenía que hacerle alguna oferta de paz.

Ya que no tenía más regalos, por lo menos podía darle algo práctico.

—¿Y usted, señor? ¿Le ofrezco posada esta noche? —preguntó James—. Puedo pedírselo al anfitrión si no desea andar en las calles a estas horas.

Christopher se levantó y acomodó su abrigo en sus hombros.

—Entonces me está despidiendo. *Salida del escenario, izquierda.*

James talló su mentón con consternación. ¿Acaso no podía decir nada que complaciera al desconocido?

—Mi única intención era la de mis palabras. No tengo deseos de que se vaya, si lo acabo de conocer. Quizá no estemos de acuerdo sobre qué es lo que mejor le conviene a la dama, ¿pero acaso eso deberá impedir que nos conozcamos como hermanos?

Christopher hizo una reverencia.

—Así es. Al final, siempre se reduce a los mejores intereses de la dama. La estrategia de los Lacey es ignorarlos, empujándolos al desastre, y yo no quiero ninguna parte de eso. Me retiro.

James entendió que era inútil. No había manera de cambiar la opinión de Christopher en cuanto a que sus hermanos legítimos fueran el reflejo del padre que lo había abandonado. Una relación tan breve no sería suficiente para hacerlo cambiar de opinión, y James no creía encontrar la fuerza suficiente para hacer la diferencia, estando como estaba.

—Adiós, entonces, señor Turner. Llevaré las noticias de usted con mi familia y preguntaré por su estipendio.

—No contendré la respiración. Buenas noches. —Christopher giró a la salida para hacer otra reverencia, más por burla que por respeto—. Por lo menos, gracias por no matarme con su espada.

—Oh, aún nos queda tiempo suficiente, hermano —gruñó James—. Parece que usted y yo estamos destinados a chocar.

Christopher se fue por las escaleras, dejando una risa que seguía retumbando aun después de que él desapareciera.

ocho

ATENDIENDO LAS PETICIONES de su amiga, Jane llegó a la casa de Milly Porter muy temprano al día siguiente, antes de que el taller abriera para recibir a los clientes. La nota de Milly que había llegado a la media noche le había provocado mucho interés, se refería a algún incidente, un viejo amigo involucrado en algunos problemas y la petición de un consejo sobre cómo mejor manejar la situación. Con una sensación de intriga y gusto por ser de utilidad, Jane pidió permiso para ausentarse de la corte, y se fue a caballo, detrás de un ordenanza, hasta la puerta de Milly.

Estaba esperando a que su lacayo le ayudara a bajarse de la silla cuando apareció James Lacey a su lado con la mano extendida.

—Señora Rievaulx.

¿Qué hacía él afuera de la misma tienda de Cheapside?

—Señor. —Jane aceptó la mano ofrecida y se bajó resbalando de la silla para terminar en sus brazos. El breve roce de sus cuerpos hizo que se estremeciera, era como la sensación de una llama después de la cabalgata congelada.

—Me sorprendo al verla aquí —dijo James. No bastaba con que le hubiera robado las palabras, sino que aún no le soltaba la mano. Los guantes de cuero negro que llevaba tenían casi la misma suavidad de la piel.

—¿Piensa hacer algunas compras?

Molesta consigo misma por sentirse mareada ante la sonrisa en sus ojos oscuros, Jane negó con la cabeza.

—No, señor. Vine a ver a una amiga.

James levantó una ceja.

—¿Aquí?

—Como usted vea, señor.

—Entonces, permítame. —Se puso frente a la puerta y tocó. Un anciano abrió el portal.

—Mi señor, milady, por favor pasen. Mi señora bajará enseguida. —Con un gesto, el portero les señaló que pasaran al taller. Había dos sillas con cojines de piel al lado de la ventana y bocadillos sobre la mesita entre las dos. Quedaba claro que Milly los estuvo esperado, pero ahora que ya estaban aquí, no tenía prisa para atenderlos. Jane empezó a sospechar algo, Milly no sabía que ya había tenido la oportunidad de explicarle su pasado a James durante la cena de la noche anterior; no cabía duda de que esta era una estrategia para que su amiga la ayudara.

—Señora Rievaulx, ¿gusta usted tomar asiento? —dijo James, con una chispa en los ojos que hacía burla de su propia formalidad.

—Gracias. —Jane hizo lo mejor que pudo para que las faldas de su amazona de color rojo-vino cayeran de manera uniforme después de la perturbación por el paseo. Temía que los fondos estuvieran llenos de lodo y no soportaba la desventaja que eso le daría.

—¿Pero por qué tan formal, señor? Anoche me decía señora Jane, ¿o no era así?

—En verdad, así la conocí desde el principio y es una costumbre difícil de romper. Pero después de anoche, deseo redimirme por las repetidas faltas de respeto que ya le había mostrado. —James tomó asiento y estiró sus piernas largas, cubiertas con calzas oscuras que, en comparación con la ropa de Jane, ocultaba las manchas—. Ahora entiendo que usted es una señora que merece todo el honor y el título alto que le fue concedido por su matrimonio.

Ella sonrió y sirvió dos copas de jerez, con un piquete de placer por dentro, un poco parecido a la sensación ardiente de morder un queso de sabor fuerte. Por fin, podían ser amigables y los malos entendidos habían quedado en el pasado. ¿Sería posible que existiera la oportunidad de algo más? Se arriesgó a mirarlo y vio que estaba estudiando su rostro.

—¿En verdad cree que decirme *Jane* es un insulto para mi honor? Eso me da tristeza, a mí me parecía la marca de nuestra amistad.

—Lo es, es decir, que espero que lo haya interpretado como tal.

—Entonces por favor siga diciéndomelo mientras estemos en compañía de amigos. Existe otra señora Rievaulx —la esposa de mi hijastro— y es una vieja harpía y cada vez que me dice así me recuerda a ella.

—No pienso en ninguna harpía cuando pienso en usted, al contrario. —Tomó la copa que ella le ofrecía y la alzó.

Jane asintió con la cabeza como respuesta ante el halago.

—Y tampoco se le ocurra decirme viuda señora Rievaulx. Aunque si bien es correcto, me hace sentir que ya tengo un pie en la tumba.

—De hecho, aún ni los veinte años cumple.
—Tengo dieciocho, señor. Los mismos años que usted.
—Le gustaba sentir que por lo menos esto los unía.
—Entonces, será la señora Jane. ¿Y usted, cómo me dirá?
—Sus largas pestañas le taparon los ojos por un momento, ella pudo notar que pensaba en alguna travesura.
—¿Qué me sugiere? ¿Cómo le dicen sus amigos?
—¿Sonso? ¿Insensato? ¿Idiota? Son unos cuantos de los nombres otorgados por mis hermanos.
—Ay, no, sería incapaz de decirle así.
James le hizo una pequeña reverencia.
—Solamente los pensaría.
James soltó una carcajada.
—Milady, es usted una perla. —Tomó su mano y con su dedo pulgar le rozó los nudillos—. Por favor, dígame 'Jamie', si no le molesta la familiaridad.
—Así será, entonces, entre amigos.
—Sí, entre amigos.

Después de una noche en vela sobre una tableta dentro de la habitación del viejo Uriah —¡y por el cocodrilo del Nilo, cómo roncaba ese señor!— Diego se puso su doblete, ya compuesto, con intenciones de reportarse con su señor. Milly lo detuvo en su salida; se puso entre él y la puerta, presionándola con su oído para escuchar la conversación en la sala.
—¿Milly?
—¡*Shh*! —dijo con un gesto para callarlo.

—¿Qué haces? Mi señor ha llegado por mí, lo vi llegar a caballo hace cinco minutos.

—¡Espérate!

Diego puso las manos sobre la cintura de Milly con intenciones le levantarla para quitarla del camino.

—Ese hombre no tiene el don de la paciencia.

Milly giró en sus brazos y le sonrió, con mucho orgullo por su propio ingenio en su rostro.

—Este día sí tendrá paciencia, de hecho, te agradecerá la demora que se te ocurra inventar.

Diego resistió la tentación de cerrar el espacio entre los dos y tapar la boca de Milly con la suya, a pesar de que su posición se prestaba perfectamente para que él lo intentara. En lugar de eso, le tocó suavemente la nariz.

—¿Qué travesuras está ingeniando, señora Porter?

Ella sonrió y rozó sus labios con su lengua como una gata lamiendo crema.

—Es que… bueno… invité a la señora Jane a que pasara también.

—Sí, también la vi desmontar ahí afuera. ¿No deberías ir a darle la bienvenida?

—¿Y arruinar todo? —Milly agitó su cabeza, y una mecha de cabello se cayó enfrente de su ojo. Milly la sopló para quitársela de la vista.

—Rayos, qué despeinada estoy este día, y todo por tu culpa.

Diego tenía muchas ganas de saber qué iba a arruinar, pero también se sentía obligado a preguntar por qué tenía la culpa por la caída tan deliciosa de su cabello de fuego.

—¿Y ahora qué hice?

Con un poco de timidez, ella escondió la mecha detrás de su oído.

—Pasé toda la noche tratando de componer tu librea, entonces me levanté demasiado tarde para hacer mi trenza a tiempo para la llegada de la señora Jane.

—¿En verdad? ¿Tienes el cabello suelto? —La tentación lo superó. Diego le quitó la gorra de la cabeza a Milly con un jalón, y su cabello cayó sobre su rostro como una cascada gloriosa. Ella gimió y trató de detenerlo, pero él sólo se rió y la orilló hasta la puerta, deteniéndole las manos.

—Parece que tendrás que volver a empezar. —Bajó el rostro para rozar su cara contra la coronilla de la cabeza de Milly, dejando que sus labios se deslizaran contra la cabellera sedosa.

Los dos se quedaron en silencio al darse cuenta que el juego se había convertido en algo que más bien parecía seducción, la nota escondida de su amistad que en esta ocasión sonaba con claridad. Diego detuvo la respiración por el temor a su rechazo. Tenía que rechazarlo. ¡Con tan sólo pensar en lo que había sucedido la noche anterior! No le traería más que problemas a su vida. Pero ella no lo trató de quitar.

—Siempre me encantó tu cabello —dijo con una voz muy suave—. Me recuerda los atardeceres en la playa cerca de mi aldea, el gran círculo de nuestro Padre, el Sol, que se desaparecía debajo del horizonte después de inundar a la Madre del Cielo con fuego. —Acarició sus muñecas con sus dedos. Su corazón se aceleró al encontrar que llevaba el brazalete en su brazo izquierdo, el mismo que él le había elaborado. Acarició la piel suave del interior de su brazo e hizo que ella también detuviera su respiración.

—¿En serio te... te gusta mi cabello? —Preguntó Milly con una voz que temblaba.

—No, Milly, *amo* tu cabello. —*Y a ti también*, pensó.

Bajo su mirada de admiración, Milly se agitó, tal como él lo había esperado.

—Bueno, pues, gracias. Yo... yo sé que no soy ninguna belleza, entonces el tuyo es un halago muy bonito.

Suavemente, él levantó el cabello de su rostro.

—Para mí, siempre has sido bella, tanto por dentro como por fuera, desde tu cabeza hasta las puntas de tus pies. —Era inútil, aunque terminara condenado por toda la eternidad, tendría que besarla. Agachó la cabeza y presionó suavemente sus labios contra los de Milly. Se sentía aún mejor de lo que había imaginado... Su boca suave que cedió bajo la de Diego como los pétalos de una orquídea. En su vida era tan poco lo que verdaderamente amaba, que quería conservar este momento durante toda la eternidad. Soltó sus labios pero mantuvo su frente presionada contra la de ella.

—Perdóname.

Milly tenía los ojos cerrados, y ahora tenía los dedos presionados contra su boca. Diego sintió una ola de coraje contra él mismo; la había insultado, se había tomado libertades con su mejor amiga.

—Por favor, perdóname, Milly. No volverá a suceder.

Los ojos de Milly se abrieron, brillantes por la curiosidad.

—¿No? ¿En verdad soy tan mala besando?

Pero, ¿qué sucedía? ¿Acaso no estaba molesta?

Diego la jaló nuevamente hacia él con una mano en su cintura y la otra en su nuca.

—Oh, Milly, es una alegría besarte. Temía haberte ofendido.

Ella frunció la nariz y el ceño, haciendo que sus pecas se desaparecieran entre las arrugas.

—Lo único que me ofendería sería que me dejaras de besar, ya que eso me convencería de que no sirvo para dar besos.

Él sonrió, pero respondió con una voz de solemnidad.

—Eso sería inaceptable.

—Sí lo sería.

Nuevamente, tomó sus labios con otro beso largo y explorador, lleno de ternura por el milagro ardiente entre sus brazos. Cuando por fin se separaron, él preguntó con la respiración agitada: —¿Qué tal la demora?

Ella descansó la cabeza contra el pecho de Diego, dibujando círculos con el dedo por la reparación que había hecho en la librea de Diego.

—No dudo que tu señor te lo agradecerá.

James sirvió otra copa de jerez para Jane y para él, pensando que quizá debía ir a buscar a Diego. La señora Porter estaba tardando en recibir a sus invitados; ¿acaso las heridas de Diego eran aún peores de lo se había reportado? James era de la opinión de que no se merecía estar aquí, hablando tranquilamente con Jane, mientras otros sufrían por ahí.

—Señor —dijo Jane, antes de corregirse a sí misma—. Jamie, se nota preocupado.

Él sonrió ante el uso familiar de su nombre.

—Es mi sirviente, Diego. Anoche lo asaltaron en la calle, fuera de aquí. Por eso vine, para recogerlo y averiguar que no sufriera mayores lesiones. ¿Usted cree que debería ir a buscarlo?

La dama lo miró con una expresión extraña. Él hubiera creído que era sarcasmo si no se hubiera tratado de un tema tan grave.

—No, no creo que sea necesario. En la nota de Milly, ella mencionó el incidente y dijo que su amigo había quedado con lesiones menores. Si nos tiene esperando mucho más tiempo, yo la iré a buscar.

Se volvieron a quedar en silencio, y él empezó a sentirse incómodo. Él aprovechó la oportunidad de estudiar la cara de Jane mientras sacudía las migajas imaginarias de sus faldas. Quería decirle que no hacía falta que se preocupara por su apariencia a causa de él, ya que ella siempre le había parecido perfecta... incluso demasiado perfecta. Con unas migajas, unos cabellos despeinados, sería más fácil acercarse a ella. Quería deslizar sus dedos por la curva suave de su cuello, aflojar las pesadas trenzas doradas que tenía enroscadas sobre su cabeza, fijas al garboso sombrero con su pluma extravagante. Su piel parecía crema, con tan solo un mínimo de colorete sobre sus mejillas. Una delicia. Era toda una delicia, pero James se creía sin derecho de probarla.

—Jamie, no me está poniendo atención —dijo Jane sonriendo con la mirada.

—Sí, pero no a sus palabras. Le pido perdón.

Ella se sonrojó aún más.

—Le estaba preguntando qué tal iban los planes para su viaje. ¿No habrá alguna esperanza de persuadirlo a quedarse en tierra firme? —Bajó la vista—. ¿No habrá nadie que lo pueda hacer cambiar de opinión?

—Agradezco su preocupación, milady, pero no hace falta. —Entre más pronto se alejara, mejor para todos. No quería darle la oportunidad a Jane de encontrar más esperanzas de algo más con él. A pesar de sus encantos exteriores, era un hombre de muchas fallas.

—Ya lo había dicho. Parece que se considera completamente prescindible, ahora que su hermano cuenta con su heredero.

Él jugó con unos adornos en una canasta que estaba en el piso al lado de su silla.

—En eso hay algo de verdad. Veo que se preocupa por mí, pero en verdad, no valgo la pena. Y para que entienda por qué mi hermano insiste en que me arriesgue de esta manera, es preciso que sepa que Will me está mandando a participar en la expedición tanto para encontrar mi fortuna como para encontrarme a mí mismo, cree que es la medicina que me hace falta.

Jane frunció el ceño.

—¿Está… está usted enfermo de algo?

James hizo un gesto para hacerse burla de él mismo.

—Enfermo del corazón, milady.

Jane pasó saliva y miró por la ventana.

—Ya entendí. ¿Una dama lo rechazó, entonces?

Él sonrió.

—De inmediato pensó usted en el amor, pero era otra enfermedad a la que me refería.

—¿Existe otra?

Él no sabía por qué le quería revelar tanto. Se imaginaba que era porque ella parecía estar en peligro de tener sentimientos de ternura hacia él, sentimientos que no le tendría si supiera la verdad. Lo menos que le debía era revelarle un poco de lo malo que había bajo la superficie.

—Desde que nos conocimos en el salón de los Lacey, milady, he prestado servicio en los Países Bajos.

Parecía que el cambio de tema le causaba confusión a Jane, ya que ella no se daba cuenta de lo mucho que concernía a lo que él padecía.

—¿Así es? Felicidades, sabía que siempre quería empeñarse en la milicia.

Él le dio una sonrisa amarga.

—¿Verdad que sí? Era arrogante. Bueno, cuando ha sido necesario he sido un combatiente aceptable en la batalla, pero no he tomado en cuenta la debilidad de mi estómago ante las realidades de la guerra. Volví algo escarmentado, señora, créame.

Ella puso su mano sobre la mano de James.

—Jane, ¿se acuerda?

—*Jane*. —Empezó a arrepentirse de haberle seguido la corriente sobre tanta intimidad, no se merecía el regalo de decirle por su nombre.

—No hay vergüenza en odiar ver el sufrimiento ajeno o sentirse enfermo por verse obligado a tomar otra vida. Si no sintiera nada, sería mucho peor.

Debajo de la suya, la mano de James se hizo puño.

—Pero debía haber sido más fuerte. No soportaba estar en la orilla, viendo cómo sufrían los demás, sin embargo esas eran mis órdenes. Enfrente de usted está un cobarde fracasado.

—¿De qué manera? ¿Descuidó usted su deber? —Su tono era brusco, pero el puño de James seguía tapado por su palma. Ella no la había retirado ante la confesión como él había esperado.

—No, seguí las órdenes de mi superior.

—¿Pero siente que le falló a alguien más?

James cerró los ojos, solamente consciente del calor que sentía de la mano de Jane sobre la suya.

—Vi tantas cosas malas en el extranjero… no lo había esperado. No encontré el honor que buscaba. —Carraspeó, incapaz de detener la confesión que le surgía —. Me acuerdo de una aldea, una masacre… niños, mujeres y ancianos asesinados sin sentido.

—¿Usted estuvo ahí?

—Veía desde el bosque.

—Entiendo. —Y a él le parecía que sí entendía—. ¿Y cuántas tropas eran? ¿Una? ¿Cinco?

—Alrededor de cincuenta.

—Ah, ¿entonces cree que usted, un inglés solo, podría haber rescatado a los habitantes?

Él agitó la cabeza.

—No, no realmente. Pero ni siquiera lo intenté.

—¿Y ahora no puede perdonarse? Sí, sí, ya entiendo por qué se cree un cobarde.

El hecho de que ella repitiera su propio insulto lo asombró. Ya estaba muy acostumbrado a que la gente —su hermano, los demás oficiales, hasta su sirviente— le dijera que él no tenía la culpa.

—¿Usted también me cree un cobarde? —Si ella lo condenaba, entonces quedaría claro que él tendría la justificación por odiarse a sí mismo.

Jane lo vio de frente, con una luz feroz en sus ojos azules.

—No por quedarse en las orillas, no. Era lo único que podía hacer. No, usted es un cobarde por no aceptar su decisión y enfrentar las consecuencias. Lo que usted hizo fue lo correcto. Lo que hicieron los españoles estuvo mal. Lo que le corresponde a usted es ser el testigo de esa barbaridad y luchar para que el mismo destino no le toque a más aldeas.

James sabía que ella no decía más que la verdad, pero no podía obligarse a aceptarlo. No podía perdonarse con tal facilidad. En lugar de eso, lo convirtió en broma.

—Dios mío, señora, usted me aterroriza, es una amazona como nuestra reina. —Levantó su copa de jerez, molesto porque se notaba cómo su mano temblaba.

Ella detuvo su brazo con un solo toque de su mano.

—No dudo, Jamie, que es mucho más fácil ver la verdad desde una distancia. Y no, no es verdad que lo creo un cobarde, solamente lo dije para obligarlo a escucharme. Veo que sí está herido, no por fuera sino dentro del corazón, como usted mismo lo dijo. Quisiera… quisiera ayudarlo a sanarse, si me lo permite.

James se tensó.

—No soy un caso de caridad, señora.

—Es *Jane*. Y no lo ofrezco por ninguna caridad, a menos que se refiera a caritas. —Sus ojos se posaron en su regazo—. O por amor.

Ella le ofrecía algo tan lejos de lo que merecía que le daban ganas de llorar. Su única respuesta fue una torpe huida.

—Veo que es usted una estudiante del latín, señora Jane, otra característica que tiene en común con nuestra soberana. Ahora, ¿dónde estará ese hombre? Por mucho que me agrada su compañía, tengo mucho que hacer el día de hoy.

Levantándose a toda prisa, James se acercó a la puerta de la escalera y la abrió con un jalón. Milly y Diego se cayeron al piso de la habitación, cada uno entrelazado en los brazos del otro.

James se inundó de agradecimiento con su sirviente por proveerle este alivio ante la embarazosa situación con Jane. Se quedó parado con los dedos pulgares enganchados a su cinturón, mientras los dos se levantaron con un esfuerzo.

—Veo que la dama te ha dado la medicina indicada para curar tus heridas, Diego.

Tenía que admirar a su sirviente; con toda confianza enfrentaba la situación vergonzosa. Diego no soltó la mano de la linda muchacha, sino que la atrajo hacia adelante.

—Mi señor, le presento a la señora Porter.

La pobre se sonrojó con un color carmín que hacía un fuerte contraste con el color extraordinario de su cabello. Hizo una reverencia.

—Señor Lacey.

—Ella es mi prometida.

—¿En verdad? —Gimió Milly.

—¿En verdad? —Preguntó Jane en el mismo instante.

Diego hizo una reverencia hermosa hacia la dama.

—Señora Jane, tengo muchos años cortejando a su amiga. Lleva mis regalos. —Diego levantó la mano de Milly para enseñarle la evidencia, señalando el brazalete—. En mi tierra, eso significa que estamos comprometidos. Lo único que tengo que hacer ahora es hablar con su padre sobre cuántas vacas necesito pagarle por ella.

James se dio cuenta de que a Diego se le había olvidado, lo que sucedía en ocasiones, que el mundo en que se encontraba no era el mismo que el que había dejado atrás.

—Bueno, Diego, es importante que la dama también esté de acuerdo. Y no estoy seguro de lo que haría su padre con las vacas a las que te refieres; es decir, a menos que sea un ganadero y las necesite. —Las últimas palabras fueron dirigidas a Milly.

—Es un soldado, señor. —Ella se mordía su labio inferior, aparentemente sin saber de qué manera responder ante la propuesta inusual.

No es una propuesta, sino un reclamo, pensó James.

Jane dio un paso hacia adelante y desenredó la mano de Diego de la muñeca de Milly.

—Su sirviente es un hombre extraño, señor Lacey. Aparece de la nada y demanda el matrimonio simplemente porque nosotros presenciamos la locura de un beso. Lo puedo olvidar, si usted también puede.

—Por supuesto, yo no vi nada. Vamos, Diego, puedes volver después de darle un poco de tiempo para considerar tu oferta. Y yo quiero saber sobre lo que pasó anoche. Tu aventura trajo a un visitante muy interesante hasta mi puerta y deseo saber sobre cómo eso llegó a suceder.

Aún viendo a Milly con una mirada como si ella fuera el último oasis del desierto, Diego asintió con la cabeza.

—Voy, mi señor.

James chasqueó los dedos.

—Ahora, más no para el siguiente milenio, Diego.

—Sí señor, desde luego.

Viendo que los pies de Diego seguían plantados firmemente en el piso, James soltó una grosería y empujó la puerta del taller para pedir su caballo al niño que había dejado para cuidarlo en la calle afuera.

—Tendrás que caminar —dijo James, mirando hacia atrás—. Señoras, me despido. —Con una última reverencia, se fue, con un alivio por dejar un lugar tan lleno de emociones complicadas, sobre todo las propias.

nueve

Jane observaba mientras su amiga hacía un breve intercambio de palabras musitadas con el sirviente moro, antes de que él se fuera corriendo para alcanzar a su señor. Una vez terminando Milly de despedirse, Jane levantó una ceja de manera interrogadora.

—¿Entonces?

Milly se tapó las mejillas con las palmas de sus manos.

—¿Qué tan roja estoy?

—Como una fresa.

—¡Cielos! ¡Y tu James me vio así! Jamás podré verlo de frente.

Jane enganchó el brazo de Milly con el suyo.

—Si estuviera en tu lugar, sentiría más preocupación porque me viera revolcándome en el piso con su sirviente. ¿Y «eso» de qué se trató?

La puerta de la tienda se abrió y entraron dos mujeres, con canastas en sus brazos y sus ojos iluminados con la fascinación por los sucesos de las últimas doce horas. De inmediato, Milly adoptó sus modales de empresaria.

—Buen día, señoras. Desde luego mandaré a mi asistente por ustedes. Debo acompañar a la marquesa a la planta alta para tomarle sus medidas.

Las habladoras hicieron reverencias y entre las dos se pusieron a platicar en voz baja, con clara alegría por compartir el espacio con una de las exaltadas de la nación, aunque fuera por poco tiempo.

Milly dejó a Jane en su cuarto en la planta alta y quitó a Henny a fuerza de su desayuno en la cocina. Sus palabras se escuchaban con claridad mientras le daba sus instrucciones antes de bajar las escaleras:

—Hay dos mujeres en la tienda. ¡Mantenlas distraídas y no digas nada sobre lo que ha sucedido!

Henny se rió.

—¿En verdad se va a casar, señora? Yo y Uriah escuchamos todo.

Milly se golpeó en la frente con su palma.

—Dios me de fortaleza. No puedo hablar de eso en este momento, sólo haz lo que te dije y, ¡NADA DE HABLADURÍAS!

A Jane le parecía que había menos posibilidad de que la obedeciera a que mandaran al hombre a la luna. Su pobre amiga se había quedado en un hoyo profundo con su comportamiento en la puerta de entrada. La propia experiencia de Jane le había enseñado que la gente solía preferir ver a los demás ahogándose en el lodo en lugar de ofrecerles una mano para sacarlos.

Con una sensación de melancolía, Jane se fue a la ventana para mirar mientras James se alejaba sobre su caballo con Diego corriendo a su lado. Aún sentía el alma adolorida por el rechazo de James. ¿En verdad su amor era tan poca cosa para poder descartarlo con una simple broma? ¿Ella se había equivocado al pensar que había más que amistad entre los dos? ¿Había quedado en ridículo? Se sobó los brazos. Envidiaba la posición de Milly; por lo menos su amante la había reclamado sin temor, ignorando por completo los obstáculos que impedían un partido tan atípico.

—Jane, ¿aún me quieres hablar? —preguntó Milly desde atrás.

Jane giró y se sonrió.

—Claro que sí.

—¿Te sorprendiste?

—Confieso que sí. Ya lo había conocido en la casa de los Lacey, ¿pero tú? ¿Cómo lo conoces? Me parece que ese beso no nació de unas cuantas horas de haberse conocido.

Milly quería esquivar la mirada.

—Se llama Diego. Tengo años de conocerlo. Él era el sirviente de mi padre y mi amigo mientras vivíamos con el conde de Leicester.

—Sin embargo, nunca me lo mencionaste. Pensé que yo también era tu amiga en aquellos tiempos.

Milly se puso a jugar con una pieza de tela tendida sobre el respaldo de una de las sillas.

—Sí, lo eras. Pero él era un sirviente y yo una dama. Todos éramos muy jóvenes en ese entonces. No hubieras estado a favor.

Era la verdad. Jane sabía que ella misma hubiera tomado a mal que su amiga de la aula de la escuela tuviera un amigo de las clases bajas. El tiempo la había ablandado un poco, pero no al grado de descartar por completo las expectativas sociales. ¡No podían ignorar el hecho de que era africano!

—Es...bueno, es diferente, Milly.

Su amiga se rió.

—¿En verdad? A ver, ¿a qué te referirás? ¿El hecho de que tiene la piel morena y de que quiere comprarme con una manada de vacas?

—No tengo ninguna intención de faltarle el respeto. Es muy guapo, aunque un poco bajo. —Lo último que había dicho era de broma. Diego se podía considerar bajo solamente viéndolo del lado de su señor.

Milly se sonrojó.

—Para mí no es muy bajo.

—Es cierto, a lo mejor se siente un gigante al lado tuyo. Tiene que ser por eso que te quiere tanto.

Milly soltó un gruñido y se dejó caer en una silla.

—¿En verdad crees que me quiere?

—Claro que sí. Pero no será fácil para ninguno de los dos, y ya lo sabes. Quizá ya la división social no sea lo que antes era, pero aún sigue siendo obvio que es extranjero. Muchos no estarán de acuerdo, pensarán que no es natural.

—¿Y tú?

Jane dobló las manos y tomó su asiento al lado de la ventana. ¿Y ella? Era cierto que algo la había asombrado al ver el enlace entre lo pálido y lo oscuro; sin embargo, también había belleza ahí. Era algo nuevo pero se imaginaba que con el tiempo se podía acostumbrar a la idea. ¿Qué era un hombre, sino su propio corazón? El verdadero valor estaba por dentro, ya lo había visto con Jonas. Quizá no se sintiera completamente cómoda con la idea de un matrimonio entre un africano y una inglesa, sin embargo, a su amiga le debía su apoyo, fuera cual fuera su decisión.

—Juzgaré al señor Diego por sus cualidades cuando tenga la oportunidad de conocerlo mejor, mas no por sus orígenes

—prometió Jane—. Ya me quedó claro que está enamoradísimo de ti, lo que a mí me da una buena impresión.

—Oh, gracias, gracias. —Milly suspiró con alivio, y la tensión se fue de sus hombros.

—¿Lo piensas aceptar?

—Creo que sí quisiera, pero hay muchas cosas que tendríamos que superar. No creo que le agrade a mi padre.

—¿Ni siquiera con todas esas vacas para aliviar su dolor? Milly le arrojó una bola de estambre.

—Diego ni siquiera tiene vacas. —Frunció el ceño—. Bueno, eso creo. Al final, es un sirviente.

—Pero si es el hombre para ti, entonces tienes que lograrlo, tienes que persuadir a tu padre. Contarás con mi apoyo.

—Y la viuda marquesa de Rievaulx es una fuerza que no se puede ignorar.

—Así es —asintió Jane.

Whitehall, Westminster

James llevó a Diego a la sala de esgrima en el Palacio de Whitehall, pensando que a los dos les haría bien un poco de actividad física para enderezar sus cerebros acalorados. La sala, una cámara pintada de blanco sin ningún adorno más que los pilares que sostenían el techo, se llenaba de los ecos de los gritos y el choque de una espada con otra. Los dos se desvistieron hasta la camisa y las calzas interiores, y James eligió dos estoques y dos dagas para poder pelear al estilo italiano, utilizando las dagas de defensa cuando las espadas se cruzaban.

—Vamos, loco enamorado, te devolveré los cinco sentidos con unos golpes —dijo James, arrojándole unos protectores de piel.

Sonriéndose, Diego abrochó la ropa protectora y levantó sus armas. Juntos, los dos habían aprendido sobre el arte del combate a dos manos durante su jornada en los Países Bajos. El sirviente era un buen partido para el señor, ya que contaba con la astucia para contrarrestar el alcance de James.

No hubo necesidad de más palabras mientras seguían sus rutinas normales de defensa y ataque. Los rechinidos de sus zapatos sobre las tablas del piso y los choques de sus espadas los acompañaron en su concentración. A su alrededor, otros peleadores hacían sus ejercicios con protestas y gruñidos ruidosos; James y Diego se movían como un par de bailarines perfectamente afinados dentro de una burbuja del silencio, sin atención para nada más.

Una vez terminando su patrón, James se sorprendió al ver que habían atraído a una audiencia. El hermano de Jane, el señor Henry Perceval, era el primero en gritar «bravo» y aplaudir. A una distancia estaban los tres hermanos Paton, con intenciones poco amistosas en sus miradas.

—Su hombre le ha enseñado bien, señor —declaró el señor Henry, dándole un golpe en la espalda a Diego.

James juró internamente vengarse después por la pequeña sonrisa de Diego.

—Aprendimos juntos, señor. Nos entrenó un italiano en la ciudad de Antwerp.

—Perdóneme. —La disculpa de Perceval sonaba poco sincera—. Entonces, le ruego que me preste a su compañero de esgrima algún día. Lamento decir que tengo poca destreza para el duelo. Una espada ancha inglesa es el estilo que yo prefiero.

—No tiene nada de malo seguir las antiguas costumbres —protestó un caballero con bigote y la cara roja, con una mirada furiosa hacia las armas de origen italiano.

—Aun así, siempre busco mejorar mi técnica. Nunca se sabe lo que el enemigo podrá intentar.

—Entonces sería un placer tener disponible a Diego —respondió James con la misma falta de sinceridad—. Sin embargo, el día de hoy tenemos que atender otros asuntos.

—Pero por supuesto. —Perceval hizo un ademán de despedida y se fue con sus compañeros para participar en una conversación con los Paton. Tomando en cuenta el estado de la relación entre Jane y sus hijastros, a James le parecía extraño que tuvieran algo de qué hablar.

—Gracias, oh, mi señor glorioso, justo lo que deseaba, una hora en la compañía de esa cacatúa —murmuró Diego, volviendo a acomodar las armas en su lugar.

—No seas tonto, hombre, es por tu bien. Si quieres casarte con esa doncella con el cabello de fuego, te hará falta alguna forma de mantenerla más allá del sueldo de un sirviente. —James talló el sudor de su cara y su pecho con una toalla de lino.

—Perceval te pagará, al igual que cualquier otro caballero que busque tus servicios como pareja de combate. Si lo haces bien, incluso te podrás ganar un buen dinero.

—¿Y usted me permitiría quedarme con el dinero?

—Claro que sí. No soy ningún ogro, Diego.

El rostro de Diego se iluminó de alegría.

—Entonces me siento seguro al decirle, oh generoso señor, que ya he estado viendo la manera de ganarme un poco extra, solamente cuando usted no me requiere, por supuesto.

James puso los ojos en blanco. ¿Cómo era que no se lo había esperado?

—Claro. Pero, ¿qué has estado haciendo? Entiende una cosa, que siempre y cuando no tenga que ver con actividades transgresoras, hay poca probabilidad de causarme molestia.

—He estado impartiendo clases de equitación. Ya tengo un dinero ahorrado.

James se rió. Diego ya tenía fama entre los militares por su destreza en la equitación.

—¡Zorro ladino! ¿Supongo que ya ahorraste lo suficiente para las vacas que mencionaste?

—Sí, puedo pagar la dote siempre y cuando no supere las veinte libras.

James le arrojó la toalla a Diego para que él la tirara.

—Pero, ¡caray, hombre! Tienes más dinero que yo. ¿En qué estoy fallando?

Diego se rió por las palabras campesinas de James.

—Necesita encontrarse una vieja adinerada, señor, entonces unas veinte tristes libras serían como nada.

—Veo que tienes la idea correcta. El negocio de la señora debería alcanzar el valor de una fortuna modesta.

—Si es que me acepta.

—Estaba envuelta en ti como la hiedra en un muro de piedras.

—Pero no por eso aceptará mi propuesta. Solamente las muchachas valientes se atreven a casarse con los extranjeros, y sobre todo con los que son como yo.

James sintió un leve alivio de que su hombre ya se había tranquilizado lo suficiente para ver los potenciales problemas que podrían impedir su matrimonio. Entonces no sería necesario que él fuera el indicado para echar agua fría sobre la idea. De hecho, lo dejaba con el papel mucho más agradable del animador.

—Si ella puede ver más allá de las desventajas de tu rango y lo demás, entonces ya sabemos que es una muchacha muy inteligente y que los dos se merecen ser felices. La familia

Lacey los respaldará hasta el final, y utilizar nuestra influencia para tranquilizar las quejas de otras partes. —James pensó durante un momento en Christopher Turner; no le agradaría este suceso y podría causarle problemas a Diego—. Sin importar quién proteste, sea amigo o sea familiar, tanto el conde como yo te respaldaremos y daremos fe de tus muchas cualidades excelentes.

—Es muy generoso de su parte, señor. —Parecía que Diego no sabía qué hacer con tanto halago—. Gracias. Si Milly me acepta, necesitaremos su apoyo. El simple hecho de esperarla en su puerta anoche trajo a varios ciudadanos en mi contra. No me gustaría pensar en lo que dirán cuando se enteren de que pensamos casarnos.

—¿Quiénes eran, esos ciudadanos?

—Tres padrotes y sus callejeras.

James se rió.

—Ah, bueno, ¿qué podrán hacer el conde de Dorset y el pobre de su hermano para contrarrestar la influencia de integrantes de tal categoría de la población londinense? ¡Más vale que te rindas de una vez!

Diego agitó la cabeza con una sonrisa triste.

—No son los únicos que consideran que los extranjeros somos las obras del diablo.

—Entonces, les tendremos que encantar hasta que piensen que fue un ángel quien te mandó. ¿Acaso no era un etíope uno de los primeros seguidores de nuestro Salvador? Y la reina de Saba seguramente tenía la piel morena y era una belleza de cuento.

—Primero guerrero, luego teólogo, es usted una maravilla, oh señor de gran sabiduría.

—Y tú, Diego, eres un sirviente insolente y un suertudo por haberte conseguido una dama así.

—Ya lo sé, señor.

—Y si en verdad te casas, deseo que sigas al servicio de mi familia y que los dos vengan al Salón Lacey.

—Gracias, mi señor. Ahora, lo único que tengo que hacer es convencer a la dama.

Jane esperaba afuera de la habitación de la reina mientras Blanche Parry y las demás damas de intimidad ayudaban a la soberana a cambiarse de vestimenta para recibir a las visitas de los extranjeros durante la recepción de la tarde. El papel de Jane, como la dama más nueva de las habitaciones privadas, era comunicar cualquier mensaje de urgencia, así como evitar que cualquier hombre, aunque fuera el mandadero más humilde, viera a la reina sin su armadura completa de vestido esplendoroso, peluca bruñida y máscara de cosméticos.

Viendo desde su posición en la puerta cómo saltaban las llamas de la fogata, Jane sintió que el orgullo que tenía por su señora astuta e irritable aumentaba mientras los mensajeros llegaban y se iban, dándole vueltas a la reina como lo hacen las polillas a una vela. Según la señora Parry, Elizabeth con su cabello largo y rojo, típico de los Tudor, había sido una belleza al tomar el trono con unos veinte años, y a pesar de no tener la misma juventud, aún sabía aprovechar sus dones femeninos. Su mando sobre la corte era uno de feminidad de acero, siempre capaz de superar las ocurrencias de los cortesanos masculinos.

La atención de Jane se desvió por un momento debido a una breve protesta por la puerta a la cámara de audiencia. Luego, el guardia cedió el paso, permitiendo la entrada a Walter

Ralegh a la habitación. Las otras tres damas de compañía, todas absortas en sus bordados, se pusieron de pie, todas con intentos sutiles de peinarse para verse mejor para el favorito. Jane se quedó inmóvil, sin siquiera revisar que su tocado con las orillas de perla estuviera bien acomodado, a pesar de tener muchas ganas de hacerlo.

—Señoras, ¡buen día! —Gritó Ralegh con alegría. Estaba esplendoroso ese día, con su doblete y calzas de color verde claro, con sus adornos de rosa e hilo dorado que se asomaba por cada apertura. Parecía un narciso a punto de reventarse.

—¿Entiendo que su señora se encuentra adentro?

—Sí, señor —dijo la señora Mary Burnett con una voz tonta, parpadeándole con sus ojos cafés como si fuera una vaca enamorada frente a un toro premiado—. Su deseo es que la espere aquí.

Ralegh le sostuvo la mirada y le sonrió directo a los ojos.

—Eso, —dijo con una voz que retumbaba— será un verdadero placer. —Le dio un beso en los nudillos.

La muchacha se sonrojó con un atractivo color de rosa antes de retirarse de nuevo a su taburete y levantar sus bordados de la silla más cercana. Ralegh fingió no entender el mensaje de sentarse en el asiento desocupado a su lado, sino que dio vueltas a la habitación, estudiando los tapices de las paredes con una mirada de burla, en especial la imagen de Adán y Eva en el jardín del Edén, que parecía causarle disgusto. Jane estaba segura que él sabía muy bien que ella estaba parada en la puerta para vigilar la entrada de la habitación de la reina. Lo sabía por el simple hecho de que Ralegh se esforzaba tanto en fingir no haberla visto.

Y por supuesto, cuando la alcanzó, casi después de darle la vuelta completa a la habitación, fingió sorpresa.

—Ah, señora Rievaulx, ya me llegaron las noticias de su presencia en la corte. —Hizo una reverencia—. La felicito por su nombramiento.

—Señor. —Jane inclinó su cabeza, su rango le permitía darle el más mínimo reconocimiento. Era difícil olvidar que la última vez que habían gozado de una conversación a solas, ella le había entregado su virtud, pensando que él en verdad la amaba.

Él puso una expresión de tristeza.

—Entiendo que también le debo las condolencias por el fallecimiento de su esposo el marqués. —Trató de tomar la mano de Jane para consolarla, pero Jane escondió las dos detrás de su espalda para no darle la oportunidad—. Era un hombre bueno.

—Tomo en consideración sus condolencias, señor.

Ralegh dio otro paso hacia ella como si fuera a estudiar el tapiz que colgaba justo detrás de su cabeza, y la tomó del brazo, supuestamente para señalar algún detalle que le había inspirado interés. Bajó la voz.

—¿Por qué tan formal, amor mío? Yo hubiera esperado que nosotros no tuviéramos necesidad de tales cosas.

Con ansiedad, Jane miró hacia el otro lado de la habitación, y vio que las tres damas reunidas ante la fogata los veían intensamente, como ella lo había esperado.

—Lamento lo sucedido —susurró Jane bruscamente— y si usted en verdad es un caballero, le ruego que jamás lo vuelva a mencionar.

Ralegh le acarició el interior del brazo a través del satén de su vestido blanco, dejando que la tela se deslizara de forma sensual hacia arriba y hacia abajo.

—Yo no me arrepiento de nada, amor mío. Fue una delicia en el momento de la pasión, tan honesta y sin restricciones. ¿Acaso no le gustaría volver a sentir lo mismo de nuevo? Ahora que es viuda, no habrá quién le reproche.

Salvo ella misma. Jane quería gritarle que ella sí se había entregado de manera honesta a la pasión, mientras que él no lo había hecho; él sabía que ella había esperado una propuesta de matrimonio. Pero, ¿para qué? Ralegh era demasiado resbaloso para permitir que cualquier muchacha lo atrapara en un matrimonio que no fuera para darle alguna ventaja social, y también era lo suficientemente brutal como para aprovechar cualquier señal de que la había engañado con éxito. Era mejor disimular que su cortejo no le causaba ningún efecto: era la mejor manera de lastimar su vanidad.

—En verdad, señor, desde entonces he podido adquirir más experiencia —mintió Jane, bajando su voz a un susurro sensual— y no tengo dudas de conseguir más en el futuro. —Jane permitió que la pausa se hiciera larga antes de continuar, esperó hasta que vio en sus ojos el brillo de esperanza de que ella lo tomara nuevamente entre sus brazos. Le dio una sonrisa fría—. Pero no con usted. Le agradezco el haberme enseñado algunos de los misterios de Venus pero ahora tengo más gusto por los amantes de mayor destreza y sutileza.

Jane casi se rió al ver que un músculo en la mandíbula de Ralegh se apretaba por el coraje. Su mano se cayó de su brazo.

—Ya entendí.

Ella pudo notar sus ganas de preguntarle quiénes eran los que formaban parte de las legiones de amantes que lo superaban en la cama. Que se quebrara la cabeza imaginándolo. Cada vez que la viera, su confianza, entre otras cosas, se reduciría de tamaño.

—Ya vi que sí entiende, señor —respondió Jane de manera cortante.

La puerta de la habitación se abrió, obligando a ambos a dar un paso y alejarse uno del otro. Salió Elizabeth, poniéndose un par de guantes exquisitos de piel blanca sobre sus dedos anillados, ajustando los cortes en la tela para que las piedras se asomaran y todos las admiraran.

—Señor Ralegh, ¿anda tras mis damas otra vez? —Preguntó la reina con una voz de humor pero con filo, y la mirada en Jane.

—Su majestad, temo que simplemente le aburría a la señora Rievaulx con mis opiniones sobre las telas flamencas —dijo Ralegh, con demasiada prisa—. A su Eva parece que le hace falta una buena comida. —Señaló a la protagonista, cuyos pechos eran tristemente pequeños—. Y Adán necesita visitar a su barbero.

La reina miró a la pareja e hizo un gesto.

—Tiene razón, Ralegh. No me había dado cuenta. Sin embargo, desafortunadamente no podemos darnos el lujo de gastar en tapices nuevos mientras los cofres de Inglaterra permanezcan casi vacíos.

Ralegh entendió.

—Entonces, le voy a regalar un tapiz nuevo para esta habitación. Tengo uno que me parece que le va a gustar: Salomón construyendo el templo para nuestro Señor, así como usted, señora, está construyendo a nuestra nación.

La reina sonrió en reconocimiento del halago.

—Será bastante aceptable.

Siguió su camino. Ralegh se detuvo un momento para murmurarle a Jane.

—Mire lo que me acaba de costar.

Jane se mordió el labio para detener la risa.

—Fue usted, señor, quien decidió acosarme a mí, no al revés. Tiene una amante muy celosa.

Él resopló, capaz de ver el humor de la situación.

—Es verdad. Ya no es la muchacha ingenua que conocí en Yorkshire, ¿verdad, señora Rievaulx?

—No en verdad. Y usted, señor, por muchas que sean sus fallas, siempre ha tenido buenos gustos.

Con eso, él se rió de verdad.

—Muy bien, ¡excelente! Un cumplido con insulto. Bienvenida a la corte, milady.

diez

DESDE SU LUGAR al lado del trono en el Gran Salón, Jane observaba el pequeño desfile de diplomáticos extranjeros que se acercaban para aprovechar la oportunidad que tanto habían anhelado de presentarse con Elizabeth. Habían sido pocas las ocasiones en que pude ver tantas telas, joyas y pieles finas en un solo lugar. Incluso su padre había localizado un doblete negro de seda, logrando por única ocasión evitar que el nombre del condado de Wetherby quedara en ridículo por motivos de su apariencia.

—Su Majestad, me permito presentarle Clémento Montfleury, el hijo del duque de Valère, de la región Bordeaux de Francia. —El padre de Jane tomó su posición de suplicante, arrodillándose ante la reina, rogando en silencio que la soberana lo aceptara. Era algo muy inusual ver que agachara la cabeza llena de canas ante cualquiera, mostrando la coronilla donde se estaba quedando calvo.

La reina inclinó la cabeza y el ahijado de su padre se acercó con pasos ligeros como si fuera un bailarín, girando un pañuelo de seda para hacer una reverencia aún más extravagante. Él también se puso de rodillas, esperando el mandato real para ponerse de pie. Jane se quedó viendo con incredulidad. ¿Cómo era posible que su padre quisiera que ella se casara con este pájaro? Apenas alcanzaba los cinco pies de estatura y era ridículamente afeminado. Jane sospechaba que si se acercaba, se sofocaría con el perfume de su barba, que tenía demasiado peinada.

Ya que ella no tenía que preocuparse por el hecho de que posiblemente la obligarían a casarse con él, la reina pudo ver el lado gracioso del extraño. Los que ya conocían las expresiones de Elizabeth pudieron notar que tenía ganas de reírse.

—Seigneur Clément, bienvenido a la corte. —Extendió la mano para que él se pusiera de pie y le besara la sortija de sello. Al hacerlo, el noble francés soltó una carcajada aguda y nerviosa que rápidamente suprimió. Elizabeth levantó una ceja.

—Espero que su familia esté bien de salud, señor —dijo la reina en francés impecable—. Me parece que alguna vez conocí a su padre, hace unos diez años.

—Lo consideraba... un gran honor, Su Majestad. —La voz de Clément también era aguda—. A menudo habla de usted y ora por la felicidad de su dichoso reinado.

Jane buscó a su hermano en las orillas del salón. Él observaba la presentación con una mirada calculadora, considerando el humor de la reina y lo que significaría para las aspiraciones de su familia. Aparentemente notó la mirada de Jane, porque le respondió con su propia mirada y sonrió, inclinando su cabeza hacia el francés. Jane respondió con un gesto y agitó ligeramente la cabeza.

—¿Y qué lo trae a Inglaterra, *monsieur*? —preguntó la reina con amabilidad, esta vez en su lengua natal para que el señor Wetherby también pudiera participar.

—El señor Clément y yo somos socios en un asunto de negocios, Su Majestad, y tenemos esperanzas de que sea una gran ventaja para ambos países. —El padre de Jane se puso de pie al ver que la reina le inclinaba la cabeza—. También vino, por mi propia recomendación, para conocer a mi hija, la viuda marquesa de Rievaulx. Tenemos intenciones, con su amable permiso, de hacer un partido entre nuestras casas.

Jane sintió que la atención de la corte se dirigía hacia ella. Logró dominar suficientemente su coraje para mantener su expresión serena; no pensaba proporcionarles más armas a sus enemigos.

La reina instó a Jane a que se acercara.

—Lady Rievaulx, ¿usted está enterada de este partido?

Jane se acercó y se arrodilló al lado de la reina.

—Mi padre me explicó su intención hace un par de días, majestad, pero en el momento le dije que aún me considero de luto por mi finado esposo.

Con un gesto de la mano, Elizabeth señaló que se alejara de nuevo.

—Consideraré el asunto, señor Wetherby, Seigneur Clément, y luego les daré respuesta. Por lo pronto, estoy poco dispuesta a perder a mi dama más nueva antes de tan siquiera haberme acostumbrado a su presencia en mi casa.

Jane logró evitar que su suspiro de alivio se escuchara; si Elizabeth se negaba a contestar directamente, lo que era su costumbre cuando no quería tomar una decisión, quizá Jane nunca tendría que rechazar abiertamente al francés.

La reina señaló a los dos suplicantes que se fueran y miró hacia los siguientes esperando su atención. Con una sensación de horror, Jane miró mientras los tres hermanos Paton se acercaban y se arrodillaban. Parecía que ese día, los cielos estaban en su contra.

—Señor marqués. —La reina reconoció inclinando fríamente su cabeza. Su secretario se agachó para recordarle susurrándole al oído cuál era el asunto de los Paton con ella—. Sí, recibí su carta buscando apelar la decisión sobre la dote de su madrastra. ¿Pero acaso no es un asunto judicial? ¿Cuál es su motivo para traerlo a mi atención?

Richard lanzó una mirada furiosa hacia Jane.

—Ya que nuestra madrastra le sirve a usted, nos pareció lo más correcto que su señora estuviera consciente de la situación que nos ha traído.

—Ya entendí. Entonces le agradezco su consideración. —Nuevamente, Elizabeth ordenó a Janea a que se acercara con una sonrisa seca—. Aparentemente, usted es una persona de gran interés para muchos el día de hoy, señora Rievaulx.

Jane no podía ver la situación por el lado gracioso.

—Parece que sí, señora.

—Sin embargo, aún no ha venido conmigo para contarme su lado de la disputa, como lo hubiera esperado de una persona de confianza. ¿Por qué?

Lo primero que se le ocurrió a Jane, la verdadera razón, era porque casi no conocía a la reina y no tenía la menor idea sobre cuál sería la opinión de Elizabeth sobre el asunto; sin embargo, si se hubiera imaginado que los Paton habrían sido tan veloces en apelar ante la soberana, hubiera presentado su defensa de inmediato. Sin embargo, ninguno de esos hechos constituiría un motivo para convencer a la reina de tomar una decisión en su favor. La mejor táctica parecía la ingenuidad de la juventud.

Jane mantuvo baja la vista respetuosamente, fijándola en su sortija de bodas, esperando que le diera asco a Richard verla colocada todavía sobre su dedo.

—Aún soy recientemente viuda, señora, y sin experiencia en asuntos legales. Solamente busco respetar los deseos de mi finado esposo, y no había anticipado que alguien los desafiaría.

—Pero niña, sí la desafían —dijo Elizabeth con una voz suave, inclinando su cabeza hacia Richard Paton.

—¡Claro que sí! —Farfulló el marqués—. Mi triste conclusión es que mi padre perdió la razón durante sus últimos meses de vida y se casó con esta muchacha calculadora antes de que pudiéramos detenerlo. Ni siquiera se acostó con ella, su médico nos jura que era incapaz de hacerlo, por lo que nunca fue su esposa en verdad.

Mortificada, Jane pedía internamente que el piso se abriera y se la tragara, o mejor aún, que se tragara a Richard y lo escupiera hasta el infierno.

Elizabeth frunció el ceño.

—No nos parece un tema apropiado para una reunión abierta, mi señor marqués, y su tono muestra pocos modales. Si el matrimonio no fue consumado, entonces es para consultarlo con las autoridades eclesiásticas. Le pido que no vuelva a hablar del tema.

La reina lo despidió con un movimiento de su mano, pero ya era demasiado tarde. El chisme que anteriormente se había producido en voz baja acerca de Jane ahora se había convertido en una declaración ante la corte entera; jamás había sentido una humillación así. Mientras muchos trataban de evitar mostrar su expresión de risa en su presencia, sabía que especulaban sobre ella y se morían por platicar sobre el asunto en los corredores y vestíbulos.

En cuanto Jane pudo retirarse de su puesto, tomó su oportunidad y huyó a su habitación. Las demás damas habían mostrado demasiados modales para preguntarle sobre su supuesto estatus de viuda virgen —o sobre el pretendiente francés— sin embargo, no cabía duda que ahora que estaba ausente estaban gozando del escándalo. El pensamiento la hizo hervir de rabia.

Una vez en su habitación, Jane arrebató el primer objeto a su alcance y lo arrojó contra la pared. La jarra se hizo pedazos, regando agua por todos lados.

—¡Maldito sea, maldito sea! —Jane hizo puños sus manos. No estaba segura si al que quería mandar al infierno era a Richard Paton o a su padre... o tal vez a ambos.

—Milady, ¿qué le sucede? —Apareció su criada, esperando temerosamente en la entrada de la habitación.

—¡Déjame en paz! —Ordenó Jane, desesperada por un momento a solas para recuperar el control de su rabia.

—Pero, milady...

—¡Fuera!

La sirvienta cerró la puerta y se fue corriendo.

Muy bien, para acabar con el cuadro, acababa de ofender a su criada, y ahora la muchacha difundiría las noticias de su reacción ante la situación en la corte a los demás rincones. Su genio siempre la había traicionado al tratarse de los sirvientes.

Vencida por el momento, Jane se desplomó en su cama, se quitó los zapatos y se hizo ovillo. El silencio en la habitación la hizo recordar lo aislada que estaba, ahora que había perdido a Jonas y que no contaba con amigos en la corte.

Pero no era cierto, se acordó, tenía un aliado. Miró la almohada vacía a su lado, imaginando a James Lacey acostado ahí, consolándola. Él la tomaría en sus brazos, pondría su cabeza sobre su pecho y le diría que no se preocupara. Ningún duque hijo de una rana francesa los lograría separar; los ambiciosos Paton no lograrían robarle su dote, sus derechos de viuda y la sortija de bodas, si contaba con él para defenderla.

Era una fantasía muy linda, pero no era más que una fantasía, aceptó Jane. Quizá James era su amigo, pero no la quería lo suficiente para quedarse en Inglaterra.

La casa de Durham, Westminster

Después de mostrar poca destreza en el primer intento, James estaba arrepentido de haber aceptado la invitación de Ralegh para participar en la competencia de tiro con arco en los jardines de la casa de Durham. Los jóvenes invitados al evento apostaban alto, y él no podía corresponderles con el escaso contenido de su propio bolsillo; además de que su desempeño en el campo no le hizo ningún favor entre sus colegas. Su mayor destreza era con la espada, mas no con el arco, pero ningún inglés de valor sería capaz de admitirlo, entonces siguió con determinación, molesto al ver que su nombre permanecía en la parte inferior de la tabla del marcador.

Ralegh le dio un golpe en la espalda.

—¿Le falta practica, Lacey? —Sus seis flechas se habían clavado en el centro, y una de ellas justo en el blanco. Él venía en segundo lugar después del señor Clément Montfleury, el francés que resultaba la gran sorpresa del concurso después de haberse revelado como un muy buen tirador, con una fuerza ágil muy poco típica de su complexión pequeña que le permitía doblar cualquier arco, salvo el más grande.

—Parece que sí —dijo James sin emoción. Con su altura y fuerza, no se le dificultaba jalar las cuerdas de los arcos más largos, pero todas sus flechas se desviaban hacia la izquierda. Incluso con una había fallado completamente, y la flecha se había enterrado en el cerco de mimbre que quedaba atrás.

Ralegh se talló las manos.

—Le advierto: la reina vendrá a premiar al ganador y probablemente a lanzar unas flechas también, tiene una gran pasión por el deporte. Si piensa impresionarla, le sugiero que corrija su tiro. No podemos permitir que gane el francés, ¿o sí? Acuérdese de Agincourt, ¡los arqueros ingleses triunfaron sobre los franceses!

—Son palabras sabias, señor, pero es más fácil decirlo que hacerlo. Me parece que nuestras esperanzas para la gloria de nuestra patria están en otros.

—Por supuesto. —Ralegh se rió, disfrutando la incomodidad de James.

La junta de la reina llegó al mediodía a las escaleras de la ribera. James se quedó atrás mientras Ralegh llevaba a la soberana y sus acompañantes al jardín, sentándolos en el pabellón que había construido para la ocasión. Una lona blanca adornada con estrellas de color dorado protegía a la soberana de la ligera lluvia que caía. James notó de inmediato que Jane se encontraba entre las damas, vestida con un abrigo fino de piel negra sobre su vestido color crema. Se veía hermosa, como una cala delgada al lado de la rosa en flor que era la reina con su vestido escarlata.

Ralegh hizo una señal para que unos sirvientes llevando charolas de alimentos aparecieran desde todos lados del jardín. Un ponche caliente en picheles de peltre daba un alivio contra el frío del día. James calentaba sus dedos con su bebida, inhalando el vapor con su aroma a clavo. Unos músicos escondidos detrás de la carpa de la reina empezaron a tocar una selección de canciones folklóricas alegres, que daban aún más festividad al ambiente. Quizá la cuaresma era una temporada solemne, pero Ralegh había encontrado la manera de contrarrestar la melancolía formal de la temporada del Gran Ayuno. Ningún eclesiástico sería capaz de protestar contra unos fieles ingleses que querían practicar el arte del tiro con arco.

Charles Blount, el hijo del señor Mountjoy, se acercó para saludar a James. Era un cortesano de popularidad que sufría por el hecho de tener un padre que malgastaba su dinero, y al igual que los Lacey, entendía las dificultades que implicaba dar una buena apariencia en la corte con muy poco.

—Lacey. ¿Veo que esto no es lo suyo?

—¿En verdad es tan obvio?

—Bueno, es que me habían llegado los rumores de su destreza en el salón de esgrima, entonces siento un cierto alivio al ver que usted también tiene su talón de Aquiles.

—Confieso que no es el único.

Con un silencio mutuamente cordial, los dos hombres observaban la actividad frenética alrededor de la reina mientras Blount deslizaba sus dedos hacia arriba y abajo por la cuerda de su arco, como si estuviera tocándolo como arpa.

—La señora Rievaulx es una muchacha impresionante, ¿no cree? —Comentó Blount al darse cuenta de la dirección de la mirada de James. Jane se había negado a tomar alimentos y estaba haciendo todo lo posible por mantenerse fuera de la vista en el fondo de la carpa.

—Así es. —Más que impresionante, era perfecta.

—¿No le contaron lo que ocurrió anoche?

¿Qué sucedió? —Casi dejó caer su jarra, escapándose una gota al suelo.

—No, de hecho no estuve en la corte.

—Ah, entonces no escuchó el rumor delicioso que está circulando sobre ella. De hecho, son dos. —Blount sonrió, pensando que le iba a servir una merienda de escándalo, sin saber cuáles eran los sentimientos que inspiraba en su compañero—. Su padre la quiere casar con ese francés. —Inclinó su cabeza discretamente hacia Montfleury quién se pavoneaba en medio de una reunión de admiradores masculinos—. Si ese pavo real en verdad tiene algún deseo de acostarse con una muchacha, entonces yo soy el papa en Roma. Supongo que a Wetherby no le interesa tener nietos, o por lo menos, nietos legítimos.

James apretó la mandíbula, resistiendo la tentación de ir andando hacia Montfleury y partir su arco en dos.

—Si eso no fuera suficientemente gracioso, los Paton acabaron con su reputación delante de la reina. El marqués espetó que la señora Rievaulx es virgen, por lo tanto no fue en verdad la esposa de su padre, y por eso se opone a sus derechos de viudez. —Blount se rió como todo un hombre de mundo—. Ahora todos estamos ansiosos por aliviarla de su inocencia para protegerla de sus amados hijastros, si es que no nos la han ganado. También hay rumores de que compartió una amistad demasiado estrecha con otro individuo en el pasado.

—¿Quién? —preguntó James con los dientes apretados, lleno de un deseo irrazonable de golpear a cualquier persona que le pusiera una mano encima de Jane.

—Ah, nada más habladurías de los criados, que dicen que no es virgen en verdad... no dudo que sea un chisme maligno. Se ha mencionado su nombre como el favorito de esa carrera, amigo.

—¿Yo? —James casi se cayó hacia atrás, verdaderamente sorprendido—. ¿Por qué piensan así?

—Discusiones apasionadas en plena pista de baile, una conversación muy íntima en el banquete, parece que los dos se conocen muy bien.

—No «conozco» de esa forma a la dama, señor —respondió James rígidamente—. No tengo ningún motivo para pensar que ella no es más que una muchacha con todas las virtudes.

—Qué lástima. —Blount cerró un ojo—. Las muchachas sin virtudes son mucho más divertidas.

Ya recuperada de su paseo por el río, la reina se puso de pie y se dirigió hacia el campo de tiro, seguida por sus damas.

—Traigan los arcos de cacería. Las damas competirán por el honor de combatir contra el ganador de la competencia del señor Ralegh.

Contrario a lo acostumbrado, Elizabeth prontamente quedó fuera de la competencia, diciendo que era por causa de la lluvia. Quedaba claro que sus ayudantes no sabían si era mejor permitirle ganar o tratar de empeñarse, hasta que la reina se burló cuando una de las damas falló el tiro a propósito.

—Damas, no se preocupen. No me hace daño si el triunfo es para otra de vez en cuando.

Después de ese comentario, la calidad de la participación se incrementó bastante. A James le encantaba darse cuenta que Jane tenía mucha habilidad con el arco, resultando estar entre las mejores. Se unió a los demás caballeros quienes se habían ofrecido para el privilegio de devolverles las flechas a las concursantes después de cada serie.

James hizo una reverencia, entregándole a Jane sus dardos de plumas escarlatas.

—Milady, no me deja de sorprender. ¿Dónde aprendió a tirar así?

Jane colocó otra flecha en la cuerda, levantando las plumas hasta que le rozaron la mejilla mientras preparaba su tiro. Soltó la cuerda y la flecha voló dulcemente hasta quedar justo en el centro de la diana.

—Teniendo un hermano como el mío, señor, no tarda uno en descubrir que es recomendable tener la capacidad de ponerlo en su lugar.

Jane fue declarada la ganadora de la competencia entre las mujeres, entre muchas ovaciones. Hasta ese momento, no se había dado cuenta contra quién estaría compitiendo en la final, provocando muchos comentarios burlones sobre cómo la flecha de Cupido se había desviado. James pudo notar que la experiencia era un tormento para ella. Una vez más, estaba ante la vista de toda la corte frente a frente con el pretendiente que no soportaba. Se veía muy sola, parada en la marca de las cincuenta yardas, tratando de disimular lo mal que se sentía. En comparación, al francés le encantaba la coincidencia, girando su maldito pañuelo como si así pensara impresionarla. James ya no podía más. Se encaminó hacia Jane, y le quitó el estuche de flechas de su hombro.

—Si me lo permite, milady, yo me encargo de pasarle sus flechas.

La expresión de Jane se convirtió en alivio, ahora que alguien se había puesto entre ella y Montfleury.

—Gracias.

Él le cerró un ojo y le susurró: —Derribe a ese francés de su pedestal.

Montfleury cambió su poderoso arco largo por uno de cacería como el que utilizaba Jane.

—Primero las damas, *ma belle.*

Jane preparó su primer tiro, consciente de que todos la miraban. El resultado fue un tiro perfecto. Se quedó parada mientras el francés inspeccionaba su nueva arma, soltando unos gruñidos, probando la tensión en la cuerda. Su flecha se quedó en el círculo exterior.

De inmediato se quejó.

—*¡Sacre bleu!* El equilibrio está mal y es la primera vez que utilizo esta arma.

—Adelante, entonces, tire de nuevo —dijo Jane con una sonrisa dulce—. Ese tiro se considerará una práctica.

—*Non, non*, sigamos adelante bajo los términos de la competencia. ¡Que nadie diga que yo, Clément Montfleury, soy un tramposo!

—¿Qué clase de hombre es este? —Susurró James, pasándole a Jane la siguiente flecha. Ella levantó el arco.

—Supongo que un hombre muy enamorado de sí mismo.

Su segundo intento quedó justo al lado del primero, provocando muchos aplausos entre los espectadores. La respuesta de Montfleury fue mucho mejor que su primer intento, quedándo dentro del círculo central.

—Ya reduje su ventaja, milady. —El francés limpió la lluvia de sus dedos con su pañuelo—. La cierva huye, pero el ciervo la persigue.

—No huyo, mi señor, sino adelanto. —Jane soltó el dardo, que quedó por tercera vez en el centro de la diana con un golpe muy complaciente.

—Yo juraría que usted está imaginando su rostro en el centro de la diana. —James le pasó otra flecha.

Jane le lanzó una sonrisa traviesa.

—No su rostro, señor.

Fue en ese momento que James se dio cuenta que por segunda vez se había enamorado de ella, la dama guerrera poniéndose de pie ante los rumores crueles de la corte, haciendo pedazos las pretensiones de su pretendiente. Cuando la declararon ganadora por diez puntos, la tribuna soltó un grito de triunfo, celebrando el hecho de que la reputación de Inglaterra para producir arqueros de primera estaba a salvo por ese día. Montfleury fingió magnanimidad en su derrota, aunque James pudo notar que estaba muy molesto con su posible futura novia. James se llenó de orgullo por ella.

—Es usted una maravilla, señora Jane. —A un sirviente le entregó el arco y el estuche, y a Jane le ofreció su brazo para llevarla de nuevo con la reina.

Jane agitó la cabeza.

—Tuve mucha suerte. En verdad, Montfleury es muy buen arquero, lo desequilibró el cambio de arco.

—Pero cualquier soldado o marinero le dirá que la buena suerte siempre es una parte integral de cada campaña. Conozco hombres que se niegan a embarcar si consideran que el capitán tiene mala suerte.

Ella se rió.

—Sin embargo, no pienso ofrecerme como una de las piratas de su majestad, Jamie.

—Es una lástima: lo haría muy bien, incluso mejor que el señor Francis Drake.

—Lo tomaré en cuenta, quizá tendré que buscar una nueva vida si la que tengo en la corte se vuelve aún peor.

Ya habían llegado al pabellón. James le apretó discretamente del brazo.

—Me han llegado los rumores que circulan sobre usted, milady. Me pongo a sus órdenes para ayudarle de la manera que sea.

Jane trataba de enterrar la punta de su zapato en el suelo mojado.

—Pero piensa irse de aventurero. No estará aquí para defenderme.

Sin ganas de hacerlo, James le soltó el brazo.

—Sí, pero pienso regresar. Tengo que hacer algo con mi vida, milady. No puedo seguir siendo una cifra que no le sirve a nadie.

—Para mí usted no es una cifra.

—Pero para mí sí, y ahí está el problema. A nadie le hago buena compañía en el estado en que me encuentro. Tengo que ganar mi lugar.

—Pero está bien así como está. A mí no me hace falta una manada de vacas para que me demuestre su valor.

Sus palabras, que sugerían que el tema se trataba de un cortejo, lo confundieron y por un momento se quedó sin palabras.

Jane se sonrojó, dándose cuenta de que había hablado de más.

—Veo que estábamos cantando con dos tonos diferentes, señor Lacey. Le ofrezco una disculpa.

La plática privada se había extendido de más. James necesitaba un tiempo para pensar en lo que había escuchado, un espacio para volverse a acomodar en esta relación que él había permitido torpemente llegar más allá de lo que él juzgaba apropiado.

—Señora Jane, le pido que no se sienta apenada por haber mencionado el tema. Yo cantaría el mismo verso pero hay tantos obstáculos en contra. Cuando existe una amistad entre un hombre y una mujer, es natural especular sobre la posibilidad de algo más. —La reina los observaba con el ceño fruncido—. Debemos hablar bien de esto, quiero que entienda el por qué yo no soy el indicado para usted. Por favor, ¿nos podemos ver después? ¿En el jardín del nudo después de la cena?

Jane sonrió con valentía, haciendo que James se sintiera aún más culpable por haber permitido que ella creyera que él era más de lo que era.

—Hasta entonces, señor. —Se retiró, volviendo al lado de la reina para recibir sus felicitaciones y su premio.

James observaba la escena desde lejos, con una sensación de disgusto hacia sí mismo. Su mal manejo de esa conversación había arruinado su momento de triunfo, convirtiéndolo en una victoria sin significado. Él sabía que ella no entendía sus verdaderos motivos para haber rechazado su propuesta tentativa; Jane no entendía que no era un reflejo de su valor como mujer, sino que él la consideraba demasiado para él. La opinión que él había expresado sobre la suerte no había sido en balde: se consideraba una maldición para los que estaban a su alrededor y lo que menos buscaba era traer su mala influencia a la vida de una mujer deslumbrante como Jane. Si se casaban, él le apagaría ese brillo, sería un parásito que viviría de su fortuna. Perdería todo respeto hacia él mismo, lo poco que le quedaba después de su jornada en los Países Bajos.

once

JANE SE VISTIÓ con mucho cuidado para su reunión con James esa noche, ordenando a su criada, Margery, que la cepillara cien veces hasta que su cabello brillara como seda cayendo sobre sus hombros. Entonces Margery lo recogió en una trenza sobre su coronilla, sujetándole como toque final un tocado de terciopelo negro, el favorito de Jane. No totalmente satisfecha con el efecto, Jane aflojó una mecha para que se cayera de manera ingeniosa, rozando con su gorguera y su mejilla. Eso sería lo suficiente para atraerle la atención. Para terminar, la criada aplico un leve toque cosmético, lo mínimo necesario para acentuar los ojos de Jane

—Se ve muy bien, milady —declaró Margery, mientras ambas la contemplaban detenidamente en el espejo.

—Puedes irte. —Jane esperó a que la muchacha se retirara, antes de inhalar profundamente, armándose de valor. En un principio, la reacción de James después del torneo de tiro ante su sugerencia de que lo consideraba un posible esposo le había causado desolación, pero tras varias horas de melancolía había recuperado el ánimo al imaginar una conversación con él dentro de la privacidad de su habitación. A la silla que tomaba el papel de James le explicó que el dinero no le servía para nada si no podía comprarle la felicidad. Ella sabía que era muy poco para él, ya que la habían manchado con malos rumores, pero que ella haría todo para ganarse una opinión más favorable por parte de él. Quizá él pensaba que su rango lo ponía por debajo de ella, ¿pero acaso sería mejor que la casarón con un hombre como Clément Montfleury? Y en cuanto a los Paton, él sería una protección indispensable contra sus maniobras, y por eso no era inútil; lejos de serlo, era necesario para su bienestar.

La silla aceptó su petición y le permitió sentarse en sus piernas. Ahora, lo único que le faltaba era persuadir al hombre.

Cuando llegó Jane, encontró el pequeño jardín vacío. Muy pocos se atrevían a salir al frío de febrero después del atardecer, entonces los senderos lisos eran para ella sola. Se abrigó con su capa de piel, tapando su cabeza con el gorro. A cada lado del jardín había edificios y pasillos entre salones y habitaciones privadas. Ya que no le hacían falta más rumores sobre ella, Jane buscó un lugar donde su reunión no sería visible desde las ventanas. Lo encontró en un rincón: un banco bajo la sombra de una mata de hoja perenne, escondido en una oscuridad tan profunda que solamente los espías con ojos de águila la notarían ahí. Había elegido una saya de color café-rojo y una capa azul oscuro, sin ninguna joya para quedar casi invisible, sentada en el rincón más escondido del jardín.

Escuchó los pasos de James antes de verlo. Se puso justo en el centro del jardín, pasando por encima de los setos bajos para alcanzar su objetivo. Recorriendo el lugar con su mirada, con sus manos sobre sus caderas, se notaba su decepción al no verla ahí. Jane se permitió el gusto de verlo a solas por unos momentos, y luego decidió acabar con la tortura.

—¡Aquí estoy!

Con un entusiasmo que la halagaba, James brincó un seto más alto para alcanzarla. La tomó de la mano y presionó sus dedos con un beso.

—Gracias por venir, milady.

Ella señaló el lugar en el banco que era para él.

—Por favor, tengo algo que decirle.

James se sentó, dejando que un par de pulgadas los separaran, con el ángulo de su cuerpo hacia ella. Jane comenzó el pequeño discurso que había practicado antes de que él la pudiera interrumpir, sin atreverse a verlo a los ojos hasta que había llegado torpemente al final.

—Entonces, por eso —concluyó con valentía—, no veo ningún impedimento para que nos... conozcamos aún mejor.

Levantó la vista y vio que James la veía con tristeza en la mirada. Estiró la mano y recorrió su mejilla con la punta de su dedo, llegando a su mentón.

—Sabía que no lo verías: eres demasiado bondadosa para verme como realmente soy.

—Está equivocado. Desde que lo conocí en el Salón Lacey siempre lo supe. Estamos hechos uno para el otro, Jamie, ¿acaso no lo ve?

Él se inclinó y le robó un beso de los labios, que eran tan sinceros y serios mientras trataban de convencerlo de su verdadero valor. Jane sintió cómo el aliento de James, caliente y dulce, cedía bajo su boca. Cuando él se retiró, vio que Jane tenía los ojos cerrados y la expresión llena de asombro.

—Si pudiera pedir un solo deseo, señora Jane, sería que fuera yo el hombre que usted se merece.

Los ojos de Jane se abrieron, y la expresión de confusión que mostraban se convirtió rápidamente en frustración.

—¡Pero lo es!

—No, no lo soy.

—¡Ya deje de decir eso! —Sujetando su cuello con un brazo, lo jaló hacia ella y lo besó arduamente, y en su toque se notaba la desesperación que sentía. Dentro de James, algo dejó de resistirse; el muro que había construido entre los dos se derrumbó y su deseo por ella se liberó. La mano de James encontró la cintura de Jane debajo de su abrigo, y la otra la colocó en su espalda entre sus hombros, jalándola hacia él. El abrazo duró muchos minutos, cada momento más profundo y más intenso, hasta que ninguno se acordaba de lo que los había traído a ese lugar, ni tampoco lo que faltaba por resolver entre los dos. Por fin, al separarse para recuperar la respiración, se quedaron viendo uno al otro, ambos asombrados por el relámpago de pasión que los había consumido.

—¿Quién lo hubiera pensado? —Murmuró James, mordisqueando el oído de Jane sin poder resistir tocarla.

—¿Pensado qué? —La voz de Jane era muy débil, ya que ella estaba perdida en el deleite de sus caricias.

—Que juntos somos pólvora y lumbre. La dama perfecta y el aventurero fallido.

—Por favor, no me consideres perfecta. He cometido demasiados errores. —Jane deseaba con todas sus fuerzas que en verdad fuera la muchacha que él creía virgen y pura. Cómo anhelaba haber esperado a alguien como él, en lugar de caer en las manos del primer cortesano que le había hablado con palabras bonitas, entonces se hubiera sentido más fuerte. Pero su orgullo era demasiado para confesarle su falta, y su temor era perder la buena opinión que tenía de ella para siempre.

—No dudo que tus errores sean toperas al lado de la cordillera de los míos. —James la besó suavemente, como en una especie de despedida mientras volvía su determinación de negarse toda clase de felicidad hasta que pagara la penitencia por sus pecados—. No podemos permitir que esto vuelva a suceder.

¡Hombre desesperante! Jane tenía la tentación de golpearlo. Después de obtener un buen progreso, él insistía en dar un paso hacia atrás.

—¿Por qué no?

—Por los mismos motivos que ya te conté… me tengo que ir… y te mereces algo mejor.

—Pero si ya decidí que es a ti a quien quiero, ¿no lo puedes aceptar?

Él no le dio una respuesta, sino que le acarició la cara.

—Eres tan bella.

El coraje se le subió a Jane, y ella alejó su mano.

—¡Y tú tan necio!

Él se rió descaradamente.

—Así es, mi cielo, no me sobreprotejas tanto.

Jane arrancó unas hojas de la hiedra y se las arrojó.

—¿Por qué no puedes simplemente amarme?

Con mucha paciencia, sacudió las hojas de su cabello y sus hombros, negándose a caer en la trampa de perder el control.

—Porque no puedo permitirme ese placer.

—¡Cielos! —Jane se abrazó con su abrigo, poniéndose de pie con un salto—. ¡No te entiendo! Ya te dije cómo me siento y tú… pues parece que te gusto lo suficiente para que me quieras besar, ¿por qué no podemos estar juntos? Solamente es tu mente la que te habla así, no existe ninguna razón en realidad, ningún impedimento.

Él agachó la cabeza, sin querer verla a los ojos. Su silencio lo traicionó más que cualquiera de sus palabras.

—Estás totalmente decidido en esto, ¿verdad? —dijo Jane, sintiendo sus esperanzas marchitarse como una manzana de cuaresma olvidada en la alacena.

—Sí, lo estoy.

—Y yo... yo no soy suficiente para que cambies de opinión.

Él no le respondió.

—Ya entendí. —Ya cansada de ser lastimada una vez más, Jane empezó a retirarse. Ella había arriesgado su corazón, abriéndoselo a él, y él había rechazado su oferta como una cosa sin valor.

—Entonces, deseo que Dios lo acompañe en sus aventuras, señor Lacey. —Sujetándose con todas sus fuerzas a su compostura, logró hacer una reverencia y se volteó para irse.

—Jane, espera.

Ella se detuvo, obligándose a controlar las lágrimas que querían brotar. Oraba por qué él se hubiera dado cuenta de su error, rogaba por eso.

Desde sus costados estiró sus manos vacías.

—Perdóname. Quisiera ser diferente a lo que soy.

Se murió la última esperanza de Jane y se encaminó hacia la casa. Un pie delante del otro, por el bien de su orgullo, lo tenía que hacer. Pero sentía como si sus tobillos estuvieran encadenados como los de los prisioneros de la Torre que se encaminaban al bloque.

Milly inventó un pretexto para llegar a Whitehall para compartir sus noticias con Jane. Al encontrar a su amiga a solas en su habitación, dejó caer los paquetes que eran un pretexto para ocultar el verdadero motivo de su visita, y fue corriendo para abrazarla.

—Ay, Jane, ¡me siento tan feliz! —Milly la apretó con todas sus fuerzas y sintió que la tensión en Jane se desvanecía, y que le respondía con un abrazo.

—Me da mucho gusto por ti —dijo Jane, alejándose poco a poco—. Ahora, dime exactamente por qué te sientes tan contenta contigo misma —dijo Jane como si no lo supiera—. Señaló a su visita que se sentara en una silla al lado de la ventana. Viendo la forma en que el cojín estaba hundido del centro, parecía que Jane había estado ocupando el lugar hasta que llegó Milly, lo que era extraño tomando en cuenta que el lugar al lado de la ventana era incómodamente frío en comparación con el lugar al lado de la cama.

Milly se lanzó brincando hacia la silla y se sentó, pero de inmediato se volvió a parar, incapaz de contener su felicidad.

—Diego volvió ayer. ¡Nos vamos a casar!

—Felicidades.

Milly dio vueltas entre la ventana y la parrilla.

—Ahora lo único que falta es convencer a mi padre. Diego dijo que su señor nos ofrecía un lugar en la casa de los Lacey si mis vecinos resultan hostiles, pero mi esperanza es que podamos seguir viviendo en Londres. Tengo que pensar en mi negocio, y Diego tiene la esperanza de ganarse la vida dando clases de equitación y esgrima. Entre los dos, creo que ganaremos lo suficiente. —Miró la pulsera en su muñeca y sonrió—. Ay, Jane, ¡es un hombre maravilloso! En verdad me ama, dijo que siempre me ha amado desde que éramos niños. Incluso mi maldito cabello le parece bello. —Se rió y giró en su lugar—. Insiste en que no habrá dote, él piensa que a mi padre le debe entregar sus ahorros por el derecho de casarse conmigo… ¡esa fue nuestra primera discusión! —No pudo dejar de sonreír, recordando la reconciliación—. Nos vamos a casar en cuanto podamos.

Milly dejó de girar al darse cuenta que Jane no le decía nada. Su amiga estaba callada y pálida, con sombras que parecían moretones debajo de sus ojos azules.

—¿Jane, qué diablos te sucede? ¿No... no te gustan mis noticias?

Jane trató de sonreír sin éxito.

—En verdad estoy feliz por ti, Milly. No eres tú. Es que James Lacey y yo, bueno, tuvimos una discusión ayer en la noche, nada más.

Llena de amor, Milly no era capaz de imaginar la infelicidad para otra.

—Entonces ve a verlo, ¡arregla las cosas! En cuanto lo vi, sabía que era el hombre perfecto para ti.

—No es así de fácil —dijo Jane, sobándose los brazos.

—Pero tú lo amas, y no cabe duda de que a él le importas tú. —Milly atacó uno de sus paquetes—. Mira, aquí te tengo un sombrero nuevo y muy lindo que te hará ver irresistible. Póntelo y ve con él, no te podrá decir que no.

Jane tomó el sombrero y se lo probó para complacer a Milly. El ala redonda rodeaba su cara y hacía que sus ojos se vieran enormes. Con una sonrisa, sí la haría lucirse; pero el día de hoy, solamente era un cuadro para su tristeza.

—Muchas gracias. Por favor agrégalo a mi cuenta.

Milly suspiró. Una parte de ella no quería echar a perder sus sentimientos de alegría al tratar de entender el motivo de la melancolía de Jane, pero su amistad le importaba más que eso.

—¿Qué tan malas están las cosas, Jane? —dijo, desempacando las demás prendas que había traído, dejándolas sobre la cama para que Jane las admirara después.

—Completamente horrible. —Jane recorrió las piedras frías del marco de la ventana con los dedos, ignorando a las delicias que Milly había dejado sobre su cama—. Por sus propios motivos torcidos, él no me quiere, y créeme que dejé muy en claro mis propias intenciones, entonces no es un malentendido. Simplemente no soy lo que él busca.

—¿Y qué busca?

—Ahí está la cuestión. ¿Perdón por sus pecados del pasado? ¿O quizá una penitencia por haber sobrevivido mientras otros no?

—Diego cree que lo sigue un espanto, un espíritu inquieto. Pensé que tú podrías... no sé, ¿alegrarle la vida? ¿Hacer que dejara su tristeza?

Jane trazó el camino de una gota de lluvia que se escurría por el cristal ondulado.

—Yo también tenía esa esperanza. Pero parece que no basto.

Milly se acercó desde atrás y abrazó a su amiga de nuevo, pero esta vez con suavidad.

—Yo sí te quiero, Jane. Y él es un idiota.

—Entonces yo soy la mayor idiota por haberme enamorado de él.

doce

James se despertó sudado, y se encontró estirado sobre el piso, con su puñal enterrado en el vientre de su almohada y las tripas de pluma regadas por las tablas del piso.

—¿Mi señor?

Sentándose sobre las rodillas, James vio que Diego lo miraba con una expresión de susto, los blancos de sus ojos resaltando contra la oscuridad de su piel. Desorientado, James buscó el costado de la cama en la oscuridad. Su sirviente intentó levantarlo.

—Déjalo. Yo puedo solo. Duérmete.

—Pero la almohada...

—Puedes limpiar en la maldita mañana, ¿no?

Diego agachó la mirada para ocultar su expresión.

—Sí, señor. —El sirviente se volvió a acostar sobre su jergón al pie de la cama de James. Él no creía que Diego se volvería a dormir tan pronto como fingía, pero agradecía la ilusión de la privacidad para enfrentar la pesadilla que acababa de tener.

James arrastró la cobija de la cama y con ella tapó su desnudez, escondiéndose detrás de las cortinas en el vestíbulo de la ventana. Era una noche helada, con una brisa fría y húmeda que rebotaba de las aguas espesas del Támesis, pero con gusto recibió la incomodidad como el debido castigo por su debilidad. Había sido el mismo sueño, en que los cuerpos de los niños holandeses se caían a su alrededor como muñecos rotos sobre la nieve. Al atacar al soldado asesino de inocentes, descubrió que apuñalaba a su almohada inofensiva. ¿Y Jane preguntaba por qué no podían estar juntos? ¿Qué tal si ella hubiera estado a su lado, ¿sería posible que la atacara, dándose cuenta demasiado tarde de sus acciones? No era una pregunta en vano. Había veces que incluso se preocupaba por tener a Diego dentro de la misma habitación de noche, pero el sirviente siempre se había negado a acostarse en otro lugar.

—Dios mío, pero eres un desastre, Lacey —murmuró James, tallándose la cara con una mano—. Hazles un favor a todos y lárgate al otro lado del mundo.

Al contrario de lo que le había dicho a Jane, una parte de él no esperaba volver. Era seguro que no volvería si el viaje resultaba no curar el extraño humor oscuro que lo había atormentado durante tantos meses. Primero se arrojaría del barco si pensaba por un momento que pudiera ser un riesgo para los que más amaba.

James aún estaba parado en el vestíbulo cuando amaneció. Escuchó el roce de sábanas cuando Diego se levantó para prender la fogata, los sonidos de la ciudad que se despertaba, los gritos de los marineros, el canto de los pájaros en su valiente busqueda de una pareja anticipándose a la primavera. Les deseaba buena suerte.

—Mi señor. —Diego le dio una jarra de cerveza caliente, y el aroma de nuez moscada le llenó la nariz y lo convirtió nuevamente de estatua en ser humano. Tomó un trago.

—Gracias.

—El agua está lista para que se afeite. —Diego abrió las cortinas para revelar que la habitación ya había quedado limpia, sin evidencias de la miserable pelea con la almohada.

James dejó caer su colcha, sin miedo de andar desnudo ante los ojos de su sirviente. Se puso su camisa y unas calzas de lana, con un ardor en los dedos mientras la sangre circulaba nuevamente, y sus uñas perdían su color azul poco a poco.

—He decidido que nos vamos a unir a los veleros en Plymouth. —Se enjabonó la cara y se sentó para que Diego lo afeitara—. Aquí no sirvo para nada.

Diego preparaba la navaja con una expresión pensativa.

—Entiendo, señor.

—Empaca. Alquilaremos un par de caballos. Deberíamos llegar a finales de esta semana.

—Señor, yo... yo no deseo ir. —Con cuidado, Diego pasó la navaja sobre la cara de James, cortando los vellos para darle forma a la barba para que siguiera su mandíbula y no invadiera el resto de su cara.

James estudió la expresión de su hombre.

—¿Y esto qué significa? ¿Un amotinamiento?

—No, señor: es amor.

James hizo un gesto.

—Se me había olvidado. La doncella bonita con la cabeza de cobre. ¿Aceptó tu propuesta de matrimonio?

Diego asintió con la cabeza mientras ponía atención al otro lado.

—Me da gusto por ti. Entonces, iré solo. He de encontrar un suplente adecuado en el puerto, y me ahorro el segundo caballo. —A pesar de su tono prosaico, James sintió un alivio: no había estado cómodo con la idea de llevar a Diego con él, sabiendo que el viaje probablemente sería muy peligroso. Solamente un desesperado aceptaría una aventura así. Separarse del último ser que lo quería parecía lo correcto, sería parecido a renunciar a los bienes materiales para preparase para la muerte. No tenía ninguna intención de contratar a otro sirviente, no podía permitir que nadie más lo viera con sus pesadillas. Haría hasta lo imposible para conseguirse una cabina a solas.

—¿Está usted seguro, señor?

—Jamás me sentí más seguro de nada. Cásate. Sé feliz. —Ya terminado el corte, se secó la cara con una toalla y se la arrojó a Diego—. Luego, ponle mi nombre a tu primer hijo.

La corte se estaba preparando para mudarse. Los retretes en Whitehall se habían llenado y el olor desagradable permeaba el aire, entonces se circuló la orden de transferirse a Greenwich para hacer una limpieza del palacio. La criada de Jane empacó a toda su ropa y demás posesiones que tenía dentro de la habitación. A la hora de terminar, ya llenaban varios baúles.

—Yo me hago cargo, milady. —A la criada le molestaba mucho que su señora la supervisara en su trabajo—. No se puede confiar en esos marineros, son muy capaces de extraviar una carga o dos. —La muchacha se había portado de manera distante desde aquel incidente cuando Jane prácticamente la había corrido de la habitación. La aplicación de un bálsamo de media corona había servido de muy poco para suavizar su humor.

—Gracias, Margery. —Jane le sonrió pero a cambio de su intento solamente recibió una mirada hostil. Por dentro, suspiró—. Te veo en Greenwich esta tarde.

Un golpecito en la puerta la distrajo de la relación fracturada con su criada.

Margery contestó la llamada.

—¿Qué te trae aquí? —Su tono cortante indicó a Jane que era alguien de bajo estatus.

—Vengo a pedirle un favor a su señora, señorita.

Margery resopló.

—No se querrá molestar con alguien como tú. Ya lárgate, antes de que llame al guardia.

—¡Basta, Margery! —Jane apareció a la vista de la puerta abierta—. Conozco a este hombre. Diego, pasa por favor. ¿Traes un mensaje de Milly?

Con una expresión de risa al ver el rostro alicaído de la criada, Diego pasó por enfrente de ella para entrar a la habitación.

—No traigo mensajes, oh dama hermosa. Estoy aquí para entregarme a su misericordia.

A Jane le encantaba estar al servicio del prometido de su amiga y con un gesto le señaló que se sentara, pero él se negó, insistiendo en mantenerse de pie en su presencia.

—Sólo hazme tu petición, Diego, y si me es posible, la cumpliré con gusto.

Diego se dio un golpecito en el pecho e hizo una reverencia.

—Pido estar al servicio de usted, milady.

—Pero estás al servicio del señor Lacey.

—Él ha partido para unirse al velero con rumbo para América.

¿Ya tan pronto?, protestó una pequeña voz dentro de la mente de Jane.

—He pedido permiso para quedarme con Milly, y él en su generosidad me lo ha otorgado. Hasta que llegue el momento de casarme con ella y volvernos a la casa de los Lacey, tengo permiso de la familia Lacey.

Consciente del interés intenso de Margery hacia la conversación, Jane trataba de evitar mostrar su consternación ante las noticias de que James había partido sin decir adiós. Se obligó a enfocarse en la situación de Diego.

—Entonces, ¿necesitas un lugar para quedarte mientras permanezcas en Londres?

—Así es, milady.

Era una petición sencilla y a ella no le faltaba dinero para pagar a diez sirvientes más, si Jane lo deseara.

—Entonces, te acepto a mi servicio por el tiempo que tú lo requieras, siempre y cuando a los Lacey no les cause ninguna molestia. No quisiera que me acusaran de haberles robado a su mejor hombre.

—Al señor James no le causará ninguna molestia, tiene muchísimo respeto por usted.

Pero a Jane no le interesaba que James la viera de esa forma.

—¿Cuándo quisieras empezar?

—De inmediato, milady. Mi señor se fue hoy en la mañana.

¿Ya tan pronto?, y volvió a pensar mentalmente.

—Entiendo. ¿Tomó la decisión repentinamente?

—Así fue.

Ante la vista de dos testigos, Jane no podía contemplar el significado de la noticia para ella; tendría que dejarlo para después. Pero ya que la corte estaba por mudarse, eso sería mucho después.

—Entonces, Diego, puedes acompañarme de una vez. Tengo el día libre, ya que la corte parte para Greenwich y solamente estorbaremos si permanecemos aquí. Ven.

Diego le lanzó a Margery una sonrisa malvada, disfrutando su victoria sobre su intento a negarle la entrada.

—La sigo, milady.

Jane lo llevó hasta los establos del palacio donde los esperaba su caballo, según las órdenes que había mandado con anticipación. El patio estaba lleno de gente y vehículos, todos ocupados con las tareas de la mudanza de la corte. Unas carretas esperaban en fila para los objetos más pesados, que iban a ser trasladados por carretera sobre el puente de Londres; andaban maleteros que maldecían con un lenguaje florido y oficiales de la corte que los amenazaban mientras subían los bienes de inestimable valor. Eran pocos los que se molestaban en prestar atención a la dama acompañada por un moro entre tantos. Ya viendo que su caballo estaba preparado con la silla de pasajero, Jane se despidió del sirviente que lo había preparado, diciéndole que se quedara a ayudarle a Margery.

—¿Sí sabes montar, Diego? —preguntó.

—Cuento con un poco de conocimiento de los caballos, milady. —Diego se puso a la cabeza del caballo y le susurró al oído. El caballo se tranquilizó de inmediato y besó la palma del nuevo jinete, cautivado por el extraño.

—Un poco de conocimiento, ya veo —dijo Jane con sarcasmo.

Diego la ayudó a subirse a la silla de pasajero antes de subirse suavemente adelante.

—¿Adónde, milady?

—Adivina. —Jane lo empujó entre los hombros con su dedo.

—¿El destino me gustará, oh señora amable? —Con una patada, Diego puso a andar a caballo, dirigiéndolo hacia la salida.

—No lo dudo.

Jane no tuvo que decirle más. Diego agitó las riendas y se encaminó hacia Cheapside.

Diego disfrutó la sorpresa de Milly al ver que sus dos seres más queridos en todo el mundo, como ella les decía, llegaban juntos. Anduvo a toda prisa por el taller de la planta alta tratando de acomodarlos, quitando su labor más reciente de una silla y preocupándose por servirles alimentos adecuados. Al ver que no tenía tales, mandó a Henny con órdenes estrictas de traer los panes más frescos de la panadería.

—No es necesario que te molestes —protestó la señora Jane, tratando de evitar que Milly se agitara tanto. Diego sabía que era inútil tratar de detener a su Milly cuando andaba inquieta por una idea. Se quedó quieto para observarla y disfrutar.

—¡Me hubieran avisado! Oh, ¡la casa es un desorden! —Milly metió sus sedas de bordado de nuevo a la canasta sobre la mesa.

—No quería interrumpirte en tu trabajo. —Jane levantó la bata que Milly había quitado, admirando un adorno en forma de flor sobre el pecho—. Quizá podamos ayudarte — al cabo, tienes que pensar en tu negocio.

Diego trató de controlar su risa al ver la expresión de horror de Milly. Entre el pánico buscaba las palabras para rechazar la oferta sin causar ofensa.

—Eso no es decir que tenga mucha destreza para este trabajo —continuó Jane riendo con la mirada—. Pero estoy segura que podría coser algo, dada la oportunidad.

La nueva señora de Diego estaba jugando con Milly. Diego volteó a ver la ventana para ocultar la risa.

—Pero, bueno, Jane, es que, en verdad no tengo tanto trabajo por el momento —mintió Milly con desesperación—. No será necesario que me ayudes.

Jane le arrojó la bata.

—¡Te engañé! Si hubieras visto tu cara.

En un solo instante la expresión preocupada de Milly cambió por una de alivio.

—¡Niña mala! ¡Me tenías pensando que hablabas en serio!

—Sí, ¿verdad? Siempre has sido muy fácil de engañar, Milly. Necesitas a alguien con la cabeza dura que te proteja de engañosos como yo.

Diego levantó la mano.

—Me ofrezco para la posición, milady.

—Excelente. Ahora ya podré dormir tranquila.

Milly les lanzó una mirada furiosa a los dos.

—¡Vaya con ustedes! Lo que menos necesito es que se unan en contra mía.

Jane se rió.

—Es por tu bien, querida.

Henny volvió con la charola de panes dulces, glaseados con canela.

—Esos huelen divino. —La señora Jane se sentó en la mesa para tomar su segundo desayuno.

—El mejor de Londres —prometió Milly—. Ni en la corte encontrarás algo mejor.

Aun sin la presencia de Henny, Diego se negó a sentarse en la mesa con las dos, llevando su porción a su lugar junto a la puerta. A pesar de que las distinciones del rango le importaban poco, sospechaba que su nueva señora no veía las cosas de la misma manera; no se sentía capaz de compartir la informalidad entre las viejas amigas mientras estuviera a su servicio.

Las muchachas comieron dos panes cada quien.

—¿Dejaste a tu hombre abajo? —Preguntó Milly, chupándose los dedos.

La señora Jane agitó la cabeza.

—Está justo aquí.

Los ojos de Milly se hicieron aún más grandes.

—¿Te refieres a Diego?

—He dejado el servicio del señor James y la señora Jane tuvo la amabilidad de darme un empleo hasta que nos podamos casar —explicó Diego.

—Pero, ¿por qué dejarlo? —Milly dejó el último pedazo del pan en el plato y lo alejó.

—El señor James se fue a Plymouth, rumbo a las Américas. Yo preferí quedarme aquí contigo.

Las dos muchachas intercambiaron una mirada; la de Milly llena de preguntas, la de Jane resignada a la decepción.

—Oh, Diego —protestó Milly—. ¿Pero Jane? ¿Qué esperanzas le quedan?

El corazón de Diego se entristeció al ver la consternación de Milly. Se había quedado para complacerla pero ella no estaba recibiendo las noticias como él había esperado; parecía que su preocupación por la señora Jane era mayor que su felicidad por ellos. Ya hacía tiempo que él sospechaba alguna atracción entre su señor y su nueva señora, pero quedaba claro que Milly sabía mucho más que él sobre el asunto.

Milly lo volteó a ver con sus ojos color avellana.

—¿Acaso no le habías dado tu palabra al conde de que te quedarías con su hermano?

Sí, así era. Pero las circunstancias habían cambiado; él había ejercido su libertad de elección y seguido el camino que prefería, el camino a la felicidad. ¿Qué les debía a los Lacey, que solamente le daban empleo porque era útil para ellos? ¿Por qué arriesgar todo para seguir a su señor en un viaje que no le importaba y que sería muy peligroso?

Respondió por el lado personal, sin tratar el tema de la promesa.

—Entonces, ¿quieres que me vaya, Milly?

—¡Por supuesto que no quiero que te vayas! —Milly tomó la mano de Jane y la apretó—. Pero tú conoces a tu señor mejor que la mayoría. ¿Acaso no le hará falta un amigo en este viaje?

Diego cruzó los brazos.

—Yo no soy su amigo.

Milly se levantó y fue con él, cubriendo su cara con su palma en un gesto de ternura.

—¿En verdad no? Yo sé que la posición social los separa pero han hecho tantas cosas juntos, ¡y mira lo preocupado que estaba por ti cuando creía que estabas en peligro!

El argumento de Milly hizo efecto. Él había tratado de ignorar el problema de la lealtad que James siempre le había mostrado, pero ahora era el obstáculo que le evitaba mantener la distancia que él deseaba. En la casa de los Lacey, había creído que era distinto a estos ingleses; sin embargo ahora que estaba enamorado de una, se estaba vinculando con ellos de una forma que no había conocido desde que había dejado su aldea en África.

—Pero, ¿qué puedo hacer para ayudarlo, Milly? —Volteó su palma para depositar un beso en el centro. Por delicadeza, Jane fingía interés en un libro de patrones para darles su privacidad—. Él tiene sus propias batallas que enfrentar.

—Pero no es justo que alguno de nosotros lo tenga que hacer solo. —Los ojos de Milly se llenaron de lágrimas, su futura esposa era tan blanda de corazón que le parecía un milagro que hubiera sobrevivido por tanto tiempo en un mundo tan cruel—. Tú mismo me dijiste que sufre de terribles pesadillas, que no soporta compartir la misma habitación con alguien más por si lo ven así. Piensa en cómo será para él estando encerrado en un barco.

—Se conseguirá un hombre nuevo. Sirvientes como yo son a diez por penique.

Ella agitó la cabeza.

—Eso no es cierto y tú lo sabes. Estuviste con él en los Países Bajos; tú lo entiendes. No encontrará a alguien más que lo cuide como tú. —Bajó la voz—. La señora Jane lo ama. Yo quiero que tengan su oportunidad como nosotros tenemos la nuestra, pero no la tendrán hasta que James Lacey se... se sane, como lo dirías tú... que esté sanado en mente y espíritu. —Presionó su esternón con la punta de su dedo—. Acuérdate que solamente estamos juntos gracias a su generosidad.

Diego pensó con tristeza que a veces era una carga estar comprometido con alguien que era mucho más bondadoso que él.

—Entonces, ¿crees que lo debo seguir?

Milly cerró sus ojos brevemente, y asintió con la cabeza.

Él se inclinó para darle un beso en la nariz.

—Considéralo un hecho.

—Te amo —susurró Milly.

—Yo también te amo, Milly mía.

Ella le dio un golpe en el pecho.

—¡Y ni se te ocurra no volver!

—Les ordenaré a las olas que estén quietas, solamente para ti.

Ella descansó su cabeza contra su pecho y suspiró.

—Sé que me voy a arrepentir por esto.

Él se acurrucó con su mejilla en su cabello.

—No, no te arrepentirás. Tienes que acordarte, suceda lo que suceda, que tienes la razón. Me quedé cegado por el deseo de estar contigo pero estoy seguro de que no deberíamos comenzar una vida juntos faltando en nuestro deber hacia otros. —Cerró un ojo—. Especialmente si deseamos continuar a su servicio durante el resto de nuestra vida de casados.

—¿Cuánto tiempo estarás de viaje?

—Solamente durante el verano, si todo va según los planes.

—Entonces, ¿nos casamos para las cosechas?

—Sí. Si es que tu padre está de acuerdo.

—¿Cómo podrá negarse a permitir que me case con un heroico explorador?

—*Hmm*, ya veremos.

Tomados de la mano, la pareja volteó a ver a la señora Jane. Diego le hizo una reverencia.

—Milady, parece que estoy destinado a gozar de muy poco tiempo a su servicio. Milly me ha recordado mis deberes con el señor Lacey. Debo darme prisa para alcanzarlo en Plymouth.

La señora Jane dejó caer el libro de patrones.

—¿Lo seguirás? ¿Pero qué pasará con su matrimonio?

Milly apretó la mano de Diego.

—Se atrasará un par de meses, nada más, Jane. Nosotros sobreviviremos, pero temo que tu James no sobrevivirá sin un amigo a su lado.

La señora se sentó de nuevo en su silla con un profundo suspiro.

—No te puedo decir, Diego, el alivio que me da saber que estarás junto a él. Parece sentirse muy solo, muy diferente a como era antes. Él te necesita.

A Diego le halagaba la fe que le tenían las dos muchachas, aunque no se lo mereciera.

—Haré mi mejor esfuerzo.

Jane buscó algo dentro de su bolsillo.

—No es justo que una lealtad así quede sin recompensa. Toma esto, son dos soberanos de oro, será suficiente para que llegues a Plymouth.

—Y más allá, señora. —Diego recibió el pago generoso, aliviado de que no tendría que batallar por alcanzar y localizar a su señor—. Gracias a su generosidad, podré equiparme para el viaje con el mejor estilo.

—Lamento la brevedad de tu servicio pero… —La voz se le fracturó por la emoción. Recuperando el control, continuó—: Jamás olvidaré lo que estás haciendo por James. Yo cuidaré a Milly por ti mientras estás de viaje, y trataré de abrirte las puertas con su padre, también.

—Entonces, recibiré una recompensa más allá del simple cumplimiento de mis deberes.

Secándose una lágrima y con una sonrisa más brillante, Jane se encaminó a la puerta.

—Bajaré para que tengan privacidad para su despedida.

Diego tomó a Milly en sus brazos, abrazándola fuerte hasta que soltó un quejido.

—Te voy a extrañar —susurró.

—Y yo a ti.

—No te preocupes. Tengo mi talismán para protegerme.

Milly buscó el cordel y le dio un beso a su collar.

—¿De qué está hecho?

—De un par de cosas, incluso de una mecha de tu cabello que te robé de manera descarada a escondidas tuya.

—Me da gusto, y te la doy con toda mi voluntad. Viaja seguro y vuelve pronto, amor mío.

Diego la puso nuevamente de pie.

—¿Harás una cosa por mí, Milly?

—Lo que sea.

—No permitas que se te acerque ese actor. Tiene demasiados encantos. No tengo nada de confianza en él.

Milly se rió.

—Tienes que entender, Diego, que tengo inmunidad en su contra. Pero lo mantendré a distancia, no te preocupes.

—Asegúrate de que sea una distancia amplia.

trece

«*El león rojo*», Plymouth

James terminó la carta que le estaba escribiendo a Will derramando una gota de cera sobre la apertura, y la selló presionando la cera con su sortija de sello, una imagen de un caballero a caballo. La imagen salió borrosa, con el héroe aplastado hacia un lado, pero haría lo necesario. Barriendo hacia un lado las cáscaras de unas avellanas que había comido durante la noche, puso la carta en posición vertical, recargándola contra un candelabro para que no se le olvidara que la tenía que enviar la siguiente mañana. ¿Qué diría Will sobre las noticias de que tenían otro hermano, un actor con un carácter como un oso de pelea? Estaba casi seguro que Will haría un viaje a Londres en un futuro cercano para conocer a Christopher en persona; en el fondo, su hermano mayor era un hombre bondadoso y no soportaría la idea de que uno de su sangre se hubiera quedado en el olvido, aunque no fuera por culpa de él.

Ya cumplido su deber hacia su medio hermano, James se tiró sobre la cama incómoda y se puso a mirar al techo con las manos entrelazadas detrás de su cabeza, ahogado en su soledad. No había nadie en toda la ciudad que lo conociera, a nadie le importaba si salía o se quedaba encerrado. Se sentía sin raíces, como si fuera la semilla de un sicomoro girando en el aire. Afuera, la vida seguía sin su participación. El león rojo, sobre la calle Exeter, era uno de los mejores establecimientos cerca del puerto de Plymouth, pero aun así, no tenía la capacidad de excluir el ruido que acompañaba a uno de los puertos más ocupados de toda Inglaterra. James había considerado que no le hacía falta aprender más sobre la vida de los pobres después de su tiempo en el ejército, sin embargo había aprendido un vocabulario nuevo de maldiciones después de escuchar unas conversaciones calle abajo, gracias a las callejeras que se ganaban la vida atendiendo a los miles de marineros que llegaban y se iban. Las lenguas de las muchachas eran iguales de brillantes y llamativas que su ropa.

Alguien llamó a la puerta, interrumpiéndolo en su soledad.

—¿Mi señor? —La cabeza del propietario se asomó desde atrás de la puerta, con la expresión llena de temor por interrumpir al ocupante temperamental de su mejor habitación.

—¿Qué sucede, Jarvis?

—Llegó un moro y lo espera abajo, dice que está a su servicio, señor.

—¿Qué? —Dijo James, sentándose. ¿Diego estaba aquí? ¿Había sucedido algo malo? ¿Algo le había sucedido a Jane o a su familia?

El propietario gordo metió sus dedos pulgares detrás de los cordones de su delantal y asintió con la cabeza.

—Así que no lo conoce. Me imaginaba que no. Voy a despedirlo entonces.

Ansioso por acabar con el malentendido, James se puso de pie.

—No, no. Es mi hombre. Mándalo a subir.

Unos momentos después, Diego llegó a la puerta observando desde afuera la guarida sucia en donde James había estado rumiando durante dos días como un león con una pata adolorida.

—Veo que todavía no contrata a otro hombre, mi señor. —Diego se permitió la libertad de cruzar el umbral, y levantó una camisa que estaba hecha bola en el suelo encima de un par de botas llenas de lodo—. O si lo hizo, es preciso que lo despida de inmediato: no está desquitando su sueldo.

James sonrió, llenándose de alivio por ver el rostro familiar de su hombre de confianza de nuevo a su lado. No había querido reconocer la profundidad de su soledad sin su compañero más cercano.

—Es que me sentí tan liberado al lavarme las manos del último sirviente hostigoso, que pensé hacer el trabajo yo solo.

—Y fue un buen plan. —Diego puso las botas fuera de la puerta para que un sirviente las pudiera limpiar.

James pensó que Diego no tenía la apariencia de traer malas noticias, pero aún no entendía el por qué estaba aquí.

—¿Traes alguna noticia?

—No, señor.

—Entonces, ¿por qué estás aquí? ¿Rompiste con tu amada?

Diego tocó su talismán, el que llevaba en el cuello y que no se quitaba jamás, ni siquiera al bañarse.

—No, señor. Fue ella quien me mandó con usted. Con la bendición de la señora Jane, además de su apoyo económico, ya que a usted se le olvidó pagarme lo que me debía por el último trimestre.

James se dio un golpe en la frente, maldiciéndose por torpe. Por supuesto, Diego no había llegado por él.

—Te dejé varado en Londres y has venido a recoger lo que te debo. Te hubieras dirigido con el conde, él te hubiera pagado lo que te debo, sin que hubieras tenido la necesidad de cruzar media Inglaterra.

—No vine por mi sueldo. —Diego abrió la ventana y sacudió el abrigo de James, que estaba lleno de pelos de caballo y pastura.

James se rascó la cabeza.

—Diego, no soy un mago con destreza para leer las mentes de necios sirvientes africanos.

Diego se detuvo en sus labores y se puso frente a frente con James, poniendo una expresión dura como si esperara una discusión.

—Vine porque es mi deber acompañarlo en este viaje, señor. Se lo prometí a su hermano.

James sintió una sensación de náusea por los altibajos entre la esperanza y la decepción, como si fuera un marinero de agua dulce de viaje en el mar por primera vez. Aunque si bien deseaba un acompañante, no podía aceptar que Diego lo acompañara tan sólo por sentirse obligado con su familia, eso sería injusto.

—Yo te exoneré de esa promesa, ¿no te acuerdas? Tu deber ahora es con la señorita Porter.

—También vine porque Milly me hizo ver la razón. Quiero estar con usted en esta aventura. —Diego levantó un doblete que estaba tirado y lo sacudió—. Hemos estado juntos durante todo un año y yo… usted cuenta con mi leal servicio, mi señor.

Siendo que era un hombre de acciones y palabras francas, James no se consideraba tan hábil para entender los significados detrás de las palabras como lo podría hacer una mente más apta para las sutilezas. Sin embargo, si no se equivocaba, Diego acababa de confesar sentimientos de amistad hacia él; al cabo, ¿qué era el compañerismo entre hombres sino una promesa mutua de respaldarse mutuamente? Después de sentirse sin valor alguno, a James le tocaba el corazón que Diego pudiera tener esos sentimientos hacia él, aun conociendo todas sus faltas.

—Debería negarme a aceptar.

—Pero no lo hará, señor, porque ya se dio cuenta de que necesita un sirviente para acompañarlo en este viaje, uno que lo entienda.

James hizo puños sus manos, molesto consigo mismo por el alivio que sentía por no tener que ir solo.

—Dios mío —renegó—, ya sé que voy a ser egoísta y aceptar que me acompañes.

—Y ese es mi deseo, señor. Debería entender que también es el deseo de mi amada. Y de usted. —Diego le enseñó la cantidad de monedas que traía dentro del bolsillo.

—¿Y esto?

—Unos fondos para nuestra expedición, cortesía de la señora Jane.

James pasó saliva, con la garganta apretada por una emoción que no se sentía cómodo en mostrar, ni siquiera adelante de Diego. Volteó a ver la ventana. Jane le debería de haber enviado maldiciones en lugar de dinero y un acompañante.

—Ahora, mi señor, tenemos que pensar en la mejor manera de alistarnos para nuestra aventura, y en lo que tendremos que hacer para asegurar nuestro regreso. Mi Milly considera que la única manera de evitar que usted haga algo imprudente es que yo le diga que ella espera que usted me devuelva sano y salvo a Londres.

James levantó una ceja ante el discurso, aunque fuera a distancia, por parte de una costurera.

Diego sonrió, reconociendo la expresión.

—Quizá la conoció solamente una vez, señor, pero mi mujer de malas, se pone brava. Es posible que involucre las tijeras.

Por primera vez desde hacía días, James se rió.

—Caray, yo quisiera ver algo así.

—Al igual que el gato silvestre de mi tierra, a pesar de ser pequeño cuenta con mucha potencia, mi señor. Yo en su lugar no me pondría al alcance de sus garras.

James sonrió.

—Es un buen consejo sobre cualquier mujer con genio, diría yo.

—Qué bien que me lo dice, porque la marquesa me promete una retribución similar en caso de no devolverlo completo. Espero que no piense dejarme a la misericordia de esa leona.

James se dejó caer en una silla al lado de la parrilla y levantó sus pies para descansarlos sobre un banco.

—Entonces, ¿las damas nos gobiernan en esto?

—Así es, mi señor. Más vale que se someta sin quejas.

James abrió los brazos.

—Entonces, así será; acepto, Diego. —Luego, agregó en un tono más serio: —Y gracias. No te puedo decir lo agradecido que estoy.

Los dos capitanes de la pequeña flota de Ralegh recibieron a James y al sirviente abordo de la *Dorothy* el día siguiente. Los barcos destinados para América estaban descansando en el malecón de Sutton, visible desde la ciudad de Plymouth con sus techos de pasto y las torres de sus iglesias. Mientras discutían el viaje viendo los mejores mapas en existencia, Arthur Barlowe impresionó a James con su aspecto tranquilo y clara experiencia: esperaba con todas sus fuerzas embarcar en el buque bajo su mando. En comparación, Philipa Amadas era un hombre explosivo, lleno de genio y violencia que apenas lograba controlar. Ya había convertido en enemigos tanto a James como a Diego, al darle un empujón al sirviente con más fuerza de la necesaria al entrar a la cabina. Con tanto enojo e impaciencia con la vida, parecía que Amadas sería un capitán caprichoso durante los largos días sobre el mar.

—Nos iremos en cuanto los últimos abastos se hayan guardado abordo —Barlowe le explicó a James—. Deberíamos llegar a tierra americana dentro de dos meses.

James estudió los dedos curtidos de Barlowe que trazaban las líneas sobre el mapa como si pudiera ver los barcos cruzando con la misma facilidad. El capitán tenía las uñas cuadradas; uno de sus dedos pulgares llevaba una costra azul en donde se había quedado atrapado en una escotilla. Manos así, marcadas por el trabajo, le inspiraban confianza, dando testimonio de un hombre que conocía cada pulgada de su velero y que no temía aplicar su conocimiento a los deberes necesarios.

—¿Cuenta usted con una tripulación completa, capitán?

El rostro de Barlowe se partió con una sonrisa seca.

—Aún no, muchacho... es decir, señor Lacey. No hay muchos muchachos en Plymouth dispuestos a acercarse a las Américas de los españoles, ya escucharon sobre lo que les sucede a los que han caído en manos de la Inquisición, no son cuentos de hadas.

James sabía todo sobre la Inquisición por su trabajo en los Países Bajos; no podía culpar a los marineros.

—¿Pero no se preocupa por no contar con manos suficientes para manejar los veleros?

Barlowe enrolló el mapa.

—No tema usted, señor. Alrededor de una semana antes de embarcarnos, difundiré rumores de oro español en las cervecerías, esa es la medicina que purga la podredumbre de la Inquisición. Tendremos a ingleses honestos y ambiciosos haciendo enormes filas para que los aceptemos abordo.

—¡Deberían venir por el honor de Inglaterra! —Gritó Amadas de manera casual mientras buscaba un mapa del Caribe dentro del baúl.

Barlowe le dio unos golpes en la espalda con la confianza de un viejo conocido.

—Pero ya sabe, Philip, no todos tienen sus altos principios. Por lo menos sabemos que podemos contar con hombres que servirán felices, motivados por la avaricia sincera.

El paseo por los veleros tardó poco tiempo, ya que cada uno no medía más que un campo de tenis. A James le agradaba su lugar de alojamiento, una cabina pequeña que compartiría con Diego cerca del lugar del capitán dentro del *Bark Ralegh*. La litera le quedaba corta y podía tocar las paredes de ambos lados si se paraba en medio con los brazos estirados, sin embargo, reconocía que era todo un palacio en comparación con lo que les tocaría a los marineros ordinarios.

Diego resopló.

—Por lo menos aquí no podrá dejar tanto tiradero, señor. Menos trabajo para mí.

—¡Ten cuidado! —respingó James con humor, disfrutando el hecho de que su sirviente había llegado de su breve separación en Londres con una actitud menos servicial. Sentía que por primera vez veía al hombre detrás del sirviente; Diego ya no ocultaba todos sus pensamientos a su señor.

—Si no te comportas, ¡te dejo allá con los indios!

Diego se rió, pero continuó con su exploración del pequeño almacén que les tocaba.

—Tú tienes más experiencia en los viajes largos, Diego: dime, ¿qué nos hará falta? —preguntó James, cediéndole la autoridad a Diego en el asunto.

—Botas gruesas, abrigos pesados... y mucha suerte.

—Podemos comprar lo primero, y orar por lo segundo.

Diego metió la bacinica asquerosa de nuevo bajo la litera con el pie.

—Oh, y señor, hay algo que debo decirle.

James recorrió las sábanas sobre la litera con su vista, prometiéndose internamente traer las propias.

—Qué asco, juraría que incluso veo las chinches. ¿Qué?

—Me mareo.

James miró hacia el cielo. *Maravilloso*.

—Entonces, también oremos porque yo no.

El palacio de Greenwich, ribera sur del Támesis

Ya quedaba claro que la vida era injusta. No bastaba con que Jane tuviera que despedirse, quizá para siempre, del hombre que amaba, ahora le estaban exigiendo fingir estar enamorada de un francés imposible de amar.

—¡Es un buen hombre! —Le gritó su padre, acorralándola en un rincón del palacio para darle su opinión—.

Conozco a muchas muchachas quienes se morirían por la oportunidad de casarse con él.

Jane movió su pie con irritabilidad, haciendo que las perlas que colgaban de sus orejas bailaran.

—Yo no soy muchas muchachas, padre. Me parece que tengo estándares. —Hizo una reverencia y trató de escaparse.

—Anda, Janie, ¿acaso ni siquiera puedes poner semblante de que el hombre te cae bien, lo suficiente para acompañarlo para los festejos de la pascua? —Sugería su hermano, poniéndose entre ella y la salida para cortarle el escape de su habitación. Jane se quedó en su lugar, prefiriendo que su familia permaneciera en donde estaban, ante la vista pública, pues así no podrían recurrir a la violencia si creían que así obtendrían lo que buscaban.

—Henry, no se me ocurre ninguna característica en qué basar siquiera la más remota pretensión. Sería como una pluma de nieve que se derrite ante el primer aire de su risa. Nadie me lo creería.

Henry lanzó una mirada hacia la cara roja de su padre; el conde parecía que estaba a punto de un infarto, con el coraje que sentía por la hija que se atrevía a ejercer su libre voluntad.

—Padre, deme un momento a solas con ella.

Thaddeus se retiró a una distancia por el corredor, farfullando amenazas viles en contra de las hijas rebeldes de Eva.

—Janie, linda, estaba platicando con tu criada —empezó Henry de manera casual, mirándola desde arriba con una mano plantada en la pared al lado de su cabeza.

Jane resopló.

—Es decir, revolcándote. Con razón su actitud hacia mí ha sido hostil últimamente.

—En la cama es muy platicadora.

Jane puso los ojos en blanco.

—En verdad, Henry, por lo menos ten la decencia de ahorrarme los detalles.

Él sonrió como un lobo contemplando una oveja.

—Comentó que tienes la costumbre de desaparecerte con rumbo a la ciudad con el menor pretexto.

La cara de Jane se puso pálida.

—Lo primero que especulé era que mi hermana no-tan-propia ocultaba un amante —aún no estoy seguro de que este no sea el caso— pero imagínate la sorpresa que sentí al descubrir que una vieja amiga ya tiene su domicilio en la calle Silver. ¿Y cómo está la querida Milly, Jane?

—Tú..., ¿te acuerdas de Milly?

—¿Quién se podrá olvidar de la pelirrojita y la desgracia de su padre? También me acuerdo de que a pesar de su buena amistad, se te ordenó que cortaras todos los vínculos con ella.

Tratando de controlar el pánico que le brotaba, Jane torció las manos que tenía escondidas en sus largas mangas, apretándolas para controlar sus reacciones.

—Ya soy una dama independiente, Henry, puedo hacer lo que yo quiera, y asociarme con quien sea.

—No tanto.

—¡Por favor, Henry, déjalo! —Torpe, torpe, no tenía caso pedirle piedad, jamás había poseído tal cualidad.

—Me pregunté a mí mismo, ¿qué habrás hecho para ayudarle en su actual empleo? ¿Acaso tu esposo anciano estaba a favor de su amistad? ¿O quizá su senilidad era tanta que ni cuenta se daba de lo que hacías? Me pregunto, ¿qué encontraría el señor Richard Paton si se pusiera a examinar los bienes familiares en Londres? Me parece que una empresa tan nueva como la de Milly no podría sobrevivir si le suspendieran su alquiler antes de que tuviera la oportunidad de establecerse bien.

Jane cerró los ojos.

—¿Qué es lo que quieres que haga?

—Cásate con el francés. Ni siquiera te pedimos que te acuestes con él, el Señor sabe que no lo creo capaz de seducir una muchacha como tú... pero ya conoces la vida de esposa virgen, entonces no será tan malo, ¿o sí?

Jane sentía que las rejas de una cárcel descendían a su alrededor. Esta vez el matrimonio sería una trampa en lugar de un escape.

Henry le rozó la cara con un dedo con una ternura que le provocaba asco y en sus ojos azules, por única vez, se veía el calor de la sinceridad.

—No entiendes a nuestro padre ni a mí, nuestro deseo no es condenarte a la infelicidad, Janie. Solamente buscamos que pongas de tu parte por el bien de la familia.

Eso era punto de vista suyo, imposible de compartir, ya que ella era la oveja que querían sacrificar.

—¿Me condenarías a esta burla vacía del matrimonio?

Él se rió.

—Vamos, no somos tan crueles. A nadie le importaría si después de un intervalo decente buscas un consuelo por otro lado. Incluso un hijo bastardo es mejor que nada, no creo que Montfleury se preocupe. Al cabo, todas las grandes familias tienen uno que otro cuco en el nido.

—¿Me dices que me case, pero al mismo tiempo me hablas de las virtudes del adulterio? —El hermano aún era capaz de asombrarla con su cinismo.

Él alzó los hombros.

—Las reglas no son iguales para hombres como Montfleury. A ninguna esposa mía se le ocurriría vagar, sin embargo, el francés verá tus faltas por el lado filosófico, e incluso estará de acuerdo con la idea de que algún otro hombre se encargue de tus placeres.

Ella lo empujó en el pecho para ganarse un espacio para respirar.

—Me das asco.

—¿Entonces te someterás a la voluntad de tu familia?

Dentro de la oscuridad que la quería consumir, Jane se sujetó de la última esperanza que le quedaba.

—Te olvidas de la reina. Ella no ha dado su bendición para la unión.

—Ah, y ahí entras tú, querida hermana. Si muestras que estás dispuesta, no creo que ella se interponga. Los derechos de la corona sólo llegan hasta cierto punto; ella no se arriesgará a ofender a sus nobles por un asunto tan mínimo.

—Pero no estoy dispuesta.

Él suspiró.

—Entonces, lamento decirte que el negocio de Milly se acabó.

—Te odio.

—Sobreviviré. ¿Aceptas?

Jane no pudo obligarse a decir las palabras, entonces asintió con la cabeza, pensando robarse tiempo suficiente para evitar que su amiga cayera en peligro. Estaría de acuerdo con esta pretensión hasta un cierto punto, nada más; ni siquiera el hecho de salvar el negocio de Milly era suficiente para obligarla a entrar en este matrimonio.

Henry le acarició la cara.

—Buena niña. —Dio un paso hacia atrás—. Padre, Jane aceptó, como le dije que haría. Vamos a llevarla con Montfleury antes de que cambie de opinión.

Thaddeus sonrió ampliamente a su hijo, su orgullo.

—Maravilloso, hijo. El francés nos espera en mi habitación.

—¡Un momento! ¿Qué sucede? —Jane trataba de resistir mientras la arrastraban, cada uno tomándola de un brazo, hacia las habitaciones del conde de Wetherby.

Henry asintió para saludar a un conocido mientras cruzaban el patio.

—Sonríe, vida mía, no quisiéramos que dijeran por ahí que te casas a la fuerza, ¿o sí? —Le apretó el brazo—. Ya ves, Janie, a partir de hoy tu vida cambiará. La pasión que siente por su rosa inglesa se apoderará del pretendiente francés, y él declarará su amor y entrará en un romance impulsivo. Tu padre anciano los encontrará en pleno abrazo, obligándolo a exigir el matrimonio para conservar tu buen nombre. Entonces, los dos se someterán a la misericordia de la reina, rogándole perdón por la impetuosidad de su juventud.

—¡No! ¡Deténganse! ¡Necesito tiempo! ¡Deténganse!

—¿Tiempo para buscar la salida? No creo.

Su padre la sacudió.

—¡Obedece, hija, por una vez en tu vida de ingrata!

Llegando a su habitación, Thaddeus les gritó a sus sirvientes: —¡Fuera!

Los asistentes se dispersaron, dejando libre el lugar de testigos. Montfleury se levantó de su silla al lado de la parrilla, limpiando con delicadeza las últimas migajas del desayuno de su labio superior.

—¿Ya encontraron a mi amada? —Sonrió e hizo una reverencia, girando la misma servilleta que acababa de utilizar. Siendo objetiva, Jane pudo aceptar que Montfleury tenía un estilo propio que incluía una cierta elegancia en sus movimientos cuando no estaba nervioso, pero como esposo no se podía considerar.

—Como ya lo vio, señor, dejamos el resto en sus manos. —Thaddeus volteó a ver a su hija, sujetándola ligeramente por el cuello y apretándola.

—¡No me vayas a fallar, Jane!

Henry le soltó el brazo.

—Acuérdate de la calle Silver.

Los dos Perceval abandonaron la habitación, dejando a los amantes con el campo libre.

La mente de Jane estaba entorpecida por el pánico, necesitaba más tiempo, tenía que encontrar una salida.

—Milady, es más bella cada vez que la veo. —Montfleury besó sus dedos y mandó el saludo por el aire—. No me desagrada ser su elegido.

¿Elegido? Jane tenía la sensación de ser un actor obligado a salir al escenario sin haber tenido la oportunidad de memorizar su papel. Peleaba por conservar su dignidad.

—Señor, sé que mi padre está ansioso por ver la unión entre nuestras dos familias.

—Como yo, *madame*. Apasionadamente ansioso.

Era poco probable.

—Pero le ruego su tolerancia. Necesito más tiempo para considerar su amable propuesta. Apenas termino con el luto por mi primer esposo y no estoy dispuesta a aceptar a otro con tan poco tiempo.

Montfleury la tomó de la muñeca y levantó su mano hacia su boca. Antes de que Jane lo pudiera detener, empezó a llenar su piel con besos húmedos.

—Será un ornamento para la casa de Valère. *Mon père* estará muy de acuerdo.

Jane liberó su mano con un tirón.

—Pero es usted quien tiene que casarse conmigo, señor. Perdóneme, pero me da la impresión de que una esposa no le hace falta para su felicidad.

—*Au contraire*, su belleza y encantos femeninos me enloquecen. —El pequeño noble la agarró de la cintura y la atrajo hacia él. A Jane se le había olvidado lo engañosamente fuerte que se había mostrado durante el torneo de tiro. Todo se sentía horriblemente falso, no sentía más atracción hacia ella que hacia una piedra.

—Por favor, señor, suélteme.

—Y su dote endulzará la medicina, ¿*n'est-ce pas?* —La condujo hacia la cama del conde hasta que sus pantorrillas se toparan con el colchón.

—¡Deténgase! —Jane trataba de quitar sus manos, ahora ocupadas en desarreglar su ropa para dar la apariencia de haber sido sorprendida en un momento de pasión.

—En cuanto nuestro propósito aquí se haya realizado. —Se lanzó hacia adelante, encima de ella, empujándola sobre la cama.

—¡No, deténgase! —Jane inhaló cantidades irrespirables de su perfume empalagoso mientras peleaba por liberarse, sus faldas subiéndose entre la pelea. Casi hubiera sido algo cómico ser violada por alguien tan inadecuado, si su propósito no hubiera sido tan en serio.

La puerta de la habitación se abrió de un golpe.

—¿Qué es esto? Ay, cielos, ¿qué comportamiento travieso enfrenta los ojos de un padre amoroso? —Pronunció el conde—. Y delante de tantos testigos.

Jane peleó con aún más fuerza, suponiendo que la mitad de la casa de la reina estaba presente para ver su desgracia. ¡Era insoportable!

—Padre, no vea, será demasiado para su pobre corazón. Mi hermana, ¡descubierta en la cama con un hombre! ¡Maldito sea el día! Temo que ya se comprometió sin esperanza de redención. —Henry levantó a Montfleury por el dorso de su doblete, arrastrándolo de pie—. Quizá usted sea un señor, pero aún así tendrá que responder a la familia de la dama. No está sin protectores.

El francés ya se había aprendido su papel, aunque Jane no. Con un gesto dramático se golpeó el pecho.

—Señor Henry, no se alarme. La dama me acaba de hacer el gran honor de aceptarme como esposo. Usted nos interrumpió en el momento en que nuestro deleite mutuo se derramó en el intercambio de unos besos apasionados, le pedimos su perdón.

—Ah, entonces eso cambia todo. Bajo las circunstancias, su debilidad está a su favor. —El conde tomó a Montfleury por el brazo con las dos manos y la agitó con fervor—. Mi horror se convierte en alegría, ahora que sé que obtendré un yerno tan noble. Jane, acércate para recibir la bendición.

Jane se quedó sin palabras. Tratando de arreglar su ropa desarreglada, se puso de pie. ¿Sería posible que se escapara del partido ante tantos testigos? Su padre había reunido una multitud de compinches norteños, barones adustos y damas con filo en la lengua, cuellos largos que se estiraban para ver como unos gansos inquisitivos, todos dispuestos a seguirle la corriente al poderoso conde en su interpretación de la ridícula escena.

—Arrodíllate ante nuestro padre, Janie —murmuró Henry, sujetándola inexorablemente para guiarla hacia un lugar en el piso delante de él.

Jane decidió que bajo las circunstancias, no podía hacer absolutamente nada. Sus rodillas se doblaron a regañadientes para arrodillarse ante su progenitor. Su mano descansó sobre su cabeza, con el peso de la autoridad. La tenía justo donde siempre la había querido.

—Bendita seas, hija mía. Que la unión sea una muy feliz, tanto para Inglaterra como para Francia.

Por dentro, donde nadie la veía, Jane lloraba.

catorce

La catedral de San Pablo, Londres

LAS ÚNICAS PERSONAS que se sentían menos satisfechas que Jane con el anuncio de la unión entre las casas de Valère y Wetherby, fueron los Paton. Si el convenio del matrimonio abarcaba el dinero que había traído consigo a los bienes de los Rievaulx, y ella se mantenía en control de sus propiedades de viudez por el resto de su vida, Richard Paton se quedaría en la pobreza con poca esperanza de perseguir su dinero por las cortes de Inglaterra y de Francia. Por lo menos este pensamiento le daba a Jane un poco de satisfacción con sabor amargo por la horrible situación en la que se encontraba.

La reina aún no le había otorgado su permiso, sin embargo tampoco había prohibido el matrimonio. Jane sentía la mirada astuta de la soberana mientras realizaba sus deberes dentro de las habitaciones privadas, pero sabía que Elizabeth no soportaba que la involucraran en los líos emocionales ajenos. Quedaba claro que la reina tenía más que suficiente para preocuparse en ese momento, con la disolución prolongada y tormentosa del matrimonio del conde y la condesa de Shrewsbury. En comparación con el escándalo que consumía a dos de las figuras más importantes del reinado, unos problemillas entre una dama de compañía y algún noble francés desconocido no se merecían muchos pensamientos.

Montfleury, quien insistía que su *chère Jeanne* le dijera Étienne, no la volvió a acosar, si bien no era que ella esperara otro arrebato de pasión, ahora que no contaba con su audiencia. Hacía un gran espectáculo, sacándola a la vista en los eventos de la corte, como el que en el momento estaban asistiendo: la misa de resurrección en la catedral de San Pablo. Jane se sentaba a su lado, cerca del púlpito, sin mucha atención para prestarle al largo sermón. A su alrededor posaba la flor de la corte, vestida con ropa espléndida en celebración de la resurrección del Salvador. Ella había optado por ponerse de negro. Montfleury estaba adornado con seda con franjas moradas y rosas. En la opinión de Jane, no dejaba más por decir.

La mirada de Jane recorrió a los fieles distraídos y se elevó hasta los colores del arcoíris de las ventanas. Un ave había encontrado la entrada y cruzaba la nave volando, desesperada por escapar. Se topó con un cristal transparente, y luego revoloteó hasta descansar sobre la malla antes de intentarlo de nuevo. Jane deseaba que encontrara su salida pero a menos que abandonara los altos para bajar volando hacia las puertas ponientes, sería muy poco probable que encontrara la salida por sí sola. A Jane se le brotaban las lágrimas al verla chocar con otra ventana y caer mareada al suelo. Se quedó ahí en gran peligro de ser aplastada por los que iban a salir.

Jane no soportaba verla morir. Se levantó de su asiento y se abrió camino delante de otros en el mismo banco para escapar hacia el pasillo lateral. Montfleury protestó sin efecto pero ella le quitó los dedos de su falda. El sacerdote pausó en su alocución pero luego continuó, levantando el volumen de su voz. Corriendo hacia el ave antes de que alguna bota descuidada pudiera acabar con su vida, Jane la levantó con su pañuelo. Podía sentir que su corazón latía increíblemente rápido, con un terror que la enloquecía. Tendría que sacarla. Abriendo su camino a empujones entre las multitudes, Jane llegó a las puertas ponientes. Los que no encontraban lugar dentro de la catedral para el gran festival se reunían sobre las escaleras de la entrada, por lo que no sería seguro dejar el ave aquí. Se dirigió hacia el lado norte de la catedral y hacia el patio de la iglesia, que el día de hoy estaba vacío de los puestos que usualmente se ponían para vender libros y panfletos. Al encontrar un árbol, se puso de puntas para descansar el ave sobre una rama partida, y luego dio un paso hacia atrás para darle la oportunidad de recuperarse del susto. El ave —ahora vio que era un mirlo— descansó quieta por un momento, con un ojo que parecía piedra fijándola con su mirada, un pico amarillo que resaltaba contra sus plumas negras. Y de repente, se puso de pie, librándose a sacudidas de la parálisis antes de tomar vuelo. Giró una vez y aterrizó sobre la rama superior del árbol y se puso a cantar las gracias por su libertad. Jane se inundó de una alegría loca por haber salvado a una sola criatura, una alegría que el evento no se merecía. Miró a su alrededor para ver quién había sido testigo de la resurrección del pájaro. Nadie de importancia estaba a la vista; estaba sola, excepto por una audiencia de pordioseros e inválidos que solían vagar por el patio. Probablemente la creían una loca que había llegado para unirse a ellos. O un bolsillo para robar.

Sin ningún deseo de atraer más atención, Jane apretó el abrigo negro que llevaba alrededor de los hombros, agradecida por la solemnidad de su vestido que no era llamativo más que por su calidad; se puso a caminar. Jamás había estado sola en las calles. Ni su familia ni sus asistentes la habían seguido; suponía que la habían perdido entre las multitudes de los fieles de pascua. Por dentro, sintió una ola de alivio ilógico, ¡transitaba libre! ¿Qué harían si simplemente siguiera caminando y se perdiera en la ciudad? Fracasarían todos sus planes estúpidos, se acabaría la alianza. Se había tomado su cumplimento como un hecho, pero aun así, no podrían seguir adelante con la farsa ridícula del matrimonio si no estaba físicamente presente en la iglesia. ¿Qué pasaría si se los negara?

Riéndose en voz alta, Jane siguió adelante, dando la vuelta a la derecha en el callejón Paternoster, luego a la derecha otra vez sobre la amplia plaza de Cheapside. Quizá eran puras locuras, sin embargo la idea de escaparse le atraía tanto que no le importaba. La habían llevado a sus límites y ella se había liberado por un tiempo.

Las calles estaban llenas de ciudadanos festejando la Pascua, entrando y saliendo de las numerosas misas que se llevaban a cabo en todas las iglesias. Las campanas sonaban, rompiendo el aislamiento frío en que Jane se había encontrado durante estas semanas, recordándole la continua existencia de la vida y el amor en el mundo.

—¡Jesús ha resucitado, aleluya! —Gritó una doncella chimuela que traía una gorra nueva de paja, caminando hacia el rumbo opuesto.

—¡En verdad resucitó, aleluya! —Respondió Jane, dando la correcta respuesta pascual. Tuvo que contenerse para no tomar a la muchacha de las manos y bailar en círculos de manera impulsiva.

Una joven pareja salió de una de las casas elegantes cerca de la vuelta hacia el callejón Forster, la mujer cargando en sus brazos a un bebé, con otra infanta de pelo rubio tomada de sus faldas. El padre levantó a la pequeña y la colocó sobre sus hombros. Jane los siguió en su camino hacia el norte, rumbo a Cripplegate y los campos afuera de los límites de la ciudad, arriesgando un paseo familiar pascual a pesar de las nubes que amenazaban. Les envidiaba su alegría sencilla, no tenía ningún recuerdo de que su padre divirtiera a la familia con un paseo, ni tampoco de que el conde la hubiera colocado sobre sus hombros.

Cuando la familia dio la vuelta en la calle Silver, Jane se dio cuenta de que sin querer se había dirigido hacia la casa de Milly a pesar de no haberlo planeado. Por supuesto, el taller de su amiga se encontraba cerrado por el día festivo, y lo más probable era que estuviera afuera para disfrutarlo en la compañía de sus amistades. Pero aún así, Jane no tenía ningún compromiso para ese día; por lo menos podría dejar un mensaje y un saludo pascual antes de seguir su camino.

Llamó a la puerta.

No hubo respuesta.

Jane se quedó parada con su espalda contra la entrada y cerró los ojos para disfrutar el sol que caía sobre el escalón. Podía esperar. Al final, no había nada más que valiera la pena.

Milly se había salido apenas una hora antes de la llegada de Jane. El padre de Milly había llegado esa mañana, agitado por haber dejado sus deberes en el continente europeo, y muy resentido por acabar de recibir una carta del hombre que antes había sido su sirviente. A los pocos minutos del intercambio usual de saludos, comenzó su discurso sobre la verdadera razón por la que había ganado el permiso de su comandante para volver a Londres.

—¿Qué sucede, Milly? ¿Acaso te has vuelto loca? ¡No puede ser posible que en verdad pienses casarte con ese muchacho!

A Milly se le había olvidado lo difícil que podía ser su padre en persona, ya que para ella fue más fácil amarlo a distancia. Trató de posponer la discusión, insistiendo en que tenían que apurarse para no perder la misa en la iglesia de San Olave del otro lado de la calle, pero a Silas no le interesaba cambiar el tema. Había tenido la duración de toda su travesía por un mar agitado para pensar en sus argumentos y estaba aferrado a que sometería la rebeldía con todas las fuerzas que tenía.

—No puedo estar sentado en una iglesia pensando en esto —dijo Silas, negándose a ponerse el abrigo que ella le ofrecía con un gesto de la mano.

—Padre, no es un tema que se puede concluir en cinco minutos, y es todo lo que nos queda antes de que inicie la misa. ¿Acaso quieres pagar una multa por faltar?

Silas refunfuñó pero la siguió hacia la planta baja y hasta la pequeña iglesia parroquial. Milly jamás se hubiera creído capaz de agradecer la ley de la reina que había convertido en un delito el hecho de faltar a la misa dominical, pero este día murmuró una oración de gracias por la excusa para atrasar su ejecución.

Al terminar el servicio, Milly le sugirió a su padre que caminaran en los campos de Moorfields, fuera de la entrada de Cripplegate. Si iban a pelearse, prefería hacerlo sin su audiencia de aprendices y sirvientes.

—¿En dónde encontró albergue anoche? —Preguntó, buscando un comienzo neutral para la conversación.

—En el Cisne de Dos Cuellos, en la calle Wood —respondió Silas, cojeando ligeramente mientras acompañaba a su hija hacia el Norte y hacia los límites de la ciudad—. Llegué muy tarde y no quise levantarte.

—Gracias por su cortesía. ¿No aceptará quedarse conmigo durante el resto de su descanso?

—Si tú me aceptas. —Silas lanzó una mirada de reojo hacia su hija, con una expresión de seriedad en sus ojos verdegrises bajo las ásperas cejas canosas. Su cabello y su barba habían tomado el mismo color durante los últimos años, como resultado de su desgracia y encarcelación dentro de la Torre. Aún era un hombre de complexión robusta, con una estatura de unos cinco pies con seis pulgadas; sin embargo, nadie que viera la amplitud de sus hombros dudaría de su fuerza para pelear.

—Usted sabe que siempre lo recibiré con gusto en mi casa, padre.

Él succionó brevemente sus cachetes y resopló.

—Eres una niña buena, has hecho tu vida muy bien, Milly. Sé que como padre te he fallado últimamente.

Ella le apretó el brazo.

—Siempre supe que habría hecho más si hubiera tenido la posibilidad. Tengo la buena fortuna de contar con una madrina.

—Sí, la señora Jane ha sido un golpe de suerte. Eso fue una sorpresa para mí; siempre la creí consumida de vanidad y fría de corazón, aun cuando era una niña.

—Ha sido una buena amiga. Y Diego también.

Silas se resistió a dar su respuesta instintiva al comentario, ya que estaban en medio de otros veraneantes de paseo, entonces se conformó con resoplar otra vez. Siguiendo a Milly, tomó un sendero de arena más aislado entre los campos de secado de las lavanderas hasta llegar a un huerto de árboles. Alguien había elaborado una banca de unos troncos caídos debajo del techo desnudo de una haya blanca.

—Este lugar será suficiente para lo que te tengo que decir. —Silas guió a su hija hacia la banca, quedándose de pie delante de ella con sus brazos cruzados a su espalda—. No te puedes casar con un moro, Milly. Eso no se hace.

Milly apretó sus manos.

—¿No cree que Diego es un hombre bueno, Padre?

—Es un sirviente leal, por lo menos eso puedo decir.

—Entonces, ¿es el color de su piel lo que le causa molestia? Silas frunció el ceño.

—Es un sirviente.

—Míreme, padre. Yo también lo soy, hoy en día, al servicio de mis clientes. Hay muy poco que nos separa de rango.

Silas no podía discutir eso; fue su propia desgracia la que había provocado que Milly también dejara de ser dama de categoría.

—Me mandó a decir que *pagaría* por ti, ¡escribió tonterías sobre comprar lo que equivalía a muchas cabezas de ganado! ¡Como si estuviera dispuesto a vender a mi propia hija!

Milly mordió su labio. Ay, ¡qué tonto era Diego, hablando de sus vacas!

—Su intención es honrarme como si estuviera en su país ..., y a usted también. Ahí, un novio paga por la novia.

Silas hizo un gesto como si fuera a descartar el comentario.

—Y te pregunto, ¿por lo menos es cristiano?

—Él respeta nuestra religión —dijo Milly con cuidado, consciente de que la opinión de Diego sobre la fe era incómodamente amplia: no se negaba a aceptar las verdades cristianas, sin embargo tampoco renunciaba a los dioses de su niñez. Ella sí tenía un punto de vista más ortodoxo y tenía esperanzas de poder, con el paso del tiempo, ser una influencia para que él tomara un camino más correcto—. Ha sido bautizado. —De hecho, había sido bautizado tres veces, por tres amos diferentes, según lo que él le había contado.

Silas pisó un palo, partiéndolo en dos.

—¿Y sus hijos? No serían ni una ni la otra cosa, te digo que no es natural.

Milly controló las ganas de estremecerse ante el pensamiento de tener una familia con Diego. A ella la protegía tanto; ella imaginaba que sería un padre maravilloso, aunque fuera en extremo ansioso.

—Recibirían el amor y la bienvenida por parte de ambos padres, ¿acaso existe algo más natural?

—Pero Milly, sólo date cuenta. Él... ¡no es inglés!

Milly sabía que esto era el colmo del asunto, un prejuicio profundo en contra de los extranjeros, en especial de la particularidad del color de su piel.

—Yo lo veo, padre, y veo al muchacho que me fue fiel durante nuestras dificultades, y un hombre que me ama y que, creo yo, me seguirá amando en el futuro.

Con una patada, Silas arrojó las piezas rotas de madera hacia unas matas en el suelo, ahuyentando a un gorrión de su nido.

—Supongo que renuncié al derecho de ordenar tu vida cuando traicioné a nuestro país y a ti.

Milly buscó un consuelo tocando el brazalete.

—Siempre escucharé sus consejos.

—Quizá no vuelva de esta expedición de Ralegh.

—Volverá.

—Necesitas mi permiso para casarte, ya que eres menor de edad.

—Y mi esperanza es que me lo otorgará. Si no, tendremos que esperar.

—¿Estás aferrada a seguir adelante con esto? ¿En verdad ves los problemas que enfrentarán por causa de su unión, el odio y el desprecio de los demás?

Milly sacó fuerza del hecho de que había cedido un poco de territorio, aceptando que el matrimonio era una verdadera posibilidad.

—Creo que sí. Será mucho más fácil si puedo contar con su bendición.

Él negó con la cabeza.

—No estoy seguro de podértela dar, Milly. Todavía no.

La oposición abierta había sido lo que más temía; podía conformarse con la neutralidad.

—Espérese a que vuelva a ver a Diego, padre. Luego entenderá porque para mí vale tanto la pena.

Silas estiró la mano y con ternura la tomó del mentón con su mano áspera.

—Joven necia.

A Milly le brotaron lágrimas de sus ojos al darse cuenta de que él había puesto la decisión en sus manos.

—Gracias, padre.

—Espero que no tengas motivo para arrepentirte. Sé lo que es vivir con las consecuencias de una decisión desastrosa.

Ella se puso de puntas y le dio un beso en la mejilla.

—Venga, vamos a desayunar en casa. Tengo pan fresco y miel.

Él le ofreció su brazo nuevamente.

—Me conoces muy bien. Un ejército marcha mejor con la barriga llena, y la mía está vacía como el bolsillo de un soldado antes de cobrar.

Cuando el padre y su hija llegaron a la casa de la calle Silver encontraron una gran confusión. Henny había vuelto de la iglesia para encontrar a una marquesa sentada en la entrada. Había invitado a la dama a que pasara al taller, pero a partir de ahí no había tenido la menor idea de qué hacer con ella. El viejo Uriah no había ayudado en nada, diciendo en voz alta en la cocina que claramente estaba enloquecida, andando en plena ciudad sin escolta y sin explicación de su presencia.

—Milady —dijo Milly, haciendo una reverencia al encontrar a Jane tarareando en la tienda.

—¡Milly! —Dijo Jane, poniéndose de pie con un salto—. ¿Sabes qué? ¡Me di a la fuga! —puso los dedos en su boca para controlar su risa.

—¿Está usted… está usted bien, milady? —Milly miró atrás hacia su padre, pidiéndole con la mirada volver a la cocina. Pero no fue lo suficientemente rápida; Jane lo vio.

—¡Oh, señor Porter! ¡Usted está aquí! ¿Se escapó también?

Silas hizo una reverencia.

—De cierta manera, sí, milady, pero con el permiso de mi comandante. Me da gusto verla de nuevo, niña, después de tantos años. ¿Por qué no se sienta? Parece un poco agitada de su caminata.

Tenía razón. Milly se dio cuenta de que Jane tenía señas de una fiebre.

—Oh, no, fue un paseo muy lindo, realmente lo mejor que me ha pasado en todo este mes de abril. Es que atrapé un pájaro. —Jane frunció el ceño un momento, recolectando sus pensamientos—. No, no es que lo haya atrapado, es que lo salvé, estaba atrapado en la catedral. Lo solté. Luego, decidí abandonarlos a todos. En mi interior me dije, ¿*por qué no*?

A Milly le causó mucha consternación ver que su amiga se tallaba los brazos bajo las mangas, y que sus brazos estaban llenos de rasguños.

—¿A quiénes abandonó, milady? —Silas lanzó un vistazo por la ventana, esperando ver que alguien la estuviera buscando. Una aristócrata no se desaparecía sin que alguien la fuera a buscar.

Jane hizo un gesto.

—A mi querida familia. Están tratando de obligarme a casarme con un francés… bueno, en realidad no es un hombre, es más bien un doblete de peluche. Les dije que no, pero luego me tendieron una trampa para que pareciera que sí aceptaba y… y… —El frenesí que traía se estaba acabando, y la desesperanza empezó a volver—. Y…oh, Milly, ¡estoy en un lío! Ahora no me queda otro recurso más que casarme con él. Hasta la reina lo espera. Pensé que me podría dar a la fuga, pero pensándolo bien, ¿adónde iría?

Milly tomó a Jane de las manos para evitar que siguiera dañando su pobre piel.

—Puedes quedarte aquí, por supuesto.

Jane negó con la cabeza, derramando lágrimas de sus ojos.

—No, no, ya saben de ti. Henry dijo que les diría a los Paton y que romperían con tu tenencia, que te sacarían. Así empezó, así me involucraron en esta farsa de matrimonio.

Silas frunció el ceño.

—Usted no se preocupe por eso, milady. Ahora estoy yo. Hablaré con el arrendador de mi hija.

Jane sonrió a través de sus lágrimas.

—Me da gusto, señor, pero aun así vendrán por mí. Hasta me sorprende que todavía no hayan llegado. —Se le empezaban a ocurrir las consecuencias de sus acciones—. A mi padre le convendrá decir que me volví loca y me puse a vagar: si no me puede obligar a casarme con Montfleury, le dará el mismo gusto declararme loca. De cualquier modo, tendrá el control de mí.

—Bueno, no podemos permitir eso, ¿o sí? —Declaró Milly con optimismo—. ¿Acaso hay algo más natural que una visita a unos viejos amigos en un día de fiesta? Nos vimos por casualidad cuando te saliste para tomar aire durante el sermón y yo te convencí de que camináramos juntas —por supuesto, bajo la supervisión de mi padre— en los campos.

—¿Eso fue lo que hice? —Jane retiró las manos y las dobló sobre su pecho, apretando los codos. Con sus ojos azules fijó su mirada en el techo, tratando de fingir que no estaban inundados de lágrimas.

—Ay, Dios, ¿en verdad tengo que volver?

Milly anhelaba poder dar una respuesta diferente pero Jane era una dama de compañía, no cualquier cortesana con la libertad de ir y venir según sus propios gustos.

—Lamento decirte que sí, querida.

Jane enderezó los hombros con un esfuerzo visible para recuperar la compostura. Milly sentía mucho orgullo por ella; era como observar a un soldado preparándose para enfrentar un bombardeo de los cañones del enemigo.

—Entonces, les deseo felices pascuas. Si pudiera molestar a su padre para acompañarme de nuevo a la catedral, me parece que ahí encontraré a mi gente esperándome.

—Sería un honor, milady. —Silas juntó los talones de sus botas e hizo una reverencia brusca.

Jane lo tomó del brazo que le ofreció.

—¿Tendrá algún consejo, señor? ¿De una prisionera a otro?

Silas se rió amargamente.

—Llévese un buen libro para pasar el tiempo, y no confíe en la comida.

quince

Milly observó con mucha angustia mientras su amiga se retiraba. Jamás la había visto así, casi llegando a su límite, a punto de un colapso nervioso. Durante toda su vida pudo resistir todos los esfuerzos del conde de Wetherby para obligarla a cooperar; ahora su familia estaba a punto de destruirla con sus planes. Milly sospechaba que el rechazo de James la había ablandado, dejándola aún más vulnerable.

—Lo podría matar. —Milly apuñaló un cojín en forma de corazón con una aguja larga—. James Lacey tiene mucho por qué responder.

Antes de poder cambiar de opinión, arrebató una hoja de papel de su escritorio y escribió a toda prisa una carta para Diego.

La Calle Silver
19 de abril de 1584

Amor mío,
Te burlarás de mis caprichos, ya que acabo de enviarte a Plymouth, pero necesito que tú y tu señor vuelvan a

Londres en cuanto les sea factible. La señora Jane se ve obligada a entrar en matrimonio y le urge el apoyo de sus amigos. Te pido ruegues a tu señor que deje el viaje a un lado para venir a rescatarla. Temo que solamente alguien de su posición social será capaz de ayudarla a escapar. Yo sé que ella lo ama y me parece que él también siente cariño por ella, y de otro modo no le molestaría para hacer un sacrificio de este grado. Sea cual sea, estoy segura que la barrera que él puso entre ellos y la posibilidad de encontrar su felicidad juntos se derrumbará cuando se de cuenta que la está condenando al yugo de un partido miserable.

Regresen a toda prisa, por favor.
Tu propia Milly

P.D. Mi padre llegó al poco tiempo de haber recibido tu carta. ¿Qué estabas pensando cuando le dijiste que me comprarías con las vacas? Sin embargo, se está resignando a la idea de que nos vamos a casar, pero necesitas estar aquí para convencerlo totalmente.

Con eso bastaba. El único problema era encontrar a un mensajero capaz de llevar la carta hasta Plymouth y había un solo hombre capaz de realizar la tarea.

Milly llamó a la puerta de la habitación de Christopher Turner, con su arrendadora esperando a su lado.

—¡Señor Turner! ¡Kit! ¡Despierte!

La señora Prewet negó con la cabeza y dobló los brazos.

—Ya le dije, señorita Porter, es un infame, nuestro señor Turner nunca se levanta de la cama en un día festivo, a menos que le ponga un cohete debajo.

—¡Por el amor de Dios, Kit, es urgente!

La arrendadora extrajo una llave desde abajo de su faja y la meneó dentro de la cerradura.

—Siempre saca la llave de su lado por si acaso lo tengo que levantar. Duerme como un muerto, se lo aseguro. —Empujó la puerta.

—Santo Dios, ¿lo robaron? —exclamó Milly, viendo el estado de la habitación. Sobre cada superficie había ropa tirada, una mesita estaba tirada sobre su costado, por todos lados había papeles regados como las hojas de otoño después de una tormenta.

—No, así es él, el hombre en su estado natural. —La arrendadora miró a su inquilino favorito con una expresión de indulgencia. Estaba acostado boca arriba, tapado hasta la cintura con una sábana y con un brazo arriba de su cabeza.

—Me paga un poco más para limpiarle la habitación.

—Espero que le de una propina a la criada por el riesgo que corre, quién sabe lo que podría encontrar aquí: ¿un dragón dormido o un nido de conspiradores católicos?

—Lo más seguro es que encuentre unas sábanas que pertenecen a la lavandería. —La señora Prewet cruzó la habitación con valentía y dejó caer sus llaves frías sobre el pecho desnudo de Christopher.

—Despiértese, Kit. Tiene una visita.

Christopher se puso de pie como una bala, y el vistazo de su muslo desnudo reveló que no se molestaba en vestirse para dormir. Milly se cubrió los ojos a toda prisa.

—¡Por Dios, mujer, casi me dio un infarto! —Respingó Christopher, tapándose con la sábana—. ¡Estoy desnudo!

La señora Prewet soltó una carcajada.

—No hay nada ahí que no haya visto, jovencito. No es posible criar a seis muchachos sin enterarse de todo lo que hay que saber sobre las cosas de los hombres.

Christopher apretó la sábana con más fuerza, buscando entre su montón de ropa para encontrar una camisa limpia.

—Bueno, mis «cosas» no están acostumbradas a estar ante la vista de los vecinos.

—Es la señorita Porter, nadie más. Tiene un asunto de urgencia con usted.

—Fuera, par de mironas. Les aviso cuando esté decente.

Milly obedeció y salió a esperarlo en el pasillo, tratando de contener la risa. ¿Quién hubiera pensado que Christopher Turner, declamador audaz de versos escandalosos, sería tan tímido ante la posibilidad de que lo vieran como Adán? Tenía que confesar que si no tuviera un compromiso, hubiera encontrado mucho para admirar.

La puerta se abrió con un jalón violento.

—Bueno. ¿De qué se trata esto? ¿Por qué no puedo pasar el día festivo de nuestro señor en la cama como era mi intención?

Milly le sonrió a la señora Prewet.

—Le doy las gracias por levantar a este oso encantador de su guarida; creo que ya puedo continuar sin ayuda.

Dame Prewet se encaminó de nuevo hacia la cocina.

—Deje la puerta abierta, señorita. No me interesa tener algún escándalo en mi casa, ni tampoco rumores de lo mismo.

—Confíe usted en mí —prometió Milly.

—En usted sí, en él no. Soy madre de seis hijos. Sé todo sobre…

—Las cosas de los hombres. Sí, me acuerdo —dijo Milly con una sonrisa.

Christopher se asomó al pasillo con su cabeza para ver.

—¿Ya se fue?

Milly lo siguió de nuevo a su habitación.

—Sí, está a salvo.

—Esa señora no tiene vergüenza. —Christopher empezó a recolectar sus pertenencias y a amontonarlas de manera desordenada para liberar una silla para Milly.

—No se moleste, Kit. Mejor me siento aquí. —Se colocó junto a la ventana—. Usted tiene una linda vista.

—Sí. Si se para sobre el marco, alcanza a ver la bandera del teatro.

El querido soñador tonto estaba perdido en su escenario. Eran muchos los que lo buscaban, y muy pocos los que lograban el éxito.

—Me refería a la orquídea y al jardín.

Christopher se sentó en la orilla de su cama.

—Bueno, Milly, ¿a qué debo su visita? ¿Hay algún problema con su moro?

—Se llama Diego. Y no, gracias por preguntar. Es sobre una amiga mía. Su familia la está obligando a entrar en un matrimonio que no desea.

Christopher sacó los puños de su camisa de su chaqueta, emparejando el encaje blanco.

—Lamento decir que no será la primera. ¿No puede encontrar a nadie que intervenga por su parte? El cura es un hombre bastante agradable después de invitarle algunas copas.

—Esto no es cualquier asunto de la calle, Kit. Mi amiga es una de las damas de compañía y una marquesa.

—¿La señora deslumbrante que he visto entrar de manera constante a su taller últimamente? Caray, usted tiene amistades de altura, señorita.

—Jane y yo nos conocimos de niñas.

—¿Y ahora se encuentra en problemas?

Milly asintió con la cabeza.

Christopher alzó los hombros.

—Supongo que «el amor es el amor, entre los pordioseros y los reyes». ¿Qué es lo que quiere de mí?

Milly torció su delantal con los dedos.

—Tiene que escaparse de su familia. Necesita casarse con el hombre indicado.

Christopher cerró un ojo.

—Está bien, me caso con ella. La robaré del canalla a quien no ama y la salvaré de su familia ambiciosa. —Milly se rió.

—No, majadero. A quien necesita es a su verdadero amor, y no lo es usted. —Extendió la mano con su carta—. Le escribí rogándole que vuelva.

Christopher tomó la misiva de los dedos de Milly.

—¿Y dónde exactamente está el hombre afortunado? —Miró la dirección—. ¿Plymouth? ¡Le está escribiendo a *James Lacey*! No lo puedo creer. ¡Era todo lo que faltaba! —Echó su cabeza hacia atrás y se rió abiertamente.

—Por favor, Kit, no haga bromas sobre esto. Es en serio.

—Me lo hubiera imaginado: una dama en problemas y los Lacey, ¿dónde están? Ausentes. Está perdiendo su tiempo, Milly; no volverá por ella.

—Ni siquiera lo conoce, ¿cómo puede decir eso?

—Oh, pero sí lo conozco. Hace alrededor de un mes conocí a mi maravilloso medio hermano. Soy el que menos le servirá a usted como mensajero, confíe en mí.

Milly buscó unas monedas en su bolsillo.

—Sí confío en usted, Kit. Por favor, usted es el único a quien puedo pedir ayuda. Si lo conoce, cuánto mejor, ya que no podrá equivocarse de hombre. ¿No puede dejar a un lado sus asuntos familiares para ayudar a mi amiga? ¿Por esta única ocasión?

Christopher se negó a aceptar el dinero.

—Búsquese a alguien más.

—Dígame, ¿a quién? Mi padre tiene permiso para quedarse en Londres y después volver de inmediato a su cargo. El viejo Uriah se caería de su caballo antes de llegar a Southwark. Usted es mi única esperanza.

Él se dejó caer de nuevo sobre la cama.

—No la escucho.

—Sí me escucha. Por favor, se lo ruego.

—Milly, Milly, no tiene idea de lo que me está pidiendo.

—Sí tengo. Le estoy pidiendo que salve a una muchacha muy linda de un matrimonio horrendo. Pagaré lo doble de sus gastos. Por favor.

Se sentó y sacudió su mata de rizos.

—No se trata de dinero.

Milly dio vueltas en la habitación mientras su furia aumentaba.

—¿Entonces, de qué se trata? ¿Es orgullo? ¿Acaso le duele tanto hacer una diligencia para su hermano?

Él hizo un gesto.

—Dios mío, es eso. El gran Christopher Turner no quiere enlodarse. Bueno, orgullo lo tendrá usted, pero yo no tanto. —Milly se arrodilló—. Por todos los santos, Kit, le ruego: hágame este favor.

—No haga esto.

—Hablaré con su señor, evitaré que tenga problemas en el teatro.

Con un reproche, Christopher la levantó.

—No me necesitan esta semana.

—¿Entonces sí irá?

—Es usted una manipuladora, ¿sabe?

Milly soltó un grito y aplaudió.

—¡Sí va! ¡Gracias, muchas, muchas gracias! Pero tendrá que darse prisa: de un día para otro parten para América.

—Ella lo obligó a tomar su abrigo y las monedas.

—¡Qué! —Christopher hizo malabares para que no se le cayeran los objetos que ella le ponía encima.

—Tendrá que irse de inmediato. El caballo de mi padre lo espera en el Cisne de Dos Cuellos, y yo le preparé una mochila con los víveres necesarios.

Christopher se encontró fuera de su habitación, seguido por un pequeño torbellino rojo que le juntaba ropa para su viaje.

—Siempre estaré en deuda con usted —anunció Milly con solemnidad, dándole una bolsa con prendas limpias.

Christopher puso los ojos en blanco.

—¿Y por qué no me tranquiliza saberlo?

Puerto de Plymouth

Una pequeña flotilla de barcos acompañaron a la Dorothy y a la *Bark Ralegh* en su salida hacia el Canal de la Mancha. El día los favorecía: un buen aire desde el sureste los empujó hacia la primera etapa de su viaje. James estaba parado sobre la popa con el capitán Barlowe, disfrutando la sensación del barco que hacía un zurco recto hacia adelante a través de las aguas de color jade, acompañado por una parvada de gaviotas que volaban alrededor.

—Sí, se siente bien estar en camino por fin —murmuró Barlowe, dando voz a los mismos pensamientos de James—. ¿Cómo sigue su hombre?

—No muy bien, señor. Lo dejé en su litera con una cubeta.

Barlowe resopló: siendo de estómago duro, no podía comprenderlo.

—Mandaré a alguien para atenderlo, señor.

—Gracias, pero yo me encargaré de su atención. No dudo que sus hombres tienen sus propios deberes.

—No se lo niego. —Barlowe revisó su progreso con su instrumento—. Es el momento para disparar nuestra salva de despedida. —Inclinando la cabeza, le dio la señal al cañonero que esperaba su orden desde la cubierta principal.

Las gaviotas se dispersaron con el impacto al sonar el cañón, y el eco retumbó sobre el agua hasta llegar a tierra. La tripulación de los pequeños barcos gritó su despedida y volvió de nuevo hacia el puerto, dejando a los dos veleros solos para continuar. James se quedó en la barandilla, no viendo hacia la tierra, sino hacia el mar que tendrían que cruzar. Respiró profundo, disfrutando la sensación del aire salado dentro de sus pulmones. Era extraño, pero desde la llegada de Diego hacía unas dos semanas, James había visto una mejora en su estado de ánimo. Los sabelotodo de su hermano y su sirviente tenían razón: esta aventura le hacía falta. Los horrores de la guerra lo habían encerrado en una especie de hielo emocional; ahora, bajo el sol de primavera, empezó a sentir la apariencia de grietas en su armadura fría, que poco a poco iba cayendo de sus hombros. Empezaba a creer en la posibilidad de que quizá la vida no era tan mala;

que había cosas que valían la pena y nuevos horizontes por explorar.

El ánimo de James volvió a caer al volver a su cabina para enfrentar a su sirviente enfermo. El pobre de Diego se veía agotado e incluso su rostro había tomado un tono gris. Los barcos nunca olían muy bien, pero esta pequeña cabina en especial necesitaba una infusión de aire fresco. James abrió la portilla, agradecido por haber obtenido habitaciones muy por encima del agua. Tapándose la boca con un pañuelo, sacó la mayor parte del escombro y enjuagó la cubeta con agua fresca.

—¿Se está convirtiendo en sirviente, señor? —Graznó Diego.

—Me da gusto que puedas encontrar algo de humor en tu situación; pareces muerto.

—Me compondré... tarde o temprano. —Diego cerró los ojos y se encogió sobre la pequeña litera que tenía abajo de la de James.

Sin idea sobre qué hacer durante las largas horas abordo de un barco, James arrimó un banco hacia la repisa que estaba fija en la pared abajo de la ventana para escribir. De su baúl sacó una hoja de papel y una pluma de la colección que tenía en abasto. Siempre había la posibilidad de que se encontraran con un velero rumbo a casa durante el viaje y entonces sería bueno tener una carta a la mano para entregarles. ¿Pero a quién escribiría? Metió la punta de la pluma en el tintero y puso la fecha en la parte superior de la página.

Querid...

Levantó la pluma, sin saber si terminar la oración con el nombre de su hermano o no. Pero no era a Will a quien quería dirigir sus palabras.

Querida señora Jane,
Le mando un saludo cordial desde los campos de Neptuno. Por fin partimos de Plymouth y ya siento que el cambio me ha procurado muy buen efecto. Hasta ahora los poderes divinos nos han tratado bien, dándonos buenos tiempos para nuestra salida.

Viendo lo que había escrito hasta ahora, James frunció el ceño. ¡El tiempo! Y, además, en lenguaje de cortesano. ¿Acaso no podía hacer algo mejor?

Desde el fondo de mi corazón le doy las gracias por haberme enviado a Diego para acompañarme. Creo que era una locura haber pensado salir de viaje solo. Usted y la buena costurera son más sabias que yo.

Esto, por lo menos, lo había escrito de corazón. Iba mejorando.

Sentado en mi ventana, viendo las aguas frías del Canal, hay una sola cosa de la cual me arrepiento y es la manera en que me despedí de usted. Temo que la dejé sin hablarle sobre cuánto admiro y...

Se detuvo un momento, tratando de resolver el conflicto entre su pluma que quería escribir «amo», y su mente, que le decía que sería injusto para la dama. Sus intenciones eran mejorar su estado de animo, mas no hacer promesas que sería incapaz de cumplir. Tachó «y» e insertó «su carácter».

Mi partida no tiene nada que ver con lo que sucedió entre nosotros en el jardín, aunque recuerdo el momento con un sentimiento agridulce. Abandoné Londres para escaparme de mí mismo. Mi esperanza es que cuando vuelva, sea un mejor hombre, uno más digno de su amistad. Hasta que tenga la buena fortuna de volverla a ver, espero que acepte mis cartas cuando tenga la posibilidad de enviárselas a Inglaterra. Extraño nuestras conversaciones y paso el tiempo de manera agradable imaginando que usted está conmigo, escuchando mis palabras mientras las escribo. Así, puedo imaginarme que usted es mi compañera en este viaje, viendo con mis mismos ojos y compartiendo los mismos pensamientos.

¿Quizá era demasiado íntimo? La pluma flotaba arriba del párrafo, pero James no se atrevió a borrarlo. Cada palabra no era más que la verdad. La señora lo tenía cautivo del corazón aunque él tratara de fingir ignorarlo. Probablemente pasarían muchos meses antes de que ella recibiera la carta, y sin duda para tales fechas ya consideraría el cariño que él le tenía como una breve locura y la vida frenética de la corte le daría nuevos intereses. Dejó la carta sin modificaciones, dobló la hoja y la guardó para continuarla después. Quizá nunca la enviaría, pero por lo menos, así Jane estaría con él en este viaje.

La Calle Silver

La lluvia inundaba las calles de Londres, convirtiendo las alcantarillas en arroyos lodosos y a la gente en bultos de ropa que parecían almiares. Christopher entró al taller de Milly con un escándalo, arrojando a un lado su abrigo empapado por la lluvia. Ella fue corriendo para tomar su sombrero, parecía que había pasado por todos los charcos que quedaban entre Londres y Plymouth.

—¿Vio a James Lacey? —Preguntó Milly, después de mandar a la cocina al viejo Uriah para poder conversar en privado.

—Oh, sí, lo vi —dijo Christopher, exprimiendo su bufanda.

—Pero…

—Lo vi parado en la cubierta de un barco que iba saliendo del puerto. Llegué a tiempo para escuchar el saludo de partida, pero no a tiempo para alcanzarlo. ¿Puede creer la suerte que tengo? —Se dejó caer sobre un taburete al lado de la fogata y talló sus manos congeladas.

—¿En verdad no vio la forma de alcanzarlo?

—¿De qué manera, Milly? Tenían a su favor un buen viento y un velero veloz. Sin que me brotaran alas de los pies como a Mercurio, ¿qué esperanza tenía?

Ella tomó su bufanda y la colgó cerca de la fogata.

—Le pido perdón, esa fue una pregunta tonta.

Christopher resopló.

—Sé que le fallé. Pero aunque no me lo crea, en verdad iba a toda velocidad. Fue el maldito tiempo de lluvia, los caminos son como fangos. Faltó poco para que perdiera a mi caballo cerca de Exeter.

Milly lo dejó un momento para traerle una jarra de cerveza fuerte que sacó de un barril en el fondo de la cocina.

—Mire, tome esto. Yo sé que usted no tiene la culpa.

—Dejé un mensaje con el posadero por si acaso los barcos tuvieran que regresar por mal tiempo. Su señor James Lacey lo recibirá en cuanto vuelva. —Tomó un trago de cerveza—.

Ah, qué sabroso. Y bien, cuénteme de las noticias de aquí. ¿Me han despedido del teatro por mi larga ausencia?

Milly negó con la cabeza.

—Claro que no. Le dije a su señor que estaba ocupado con un asunto de importancia para uno de los caballeros de la corte, y que él podría ser un patrón para el teatro en un futuro.

Christopher cerró los ojos y sonrió.

—Muy astuta. ¿Su padre sigue aquí?

—Se volvió a los Países Bajos, pero me prometió que regresaría para el otoño.

—Me cae bien. Cuando me acompañaba por mi caballo la semana pasada, iba elogiándola a cada paso. Para ser un traidor, es un tipo muy agradable.

Milly le dio un manotazo en la cabeza.

—Silencio, ya no hablamos de eso. Ya está en el pasado.

—¿Y su amiga?

La expresión de Milly se tornó severa.

—Su boda está fijada para septiembre. No sé qué vamos a hacer, ahora que su misión falló.

Christopher alzó los hombros de manera filosófica.

—Hizo todo lo que pudo hacer, amor mío. Ahora está en su amiga si acepta al pretendiente o no.

Milly negó con su cabeza.

—Esas son las palabras de un hombre con la libertad de elegir por sí mismo. Aún no sabe cómo es estar en la posición de ella. Jane está bajo presión de su familia, la corte, y ahora incluso de la reina.

Aun así, el actor no vio la manera de tener sentimientos de solidaridad con una de las damas más privilegiadas de todo el reino. Agitó el contenido de su jarra.

—Como es adinerada, verá la forma.

—A veces, no basta con tener dinero. A veces, esa es la raíz del problema.

—Véalo por el lado positivo, Milly.

—¿Y cuál es el lado positivo?

Detrás de la orilla de su copa, Milly vio que cerraba un ojo.

—Tanta ropa de novia será la fortuna de alguna costurera afortunada.

dieciséis

A PESAR DE LA DECEPCIÓN que sentía por el fracaso de la misión de Christopher para alcanzar el barco a tiempo, Milly estaba consciente de que había quedado en deuda por sus esfuerzos a nombre de unas personas que ni siquiera conocía bien, y que tampoco le simpatizaban, por lo menos en el caso de James. Acordándose del amor que tenía el actor por la ropa llamativa, trabajó a toda velocidad para hacerle una nueva cinta para su sombrero con hilo dorado y plateado, bordada con sus iniciales. Dos días después de su regreso, fue en persona para entregarle la primera muestra de su gratitud.

Acababa de pararse por un momento para platicar en la cocina cálida de la señora Prewet cuando a las dos las distrajo un escándalo desde la calle afuera. Milly se fue corriendo a la ventana y llegó a tiempo para ver a un aristócrata de aspecto muy fino, con el cabello claro, vestido con un traje de montar de lana roja y una capa de terciopelo negro, desmontando de un caballo enlodado enfrente de la casa. Lo acompañaban dos jinetes y un joven vestido con calzas azules y un doblete que bajaba de un caballo de apariencia muy triste.

El noble y el joven se consultaron uno con otro un momento antes de que el mayor señalara a uno de sus sirvientes que llamara a la puerta de la señora.

—Señora Prewet, ¿con qué clase de gente anda usted? —exclamó Milly.

La señora alisó su delantal, agitada por la visita.

—No vienen conmigo, querida. Han de ser conocidos de alguno de mis inquilinos.

Ahora Milly notó la librea verde de los sirvientes y los rasgos familiares en el rostro del joven.

—Tienen que ser familiares de Kit. —Se abrazó, consumida por la alegría e inquietud mientras la dama abría la puerta para recibir a sus visitas. Por fin, Christopher recibiría la atención que merecía por parte de sus medios hermanos. El destino estaba de su lado al permitirle presenciar un evento así. Si hubiera llegado unos minutos más tarde, la desesperación por la curiosidad hubiera acabado con ella.

—¿Señora Prewet? —Dijo una voz retumbante—. Mi señor, el conde de Dorset, pide preguntar si se encuentra el señor Turner.

La dama casi se caía en su entusiasmo por recibir a sus visitas.

—Por supuesto, señor. Dígale a su señor que tenga la bondad de pasar a mi humilde casa. —Con el delantal hizo una señal agitada para Milly—. De prisa, suba, señorita Porter, por favor, y dígale al señor Turner que se apure. ¡Es preciso no dejar al conde esperando!

Milly levantó el dobladillo de sus faldas para subir las escaleras de dos en dos, y llamó a la puerta de la habitación de Christopher.

—¡Kit! ¡Kit! ¡Apúrese! Llegaron sus hermanos.

Silencio.

¿En verdad se encontraba Christopher en casa? Conociendo su opinión sobre los Lacey, sería capaz de estar tratando de escapar por la ventana.

Sin esperar una invitación, Milly abrió la puerta con un empujón. Encontró a Christopher en el proceso de ponerse la camisa, con la cabeza perdida entre los pliegues de lino blanco. Lo jaló con fuerza hacia abajo y se abrió la costura del hombro. Milly se acercó a toda prisa para componer la ruptura.

—Déjelo —gruñó Christopher, levantando su doblete.

—¿Acaso no me escuchó, Kit? El conde y el menor, Tobias Lacey, ¿no? ¡están en la cocina!

—Ya la escuché. ¿Y a mi qué?

Milly jaló el doblete de la espalda para fijarlo en sus calzas.

—No sea tonto. El rencor que guarda hacia los Laceys ya duró demasiado tiempo. Fue su padre, más no ellos mismos, quien le falló.

—Yo podré determinar eso para mí mismo.

Milly tenía la tentación de darle una golpiza: era tan terco, insistiendo siempre en actuar el papel del héroe de tragedia con el mundo en su contra. Cuando el mundo por fin mostraba señales de ponerse de su lado, su primer instinto era levantarse y huir.

—Bueno —dijo bruscamente, abrochando el último punto—, recorrieron una gran distancia para verlo; lo menos que puede hacer es recibirlos por hoy.

—Los veré, y de qué servirá. —Christopher levantó su sombrero, recordándole a Milly a qué había venido.

—Tenga. —Lo obligó a tomar la cinta nueva con sus dedos fríos—. Es para usted. Como agradecimiento por haber ido a Plymouth.

Su rostro rígido se ablandó al ver sus iniciales CT bordados con firulete.

—Es perfecto. —Se puso su boina de terciopelo, asegurándose de que el adorno estuviera a la vista—. Soy de los Turner, de los Lacey jamás.

Viendo que no le quedaba tiempo para otro intento de cambiar su actitud, Milly lo guió desde la habitación. Ella se sentía suficientemente entusiasmada por ambos, aunque él no fuera capaz de encontrar el entusiasmo necesario.

—A bajar ya, señor Turner: ¡le espera un conde!

Christopher se detuvo antes de pasar por el umbral de la cocina, dejando saber que sentía mucho nerviosismo a pesar de su aparente indiferencia. Milly quería abrazarlo pero sus instintos le decían que él se había retirado a un lugar muy solitario y muy privado, el producto de muchos años de abandono. Cómo deseaba que dejara de rechazar a todo el mundo, utilizando sus encantos como una especie de armadura, brillante por fuera pero aún así hecha de acero. Se armó de valor y entró a la cocina.

—Buenos días, mis señores —dijo con una reverencia y un sarcasmo que sacudía el aire—. ¿A qué debo este gran honor?

El conde respondió con otra reverencia e inclinó su cabeza.

—¿Señor Turner?

—Así es, mi señor.

—Mi hermano James me escribió con respecto a su situación. ¿No aceptaría que nos apartáramos un poco para discutir el asunto con mayor privacidad?

La expresión de Christopher mostraba que era lo que menos deseaba en todo el mundo.

—No, señor, jamás ha sido un secreto el hecho de que yo sea el hijo bastardo de su finado padre. Ambas damas aquí presentes conocen la verdad.

Tobias Lacey tosió, divertido por la actitud grosera de su medio hermano mayor.

—Por favor, hable francamente —murmuró.

Aún así, el conde seguía con su esfuerzo de seguir por el camino diplomático, aunque quedaba claro que deseaba que Milly y la dama se ausentaran.

—Muy bien, entonces continuaré. Lamento de la manera más sincera que haya sido abandonado desde la muerte de nuestro padre.

—Su ausencia en vida también era notable —interrumpió Christopher.

—Por supuesto. —El conde contemplaba a su nuevo hermano, buscando la clave para comprenderlo. De manera pensativa jaló sus barbas doradas, con una mirada intensa en sus ojos azules y astutos—. En cuanto me enteré de su existencia, hice investigaciones sobre las circunstancias de su nacimiento y el subsecuente trato por parte de la familia. Mi padre dejó la responsabilidad de mandarle su estipendio en manos de su mayordomo. Desafortunadamente, Turville asumió la responsabilidad de terminar con el arreglo tras la muerte de mi padre. Acepto que en su momento, el patrimonio se había quedado totalmente sin fondos, y que actuaba por su fervor para protegerme a mí, sin embargo, en el acto se equivocó. Por lo menos, lo hubiera consultado conmigo, y yo hubiera buscado una solución alterna para usted.

Christopher hizo un gesto.

—A ver, ¿qué clase de solución? ¿Mandarme al ejército o a la marina? Esa es la solución que muchas familias grandes tienen para el problema de los hijos no deseados, ¿o no es así? Vi que tuvo mucha prisa para mandar a su hermano al extranjero en cuanto nació su heredero.

Quedaba claro que el conde había anticipado que esta primera reunión sería difícil, y que se había resignado a no enojarse.

—Se equivoca en cuanto a mí, señor. Todos extrañamos a James con desesperación; está de viaje porque nos pareció la mejor opción para él, con toda sinceridad. No pasa un día sin que recemos por su pronto regreso. —El conde carraspeó, su voz atorada por la emoción—. En cuanto a usted, señor, si hubiera venido conmigo, mi deseo hubiera sido conocerlo mejor y determinar junto con usted la profesión que más le gustaría desempeñar. Usted es, al principio y al final, nuestro hermano. —Esperó a que el actor lo viera a los ojos—. Aquí está su familia, si quiere aceptarla.

Christopher puso sus puños sobre sus caderas para ocultar que estaba temblando. En el escenario, había actuado muchos papeles, pero no había tenido tiempo de prepararse para éste. El corazón de Milly se partió por él al ver que se había quedado sin palabras.

Afortunadamente, Tobias decidió que ya estaba harto con la seriedad del tono de la conversación.

—Pero bueno, yo le entendería si no quisiera aceptarnos. Este Will suele ser muy aguafiestas —siempre me está regañando por algo— y Jamie no tiene nada de divertido en este momento. Me encantaría que uno de mis hermanos mayores fuera actor, ¡pensando en las entradas gratuitas al teatro! Y me han dicho que las obras de Gasgoigne, el poeta-soldado, son verdaderas bombas, las más cómicas sobre el escenario. Estoy ansioso de ver una.

—¡Tobias! —Gruñó el conde.

El joven lo ignoró.

—Pero, hablando francamente... —Tobias hizo un gesto sarcástico—. Solamente voy a quererlo si me promete que distraerá la atención, metiéndose en más líos que yo. Mis esperanzas son altas, no dudo que el teatro le da muchas oportunidades.

A pesar de sus sentimientos, Christopher sonrió; el pequeño señor le inspiraba confianza. Al igual que él, Tobias tenía el don del encanto, pero el suyo salía a través de una disposición más optimista.

—¿Y qué opina su estimado hermano mayor sobre mi profesión? —Christopher le preguntó al joven—. ¿Cree usted que me exigiría separarme de tal infamia a cambio de su amistad?

—¡Por Dios, no! —Tobias volteó a ver al conde—. Vamos, Will, ¿acaso sería así de aburrido para insistir en algo como ésto?

Will sonrió y negó con la cabeza.

—La elección de una profesión es para el señor Turner y nadie más. No tengo ninguna intención de obligarlo a cambiar por el bien de la familia.

De repente, Tobias sonrió.

—Claro que no, ¡no te atreverías! Eso sería un caso del sartén y el cazo. —Volteó a ver a Christopher nuevamente—. Hace dos años se casó con Ellie, a pesar de echar a perder una maravillosa oportunidad para reconstruir nuestras fortunas con un partido ventajoso. Al resto de la familia le dijo que se fueran a esconder las cabezas, ¡fue lo más maravilloso que jamás haya hecho!

—¡De ninguna manera dije algo así! —El conde lanzó una mirada furiosa a su hermano incontrolable.

—Sí, lo hiciste... según Jamie.

Dándose por vencido, el conde se esforzó para recuperar el tema de la conversación.

—Lo que dices no viene al caso, Tobias, y además estás revelando demasiada información que debería ser privada.

Pero el joven, dándole mucho gusto a Milly, no se dejaba callar.

—No vaya a malinterpretarme, Kit, ¿puedo decirle Kit?

Perplejo, Christopher asintió con la cabeza, ¿qué más le quedaba ante tanto entusiasmo?

—Bien, Kit, entonces. Ellie —es decir, la condesa— en verdad es lo mejor que le ha sucedido a Will y a la casa de los Lacey. Cuando la conozca, le va a simpatizar fácilmente, se ríe y es muy divertida. El pequeño Wilkins es algo aburrido por ahora —no hace más que llorar y vomitar— pero dentro de un año se compondrá.

Parecía que Tobias ya había dado por hecho que Christopher se integraría a su familia nueva. Milly sabía que a su amigo aún le faltaba tomar la decisión de aceptarlos. ¿Qué haría? ¿Acaso los rechazaría aún, arruinando esta oportunidad para reconciliarse?

—¿Wilkins? —preguntó Christopher en una voz débil.

—Mi hijo. Su sobrino. —El rostro del conde se transformó con una sonrisa amplia—. Tiene cuatro meses de edad. De otra manera, la condesa nos hubiera acompañado.

—Nada la hubiera detenido —asintió Tobias.

Los dos hermanos Lacey esperaron un momento y se quedaron viendo a Christopher, esperando su respuesta a su oferta de paz.

Acéptelo, le rogó Milly en silencio.

Christopher recorrió su cabello con sus dedos, arrugando su gorra nueva con la otra mano.

—Señores, confieso sentirme sorprendido ante su acercamiento. No estoy acostumbrado a recibir atención por parte de los Lacey. Me es un poco… —Se detuvo, buscando una palabra que no fuera plenamente ofensiva—, «difícil de confiar».

El conde asintió como si lo entendiera muy bien.

—Entonces, permítanos ganar su confianza con la constancia. Es usted bienvenido en cualquiera de mis casas pero donde más me encontrará es en el Salón Lacey. Le ofrecería de nuevo su estipendio, ¿pero me equivoco al pensar que no lo aceptaría?

—Así es, mi señor. —El tono de Christopher ahora mostraba un verdadero respeto—. Yo puedo sin ayuda.

—Pero aún así, todos necesitamos una mano amiga de vez en cuando. Ahora tiene a su familia, Kit. Por favor, no lo olvide. Y sus hermanas también quisieran conocerlo — la señora Catherine y la señorita Sarah. —Dándose cuenta que había logrado todo lo que se podía esperar de esta breve reunión, el conde volteó a ver a la dama y le dio las gracias por su hospitalidad.

—Vamos, Tobias. Aún tenemos asuntos que atender en la corte el día de hoy.

¡En la corte! Milly entendió que esta era su oportunidad para pedir ayuda para Jane. Pero entonces recordó que entre el conde y la muchacha que lo había rechazado no había ninguna amistad. Incluso pensaría que los problemas de Jane con el matrimonio incumbían solo a ella; Jane le había advertido que se despidieron antes de tener la oportunidad de ofrecer ninguna explicación y, a menos que James hubiera tenido la oportunidad de decirle la verdad a su hermano, el conde aún pensaba lo peor de Jane. En el segundo que tardó en considerar su petición, Milly perdió su oportunidad, ya que los Lacey no perdieron tiempo en despedirse y salir por la puerta. Pero aun así, era bueno poder contar con ellos en caso de que no le quedaran más opciones. Se pondría a pensarlo con más calma.

—Mire nada más, señor Turner, qué cosas: ¡un hermano que es un conde! —exclamó la señora Prewet, viendo por la ventana mientras el grupo partía rumbo al río—. No me quedará más que duplicar su renta.

Christopher le siguió la corriente a su arrendadora con buen humor.

—Más bien, debería de cobrarme la mitad, señora, piense en el honor que traigo a su casa, amparando mi trasero casi aristócrata aquí.

—¿Los visitará? —Preguntó Milly, aún preguntándose si había dejado ir la oportunidad perfecta.

Christopher sobó sus antebrazos de manera pensativa.

—Quizá. Pero todavía no. Necesito tiempo para adaptarme a su cambio de opinión. La mía no es tan voluble.

—No es eso; es que usted es muy necio —suspiró Milly—. Ya deje de resistirse, Kit. Son gente espléndida: acepte el regalo que le ofrecen.

—Seguiré siendo bastardo.

Milly alzó los hombros.

—Claro que sí, al igual que medio Londres. El conde no le ofrecía hacerlo su heredero, ofrecía ser su hermano. Pobre: no sabe lo que le espera, acuérdese que yo he visto el estado de su habitación.

Christopher le dio la primera sonrisa sincera que ella había visto en su rostro en todo el día.

—Oh, él sabe. Al cabo, ¿acaso no tiene a Tobias como hermano también?

diecisiete

El palacio de Greenwich

Ètienne Montfleury había llegado para su visita de cortejo, lo que ocurría diariamente con la aprobación de la reina. Jane se había visto obligada a permanecer sentada en un rincón de la ventana, mientras él daba vueltas a la elegante habitación de su padre. Jane hubiera preferido irse corriendo a gritos de la habitación.

—Y cuando lleguemos a Francia, *ma petite fleur*, tendremos una gran celebración. Todos los que viven del patrimonio de *mon père* se alegrarán porque lleve conmigo a una novia inglesa tan hermosa. —Montfleury le dio un golpe de muñeca al reloj que estaba sobre la repisa del hogar, causando un disturbio en su mecanismo para que sonara de manera prematura.

Jane se levantó.

—Oh, ¿en verdad ya es hora? Me debo retirar.

Él la tomó de la mano y dobló su mano con tal fuerza que la obligó a sentarse de nuevo.

—*Non, non*, no es hora, *ma belle Jeanne*. El reloj, suena demasiado temprano. —Le dio un beso en sus dedos adoloridos con una ternura que casi parecía cariño—. Acuérdese que todos ven, todos observan en la corte. Tenemos que ser los amantes perfectos.

¿Pero por qué? quiso gritar Jane. *¿Para qué esta farsa extravagante?* Los «todos» que tanto le preocupaban sabían muy bien que ella le importaba muy poco a pesar de que se iban a casar. Solamente era para complacerse a sí mismo obligándola a soportar sus atenciones ridículas.

—¿Y cómo van los preparativos para su ajuar de bodas, querida? —Preguntó Montfleury con una voz muy fuerte, viendo que el conde de Wetherby estaba parado cerca de la puerta de la habitación interior de su suite.

—Van progresando. —Jane contemplaba sus manos, bañándolas con el sol como si esto fuera suficiente para limpiarlas de su contacto. La verdad era que no había pedido ningún ajuar nuevo, no podía siquiera soportar la idea.

—Excelente. Quiero que se vea magnífica el día que nos casemos. Tendrá que ser una digna representante de la casa de Montfleury.

Ella tenía el espíritu demasiado alicaído para molestarse en dar una respuesta. ¿Qué importaba? Ella podía llegar vestida con un costal y aun así insistirían en que se casara. Su padre había dejado muy en claro que si ella se negaba a casarse, presentaría una petición ante la reina de que Jane no poseía la capacidad mental para manejar sus propios asuntos y que la pusiera bajo su control; o sea, que él la encarcelaría según su gusto. A Jane no le hacía falta convencerse de que incluso el matrimonio con Montfleury sería mejor que eso.

El francés dio otra vuelta teatral por la habitación, frunciendo el ceño y arrugando el puente de su nariz prominente.

—Mi preocupación, *ma chère*, es por su aparente falta de interés al escuchar los planes que he hecho para nuestra boda, dónde viviremos y lo demás.

—Bien, señor, es que me había imaginado que íbamos a vivir en Francia. —Jane doblaba y desdoblaba su falda con sus dedos inquietos, aplastando la costosa seda. Milly se enojaría con ella por tratarla así. Alisó las arrugas.

—No necesariamente. He estado examinando sus bienes. Tiene una propiedad de dote muy bonita en Kent, muy conveniente para mis negocios en los puertos del sur. Pensaba que se quedaría ahí.

Jane se acordaba del lugar. Quizá era bonito, pero no era mucho más que una casa solariega que se ponía muy fría en el invierno.

—¿En verdad, señor? ¿Y usted piensa vivir ahí conmigo?

Él sacudió un grano de polvo de su manga.

—De vez en cuando. Estaré muy ocupado con mis intereses. Tengo que viajar mucho.

Jane no sabía si reírse o llorar por la revelación. Había imaginado un exilio en Francia con su familia, pero parecía que después de la visita nupcial, pensaba abandonarla en Inglaterra para seguir con lo suyo. Ella viviría a medias y a escondidas, pero quizá aún así era mejor que vivir sin amor entre extraños. Sin embargo, ya presentía un problema.

—Entiendo, señor. ¿Sabía usted que los hijos de mi finado esposo están peleando contra mis derechos de viuda?

Él resopló.

—Ellos son, ¿cómo se dice? Hombres *vulgares*. Ya me reuní con ellos y defendí sus derechos. He jurado que usted no es virgen y que su matrimonio fue consumado.

Jane se sonrojó.

—¿Les dijo qué?

Él alzó los hombros, sin mostrar vergüenza por el tema.

—Pero por supuesto. Les dije que anticipamos el lecho nupcial y que había encontrado que todo estaba en orden, que usted había sido una esposa de verdad y no nada más de nombre. —Él examinó sus mejillas ruborizadas—. Espero, *ma chère*, que no haya cometido ningún perjurio. ¿Se ha liberado de su virginidad? De lo contrario, sería muy inconveniente.

En toda su vida, Jane jamás se había sentido tan humillada.

—No quisiera ser la causa de alguna inconveniencia, señor. El asunto ya no queda pendiente.

—*Bon*. —Hizo una reverencia—. Entonces, me despido y le deseo buen día, milady. Hasta mañana a la misma hora.

Jane lo vio salir. Se detuvo para intercambiar unas palabras con su padre, los dos hombres muy a gusto en compañía del otro; pronto se escuchaba el ruido de una risa masculina desde la otra habitación. Montfleury tenía un don para hacer amistades con otros hombres. Su apariencia afeminada era un disfraz que enmascaraba una mente que era como una trampa para los hombres, rápido para devorar todas y cada una de las ventajas. ¿Pero acaso su honor le importaba tan poco? Era raro el esposo que deseaba que su futura esposa no fuera virgen. Quizá pensaba que mandarla a una mansión solitaria en Kent sería suficiente para evitar más indiscreciones.

Lo más irónico era que por primera vez en la vida, incluso sentía gratitud por el encuentro estúpido con Ralegh. Sin eso, no dudaba que Montfleury la estaría presionando para buscar un amante para asegurar sus derechos de viudez; o peor aún, que él mismo se obligara a cumplir con la tarea. Y eso no estaba a discusión.

13 de Julio

Bancos Externos, en alguna parte de Norteamérica
Mi querida Jane,

Dios ha bendecido a nuestra pequeña expedición mucho más allá de nuestras expectativas. El buen tiempo nos llevó a toda velocidad a través del Atlántico y milagrosamente llegamos sin ninguna vida perdida y sin incidentes de gravedad. Tocamos tierra en el Caribe y tuvimos la buena fortuna de encontrar nuestra primera isla con agua dulce y sin españoles hostiles para recibirnos. Entonces nos dirigimos hacia el norte y recorrimos la costa de la tierra que se llama la Florida hasta llegar a una cadena de Islas que nuestro capitán llama Los Bancos Externos.

James levantó su pluma de la hoja y miró la tierra nueva intensamente por la portilla. El barco estaba resguardado en una laguna que resultó un refugio perfecto, una vez que habían dejado atrás los arrecifes peligrosos. La costa tenía una abundancia de cedros altos y parras, parecía que habían llegado a la tierra de miel y leche prometida a los israelíes en el Viejo Testamento. Entre la tripulación, muchos tenían el mismo pensamiento; algunos creían que habían llegado a un nuevo Edén, inocente de las maldades del hombre. Solamente Diego era escéptico. Él fue el primero en observar a los nativos en sus pequeños barcos que observaban a los veleros extraños, y le comentó a Barlowe que la tierra claramente tenía habitantes. Sería una tontería considerarlo un terreno seguro o un lugar que podrían considerar como su propio descubrimiento.

—Ah, hijo, pero el dueño de esta tierra no es un príncipe cristiano, entonces el derecho de reclamarla es nuestro —respondió Barlowe gentilmente, como si la presencia de más personas no fuera más que una manada de venados.

Diego se había sentido furioso con el capitán, pero tenía la astucia de callar sus pensamientos hasta poder expresarlos en privado con James. Una acusación de motín no sería la manera de hacer el viaje más fácil. Aunque James podía entender las razones de Diego, él sentía mucho menos preocupación por los derechos de los lugareños; parecía que la tierra era lo suficientemente grande para sostener tanto a los nativos americanos como a los colonos europeos y hasta algunos más.

James volvió a sentarse a escribir.

Diego se ha recuperado de sus mareos ahora que nos encontramos refugiados en una laguna y me estoy dedicando a engordarlo para el viaje de regreso a casa. Jamás he visto a nadie que se sienta tan afectado por el mar. Dígale a la señorita Porter que deberá permanecer sobre la tierra firme durante el resto de su vida.

Diego entró en la cabina.

—El capitán va a desembarcar, y desea que usted lo acompañe.

James sonrió y se estiró.

—Excelente.

Diego tomó la pluma de los dedos de James, salvando su manga de una posible mancha de tinta, y la colocó con cuidado sobre el escritorio.

—¿Escribiéndole otra vez?

James se puso su doblete sobre su camisa.

—Por supuesto.

Diego estiró la mano para ofrecerle su sombrero a James.

—Usted está enamorado de la señora, señor. Más vale que lo acepte. Y ella también lo ama.

Dando un golpe para asegurar su sombrero sobre su cabello lleno de sal, James se rió.

—Ya lo sé. Me tuve que ausentar para aclarar mis sentidos. Una vez afuera, todo me queda mucho más claro. —Miró su reflejo en el espejo agrietado que usaba para afeitarse fijo en la pared—. Pero bueno, ninguna mujer que contara con sus cinco sentidos me querría así, parezco pagano.

Diego agitó la cabeza.

—No, señor. Los paganos son mucho más limpios que usted, créame, yo lo sé.

El par alcanzó a la tripulación que los esperaba al lado de los barcos. Primero, Barlowe ofreció una oración de gracias a Dios por su llegada segura. Entonces, dividió a sus hombres entre las naves. James y Diego se sentaron en la segunda, llegando a la playa a unos cuantos metros detrás del capitán. Sin esperar a que los marineros sacaran al pequeño barco del oleaje, Barlowe saltó el costado para atravesar a pie lo último que quedaba del bajío, entusiasmado como si fuera un niño ante la primera nevada del invierno.

—Caballeros, ¿alguna vez vieron una tierra así? —Con un gesto de sus manos el capitán señaló la arena lisa, de un color amarillo con uno que otro grano negro. El margen del agua estaba lleno de andarríos, que metían sus picos largos a la arena mojada. Una flota de pelícanos flotaba sobre el mar a unos cuantos metros de la tripulación, sin darles ninguna importancia a las criaturas extrañas que habían invadido sus campos de pesca. James se quedó impresionado por sus enormes picos, sin saber cómo era posible que pudieran volar con tanto peso adelante.

Ahora en tierra, Barlowe bajó su mosqueta de su espalda y preparó la cámara. Dio un pisotón sobre la arena.

—Sean ustedes testigos, señores y caballeros, de que reclamo esta tierra en nombre de Su Majestad, la reina Elizabeth.

Era afortunado que solamente James viera cómo Diego ponía los ojos en blanco. Le dio un golpe en las costillas para advertirle que se comportara.

Acomodando nuevamente su arma, Barlowe se secó la frente y señaló hacia el interior.

—Vengan, vamos a ver qué encontramos de carne fresca.

Después de cargar su propia arma con pólvora y balas, James lo siguió. Diego llevaba un arco de caza y ya lo tenía preparado; parecía que la experiencia lo impresionaba menos que a los europeos. Siguieron al capitán por las dunas, pisando sus huellas sobre la arena virgen, hasta entrar al bosque, viendo asombrados los enormes cedros que florecían tan cerca del Atlántico tormentoso.

Mientras penetraban más profundamente hacia el interior, James se arrepintió del doblete de lana que llevaba, la humedad lo castigaba. Lo desabrochó, dejándolo abierto, pero aún así su espalda se empapaba de sudor. Envidiaba a Diego, quien había previsto que bastaba con una camisa ligera y unas calzas cortas de lino, y se prometió poner más atención en los preparativos de su sirviente en el futuro. Diego casi parecía sentirse en casa.

Era inútil. James no iba a tirar a nada mientras tuviera los ojos llenos de sudor. Se quitó su doblete y su sombrero, y luego sus calzas exteriores.

—Tenga, hombre —dijo, dándoselos al marinero más cercano—. Devuélvamelos al barco y le esperarán dos peniques llegando al *Bark Ralegh*.

El marinero sonrió ante la posibilidad de ganarse un dinero fácil.

—Sí, señor.

James desprendió su camisa de su espalda pegajosa.

—¿Ya mejor? —preguntó Diego irónicamente.

—Mucho.

Diego le dio un manojo de moras que acababa de pizcar de una parra.

—Están buenas, ya las probé.

—¿Ahora resulta que también pruebas alimentos? ¿Acaso tus talentos no conocen un límite?

—Probablemente no.

Delante de ellos, sonó una mosqueta.

—¡Atinó! —Gritó Barlowe.

Un éxodo repentino de unas grullas que salían de las matas por todos lados lo ocultó. James se rió: eran como los espíritus de los benditos que iban corriendo hacia su señor el día del juicio. Sus patas largas colgaban mientras aleteaban por el aire, y las aves se alejaron con un ruido que ensordecía, como si fuera el grito de la hostia celestial en el libro del Apocalipsis.

—¡Glorioso! —Exclamó James.

—No sirven para comer —comentó Diego ligeramente, metiendo su flecha de nuevo a su estuche.

Alcanzaron a Barlow, quien acababa de matar al venado que había tirado con su mosqueta.

—¿Qué le parece esta tierra, mi señor? —El capitán le preguntó a James, guardando su puñal nuevamente en su cinturón y señalando a un marinero que llevara al animal a la playa para cortarlo.

—Nunca vi una abundancia de caza así. Nada en Europa se puede comparar con esto.

—Tiene la razón, señor. —Un movimiento desde arriba atrajo su atención. James puso su mosqueta en su hombro, apuntó y disparó, bajando un ave de caza que iba volando.

—¡Buen tiro! —Aplaudió Barlowe—. Esta noche nos daremos un festín sobre la playa. Tú, muchacho —dijo, volteando hacia su mozo de cabina—. Diles a los cocineros que preparen unas fogatas para rostizar la carne sobre la arena.

La caza siguió siendo abundante, sin dificultad para matar a los animales que atravesaban su camino, demasiado ignorantes para huir del ruido de las armas. Después de tantos meses de puerco salado, sus sentimientos eran casi eufóricos mientras un animal tras otro caía ante sus balas. Dejando que la tripulación siguiera con su matanza, Diego llenó unas canastas con moras para agregar a su lista de platillos y se sentó al lado de James sobre una piedra soleada al lado de las fogatas.

—Es un pedacito del cielo —dijo James, escupiendo una semilla hacia el mar.

Diego hizo un gesto al escuchar otro tiro entre los árboles.

—O lo era, hasta que llegamos nosotros.

Los nativos hicieron el primer contacto con la tripulación inglesa unos días después de haber desembarcado sobre la isla. Los indios se acercaron cautelosamente, pero sin miedo, mostrándose primero sobre el siguiente promontorio después del lugar de amarre del velero, llegando poco a poco a la playa. Su apariencia fascinaba a James: su piel tenía el mismo color que el cobre, usaban poca ropa y adornaban sus cuerpos con una mezcla de pinturas, aros de metal, cuentas y plumas. Nunca había visto nada parecido a ellos, ni siquiera en los libros de la biblioteca de Ralegh.

James dio un paso hacia atrás mientras Barlowe iniciaba el intercambio de saludos y regalos sobre la arena.

—Extraordinario —le murmuró a Diego—. Usan solamente un pedazo de tela para ocultar su hombría. Aquí viven verdaderamente inocentes.

Diego cruzó los brazos.

—Vea a sus alrededores, señor: hace calor, todos ustedes están sudando con sus camisas, sus calzas y sus dobletes, sin embargo a ellos los creen extraños por vestirse según el clima. Ante los ojos de Dios, ¿quién será el más extraordinario?

—Pero la Biblia enseña sobre la modestia.

Diego sonrió irónicamente.

—No creo que hayan tenido la oportunidad de leer ese capítulo, pero el libro de la naturaleza nos enseña a adaptarnos al clima. No cabe duda que durante el invierno, estos hombres andarán tapados con pieles suficientes para satisfacer al observador más remilgado.

James rascó su cabeza, tratando de reconciliar su cerebro con los nuevos conceptos que le estaba enseñando su hombre. Durante tantos años Diego había sido el extraño en el mundo en que él vivía; estaba muy acostumbrado a ver la diferencia entre lo esencial y lo temporal, burlándose de las reglas débiles concebidas por los hombres para justificar su manera de vivir. Diego tenía razón en ponerse en los zapatos —no, zapatos no, ya que no traían— mejor dicho, en el lugar de estos nativos amigables. Dos enormes veleros habían llegado a su tierra y habían respondido sin agresión, tomando el tiempo necesario para darse una idea de sus huéspedes y acercarse sin mostrar fuerza. James tenía muchas dudas de que la gente de Inglaterra hubiera reaccionado con tanta calma ante una invasión.

—El mundo es mucho más grande de lo que yo pensaba —admitió James.

—Con todo respeto, señor, con su viaje aquí apenas viene rasgando la superficie. Váyase hacia el oriente y las maravillas se multiplican como conejos en la primavera.

James miró a su sirviente.

—¿Exactamente cómo es que tú sabes tanto, Diego?

Diego alzó los hombros.

—Durante un tiempo trabajé para un comerciante veneciano. Esos comerciantes tienen conexiones que usted no podrá creer.

El intercambio sobre la playa terminó con una visita a los veleros por parte de los indios. Parecían estar impresionados, aunque confundidos, por las dos naves, tocando todo y hablando rápidamente en su propio idioma. Uno jaló la manga de Barlowe una y otra vez, diciendo: —Wingandacoa.

Todos se habían sentido aliviados de que hasta el momento Amadas había logrado controlar su carácter, pero de repente se aferró a esa palabra. Aplaudió con las manos, haciendo que los pobres visitantes se estremecieran con el susto.

—Entonces, ¿así se llama el lugar, señor? ¿Wingandacoa?

La tripulación repitió el nombre con entusiasmo, tratando de pronunciar los sonidos desconocidos. Los nativos se sonrieron y asintieron con entusiasmo.

Diego se inclinó para hablar con James.

—No creo que esa haya sido su intención. Creo que simplemente querían hacer un cumplido a Barlowe por su camisa, dudo que conozcan el lino.

Con dificultad, James controló su risa.

—No podemos decirles eso ahora. El capitán Amadas está tan contento por su progreso en la comunicación.

Diego alzó los hombros otra vez.

—De todos modos, no importa. Al lugar le pondrán otro nombre que no les resulte difícil de pronunciar.

El siguiente día, los nativos volvieron en mayores cantidades, acompañados por su rey, un tipo con el nombre de Granganimeo. Era un hombre muy distinto con pintura amarilla en la piel y una mata de cabello encima de su cabeza, mientras el resto lo tenía rasurado. Sentado entre los dos capitanes para una merienda espontánea sobre la playa, parecía que el rey estaba muy alegre y en un momento empezó a golpearse y a los dos ingleses también con una fuerte risa. Amadas mostraba señales de estar a punto de escupir por el ataque sin motivo, pero Barlowe lo detuvo, optando mejor por golpearse a sí mismo en el pecho y acompañarlo con más risa. Los indios sentados junto a James y Diego empezaron a hacer lo mismo que su líder. James sonrió durante toda la golpiza, algunos de los golpes dejaban moretones.

—¿A qué se debe todo esto? —Preguntó a Diego con los dientes apretados.

Diego le respondió con la misma fuerza a otro tipo animado.

—Me parece que se están divirtiendo. —El indio que acababa de recibir un golpe de su parte estiró las dos manos y las juntó con una sonrisa grande hacia los dos.

—Que todos somos una familia feliz, o algo así.

—Les van a encantar en la corte. —James esquivó un manotazo especialmente entusiasta que iba rumbo a su cabeza—. Me imagino que la reina y este tipo Granganimeo se llevarán muy bien.

Después de unos días más de intercambios amistosos, los indios invitaron a sus huéspedes a visitar su tierra natal, la isla de Roanoke. Entre ellos fue James, con instrucciones de averiguar si el sitio resultaba un buen lugar para la colonia que planeaban. Barlowe y Amadas razonaban que los nativos eran tan amigables que sería un beneficio para los nuevos colonos poder contar con su ayuda para vivir en esta tierra.

—¿Y si no quieren que un grupo de extranjeros invada sus tierras de caza y sus campos? —Diego le preguntó a James en privado.

James también compartía sus reservas. Dudaba de que los nativos tuvieran la menor idea de lo que les esperaba. Sin embargo, era un inglés fiel; tenía que cumplir con su deber.

—Pero mira alrededor, hay tantas tierras sin cultivo. Un pequeño grupo de ganaderos no les causará ninguna molestia. Y los nativos podrán aprovechar los beneficios… escucharán la palabra de Dios y tendrán la oportunidad de mejorar sus vidas a través del comercio.

—Me imagino que el César dijo lo mismo sobre los británicos de antaño cuando llegó por primera vez: que lo trataran como un dios a cambio tener el honor de vivir como esclavos.

—Pero sí resultó beneficioso para nosotros. Los romanos nos trajeron su civilización.

—Y gracias a ellos, todo niño en la escuela tiene que aprender latín.

James soltó una carcajada.

—Bueno, supongo que también hay desventajas.

Roanoke superó incluso las esperanzas más altas de los ingleses. La aldea de Granganimeo era pequeña: apenas nueve casas fortificadas con una empalizada de madera, un pueblo no demasiado numeroso para asustar a un grupo de colonos. Al desembarcar, la gente del pueblo dio una cálida bienvenida a los marineros, quienes estaban viendo por primera vez a las familias de sus anfitriones, las mujeres y los niños, los que hasta ahora habían permanecido escondidos. James no pudo evitar notar que las damas usaban la misma ropa ligera que sus esposos; incluso Diego pudo apreciar este detalle a pesar de sentir poco entusiasmo por todo lo demás.

—¡Este es un país maravilloso! —Comentó Diego cuando una muchacha especialmente bonita le regaló una rebanada de melón.

—Ojos quietos: acuérdate que eres un hombre con un compromiso —sermoneó James sin mucha fuerza.

—Estoy tratando de evitar pensar en lo que mi Milly opinaría sobre todo esto. Si las costumbres americanas llegan a la moda en Londres, su negocio quedaría en ruinas.

James se rió y negó con la cabeza.

—Aunque a nosotros nos encante la idea de ver a nuestras damas al estilo indio, no creo que podríamos soportar que los demás también pudieran ver lo mismo.

La esposa del jefe, vestida en una capa larga de piel que la distinguía como persona de alto rango, salió de su casa comunal e impuso orden a las escenas caóticas sobre la playa. Ordenó que los hombres nativos llevaran cargando a los huéspedes extranjeros a su casa; James rezaba porque el gesto resultara ser de respeto y no porque los quisieran preparar para la cena. Durante el cruce, habían circulado abundantes rumores de que estos nativos practicaban el canibalismo. Había tratado de no poner tanta atención en tales tonterías, pero aun así era imposible deshacerse totalmente de esta suposición. Una vez que tuvieron a sus visitas instaladas cerca de la fogata, la esposa del jefe empezó a jalar su ropa. Las demás mujeres la imitaron, quitando sus calzas y sus chaquetas con mucha risa.

James miró a Diego, sin saber si era el momento de rendirse ante el pánico.

Diego entregó su camisa sin quejarse.

—Apestamos —dijo sencillamente.

Su interpretación del gesto fue lo correcto; algunas mujeres llevaron la ropa para lavarla mientras otras trajeron agua caliente para los huéspedes. Insistieron en bañar los pies y las manos de los marineros antes de comer.

—¡Son criaturas excelentes! —Dijo Barlowe con entusiasmo, cuya piel era de un color rosa que hacía un fuerte contraste con su rostro y manos curtidos—. Son como los anfitriones de la Biblia, ¡o como el mismo Señor que lavaba los pies de sus discípulos el Jueves Santo!

—O es eso, o es que ya les habíamos quitado las ganas de comer —James le susurró a Diego. Vio a los ingleses desnudos a su alrededor—. El problema es que a mí también se me fue el hambre.

dieciocho

El Salón Lacey, Berkshire

EL TIEMPO SE LE ACABABA a Jane pero Milly tenía un plan: llevaría a cabo la idea de apelar ante la familia de James. Tenía que funcionar porque no veía más opciones para salvar a su amiga. Aprovechando el hecho de que el negocio había menguado, ya que la nobleza abandonaba Londres durante los meses de verano, dejó su tienda en manos de la aprendiz más capaz y se dirigió a Berkshire para apelar en persona ante la única otra amiga que sabía que tenía toda la confianza en Jane: la señora Ellie, la condesa de Dorset. Si ella pudiera persuadir a la dama, tenía esperanzas de que al conde le quedaría en claro lo sucedido dos años antes. A Jane le debían su felicidad; había llegado la hora para pagar su deuda.

Tenía que atravesar una distancia de unas treinta millas y tardaría por lo menos uno o dos días con el caballo viejo que había alquilado. Christopher Turner se negó por completo a acompañarla. Decía que era demasiado pronto.

—¿Cuánto tiempo necesita, Kit, para resignarse al hecho de que en verdad son personas bondadosas? —Preguntó con frustración.

Él esquivó la pregunta, murmurando algo sobre unos planes de la compañía de teatro para hacer una gira durante los meses cálidos de verano. Después de insistir, Milly se enteró de que le daba vergüenza conocer a la madre del conde, la dama que había quedado en el descuido mientras el viejo conde se divertía con su amante.

—El conde no la mencionó, ¿o sí? —Le dijo a Milly—. Es decir, no me quieren ahí en verdad mientras ella siga presente.

Milly estaba segura que no tenía nada que ver, pero no podía hacerle entrar en razón.

—Le propongo algo: después viene y me dice cómo es. Y lo puede considerar como la liquidación de la deuda por el viaje que hice a Plymouth.

A Milly le sorprendió que Christopher, quien siempre había tomado el papel de la víctima por las circunstancias de su nacimiento, sintiera un poco de culpa por la elección de su madre de convertirse en la amante de un conde. Sin embargo, si él sentía que la reconciliación con su familia tenía que suceder a través de diminutos pasos de cangrejo hacia un lado hasta llegar a la meta, entonces era asunto suyo.

—Haré lo que usted me pide, Kit. Pero no siga despreciando a los Lacey, entre más tiempo lo deje, más vergüenza dará.

—Gracias, Milly. —Christopher la abrazó por los hombros y la apretó—. Usted sigue siendo mi reina de la enramada bordada a pesar de haberse enamorado tontamente de ese vago aventurero.

—Basta ya, bellaco. —Milly se alejó con cuidado, acordándose de repente de su promesa a Diego de mantenerlo a una distancia, parecía que no estaba cumpliendo muy bien—. Y sí, le avisaré si todo está en orden para que usted desembarque sobre las tierras de los Lacey.

Sin Christopher para protegerla, Milly decidió llevar consigo al viejo Uriah en su viaje al Salón Lacey. No podía imaginar un compañero de viaje menos agradable. Se quejaba de los caballos, de las tabernas, de las carreteras. Lo único que lo hacía sonreír era ver el coche pesado de algún noble atorado en un charco.

Al atardecer, después de un día muy largo en el camino, Milly sintió un gran alivio al ver los techos de la gran casa en la distancia. Trató de acomodarse de nuevo sobre el incómodo asiento de pasajero, con su ropa empapada por la tormenta de lluvia que les había caído.

—Mire, Uriah, ahí está nuestro destino.

Él resopló.

—Y ya era hora, señora. Me preocupaba que termináramos por dormir bajo un seto y ser la presa de animales salvajes y vagabundos.

Sabiendo que no la podía ver, Milly sonrió. Estaban en Berkshire, más no en la tierra salvaje de las Américas.

—Si no nos ofrecen posada aquí, Diego dice que a una milla más hay una aldea. —Se preguntaba a sí misma si estaba conociendo su futuro hogar. Era posible que llegara a vivir con Diego aquí, si la gente de Londres no aceptaba su matrimonio. Admirando las tierras abiertas y fértiles bajo los últimos rayos del sol, tenía que confesar que vivir aquí no sería una condena tan cruel.

Uriah dirigió su caballo hacia las oficinas domésticas en el fondo del edificio. Mientras pasaban por enfrente de sus paredes de piedra de color miel, ante la puesta del sol parecía deslumbrante, como si fuera el castillo donde vivía el rey y la reina de hadas en un cuento, con las ventanas brillantes como diamantes. Incluso los lugares para los sirvientes estaban bien cuidados, con un jardín de cocina abundante visible por la puerta abierta en el muro. Unos esféricos delicados adornaban los albaricoqueros que recibían la luz reflejada de la fachada hacia el Sur, algunos ya aproximándose a la madurez. Milly empezaba a creer que los habitantes no eran completamente humanos y que había entrado por accidente a la historia de un poeta.

Una discusión acalorada desde el patio de los sirvientes terminó con la ilusión.

—¡Afabel Turville, quiero verlo aquí en este mismo instante! —gritó una joven rubia que cargaba a una pequeña niña sobre su cadera—. El desgraciado del molino nos entregó un costal menos otra vez. No le pagaré por tratar de engañarnos.

Milly vio por primera vez al hombre que había dejado a Christopher sin ningún chelín cuando Turville, un sirviente mucho mayor, con el cabello y la cara rojos, sacó la cabeza de una ventana del primer piso.

—¡Ya baje la voz, mujer! ¿Acaso quiere que la familia escuche sus gritos?

—Usted aceptó la entrega sin contarla otra vez, ¿o no es así? —Continuó la señora sin bajar su voz en lo más mínimo—. ¡El hecho de compartir un barril de cerveza con el hombre no significa que ha de permitir que lo engañe!

La mujer alcanzó a escuchar el ruido de los pies del caballo. Giró, revelando un rostro hermoso bajo su corte modesto. Su pequeña hija también era bonita, una diablilla traviesa con una sonrisa para romper corazones.

—¿En qué les puedo ayudar? —Preguntó la señora, sin dar ninguna señal de la discusión de hacía unos momentos.

Milly le sonrió con amabilidad.

—Señorita, traigo un regalo para su señora de parte de mi señora Rievaulx.

Los ojos de la joven se iluminaron avariciosamente.

—Entonces debería pasar. No recibimos regalos de Londres de manera tan frecuente.

Un mozo salió del establo para tomar la brida del caballo. Milly y Uriah se bajaron en el escalón, ambos un poco mareados por los efectos de muchas horas en la silla.

La señora les señaló que la siguieran.

—Pasen a la cocina. Iré a ver si la condesa los puede recibir. ¿A quién debo anunciar?

—La señorita Millicent Porter de la Calle Silver —respondió Milly.

La mujer giró de nuevo.

—¡Usted es Milly Porter! Claro que sí, sabemos bien quién es usted.

Milly se quedó asombrada.

—¿Usted sabe de mí?

—Claro que sí. Estaba en el servicio de la señora Jane Perceval antes de casarme con Turville.

La mujer frunció el ceño, subiendo a la niña sobre su cadera como para recordarle los beneficios de su unión.

—¿Quién se hubiera imaginado que terminaría siendo una de las damas de compañía?

Milly se dio cuenta de que sabía exactamente quién era la señora: Nell Rivers, ahora la señora de Turville, una de las criadas menos agradables de Jane, quien había dejado su servicio para casarse con el mayordomo del conde. No cabía duda de que se estaba arrepintiendo por haber perdido la oportunidad de atender a su señora en la corte.

—En verdad, ¿quién se lo hubiera imaginado?

—Descanse aquí un tiempo. Voy a ver si la señora la recibirá. —Dándole la niña a Milly para que la cuidara, Nell se preparó para irse—. Oh, se llama Janet, por su madrina, la marquesa.

—Qué interesante —Jane no había mencionado nada sobre amadrinar a los hijos de su criada. Milly sonrió al rostro de la pequeña. Vio algo parecido a su amiga en los traviesos ojos azules pero pensaba que lo mejor sería no preguntar sobre cómo era posible aunque en ese instante su ágil mente recordó que el hermano de Jane había estado en la corte durante el tiempo que la señora Turville había estado en servicio ahí. Milly nunca había mostrado mucho interés en los tejemanejes del señor Henry pero era cierto que tenía cierta mala fama por sus conquistas. De hecho, ella siempre había hecho lo posible por evitarlo.

La niña jaló el collar bordado del abrigo de Milly y se rió, ya que había visto a los petirrojos que Milly había bordado ahí.

—¿Te gustan los pajaritos, corazón? —dijo Milly, haciéndole cosquillas en la mejilla.

La risa de la niña se convirtió en una carcajada a todo volumen, que contagió a Milly también. Entonces, sintió una extraña sensación en el corazón. La mayor parte del tiempo trataba de ignorar la ausencia de Diego, pero la verdad era que lo echaba mucho de menos. Insistiendo en ser optimista, se había ensañado a creer que llegaría seguro, y la infanta le recordó lo que podrían tener juntos… o solamente si volvía del viaje. Cerró los ojos por un momento, murmurando una oración. Tenía que estar a salvo. Tenía que estarlo.

Nell volvió a los cinco minutos y sin mayor aviso pasó a Janet a las piernas del viejo Uriah que estaba sentado al lado de la fogata.

—Supervísela —le dijo con severidad.

La sorpresa de recibir el cargo de nana a tan poco tiempo después de llegar fue tanto que ni siquiera se le ocurrió protestar. A su alrededor, los sirvientes de la cocina se ocupaban con la preparación de la cena. Tomando en cuenta el tamaño de la casa, eran sorprendentemente pocos; Milly se imaginaba que, en esta familia que no era adinerada, lo típico era esperar que todos se apoyaran mutuamente.

—Venga, la señora está ansiosa de verla. —Nell se fue a toda prisa por el pequeño corredor de servicios hasta llegar a los lugares más elegantes de la casa. Milly salió a la sala de entrada justo a tiempo para alcanzar a ver la salida de unos perros detrás de un joven que salía de la puerta principal.

—Él es el señor Tobias —dijo Nell en voz cortante—. El menor de los Lacey.

Con cariño, Milly se acordó del encuentro en la cocina de la señora Prewet, pero dudaba de que él se acordara de ella, ya que ella no se había involucrado en la plática.

—¿Cuántos de la familia viven en casa? Me parece que hay más hermanos, ¿no es así? ¿Y la viuda condesa?

—Bueno, en verdad en este momento son bastantes —dijo Nell, frunciendo el ceño como si el hecho de que la familia se atreviera a ocupar su casa fuera un insulto—. Solamente el señor James está en el extranjero.

Nell abrió la puerta hacia una de las habitaciones más finas saliendo del pasillo. El enyesado de temas musicales entrelazados con frutas sobre el techo levantado señalaba que tenía un propósito especial, pero por el momento nadie estaba tocando la colección familiar de instrumentos. En lugar de eso, a cada lado de la fogata estaba el conde y la condesa de Dorset, ambos con expresiones de interés al ver a su visitante.

La presencia del conde además de la condesa asombró a Milly, y ella se quedó parada en el umbral. No había pensado hacer su petición delante del hombre que Jane había despreciado; era poco probable que estaría dispuesto a defenderla.

—Señorita Porter, pase, por favor. —El conde señaló un tercer asiento al lado de la fogata—. Ahora que la veo, ¿no nos conocimos brevemente en Londres? ¿Trae noticias de nuestro hermano?

Milly se acordó de sus modales a tiempo para hacer una reverencia.

—Mi señor, milady. Y no, no vengo por parte de Christopher, aunque sí les manda sus saludos. —Bueno, lo hubiera hecho si ella se lo hubiera pedido, entonces no era una mentira por completo—. Vengo por parte de la marquesa, la señora Jane.

La joven condesa, una belleza pequeña de cabello oscuro de la misma edad de Milly, le sonrió a su esposo.

—¡Will, acabo de darme cuenta quién es! Es ella quien conquistó el corazón de Diego, la que mencionó James en la carta que anunciaba la presencia de Christopher en la calle Silver. Me queda claro cómo lo conquistó, es muy linda.

Milly se sonrojó, sabiendo que en verdad no era cierto.

—Gracias, milady.

—No la avergüences, mi amor. —El conde se puso de pie y con cortesía llevó a Milly hacia la silla—. Le podemos hacer burla sobre su pretendiente más tarde, una vez que nos conozca mejor. ¿Le ofrecieron algún alimento?

—Todavía no, señor. Acabo de llegar.

El conde miró a Nell.

—Señora Turville, le pido que ordene un vino de la cocina para nuestra invitada.

Nell hizo una reverencia y se fue de la habitación de mala gana. Había tenido muchas esperanzas de escuchar la conversación pero quedaba claro que el conde conocía sus costumbres y había actuado para evitarlo.

—Entonces, señorita Porter —empezó la condesa—, usted tiene un regalo para mí de parte de Jane. ¿Cómo está?

Milly se atrevió a mirar el conde. Él le estaba sonriendo a su esposa, sin mostrar ninguna señal de sentirse el pretendiente despreciado.

La condesa vio la dirección de su mirada.

—Oh, no le de importancia a él. Ya hace mucho tiempo que se recuperó desde que Jane lo corriera de su vida.

El conde puso los ojos en blanco ante el lenguaje demasiado franco de su esposa.

—Siempre le decía que no era lo que él pensaba, pero hasta que James nos escribió desde Plymouth no sabíamos exactamente lo que ella había hecho por nosotros —continuó la condesa.

Eso era un alivio, James ya le había abierto el camino.

—Milady...

La condesa puso la mano sobre la rodilla de Milly.

—Por favor, todos somos amigos de Jane aquí. Dígame Ellie, como ella lo hace.

—Señora Ellie...

La condesa se rió.

—Supongo que me tendré que conformar con eso. Se me olvida que hoy en día soy alguien importante.

—Señora Ellie, lamento haberle mentido. No traigo ningún regalo por parte de Jane. Tengo varias semanas sin verla, ya que su familia la tiene casi prisionera.

El conde frunció el ceño.

—Pero, ¿cómo es posible? Yo pensaba que era una dama de compañía bajo la autoridad de la soberana. James dijo que su matrimonio con Rievaulx le dio independencia.

Milly se talló las manos, temerosa de que no le creyera.

—Es cierto. Pero su padre y su hermano han forjado un partido para ella con un francés, y se han asegurado de que ella no se pueda negarse a casar con él. Incluso obtuvieron la aprobación de la reina, después de fingir encontrarla en una situación comprometedora con el hombre.

—Ay, ¡qué horrible! —Exclamó la señora Ellie, con sus ojos cafés muy abiertos por la consternación.

—¿Y todo esto va en contra de su voluntad? —Parecía que el conde confiaba menos que su esposa en los motivos de Jane.

—Le juro que sí. —Milly buscó algo que le ayudara a convencer al conde de que Jane no tenía culpa, pero lo único que se le ocurrió fue la verdad—. No quiere tener nada que ver con ese francés engreído. Ama a su hermano, señor. Se hubiera casado con él si el señor James la hubiera aceptado. La lastimó profundamente al irse así. Pero sí se fue, y ahora ella se encuentra atrapada. Su padre y el señor Henry han amenazado con declararla incompetente si ella se les resiste.

—Quieren su dinero. —El conde fue directo al asunto.

—Así es.

La señora Ellie se puso de pie con un salto y fue caminando hacia la ventana.

—Es el hermano horrendo que tiene, ¿verdad? El señor Henry Perceval es capaz de todo.

—Su padre es igual, milady. Henry es la imagen de su padre.

—Oh, Will. Tenemos que ayudarla. ¿Pero qué podemos hacer?

El conde recorrió su barba dorada con la mano, pensando.

—Yo tengo una parte de la culpa. La idea de mandar a James a América fue mía. Le pido perdón a la señora por ser la causa de aún más dolor.

La condesa volteó a ver a Milly.

—¿Para cuándo es la boda?

—Casi llega la hora. Es el jueves.

—Dos días. —La señora Ellie volvió a su asiento y se sentó con un suspiro—. Eso no nos deja mucho tiempo para solucionarlo.

—Y desde aquí no podemos hacer nada. Tendremos que ir a la corte —concluyó el conde.

Milly sintió que el nudo de preocupación que sentía por Jane se aflojaba. La pareja tenía mucho mejores posibilidades de influir en el conde de Wetherby de las que ella jamás tendría.

—Gracias. No tengo palabras para expresar lo agradecida que estoy. Yo no soy más que una costurera, mi influencia no cuenta en la corte. Ni siquiera puedo entrar a Whitehall para ver a Jane en este momento.

—Puede ser que no tenga influencia en la corte, pero usted es sumamente importante para Diego. Él es parte de la familia, y por eso usted también lo es. Usted cuenta con nuestro apoyo en esto.

—¡Willll! —Una muchacha entró en la sala por una segunda puerta, con tanta velocidad que su cabello rojo-dorado iba volando a su espalda.

El conde se puso de pie, y con un movimiento que parecía el resultado de años de práctica, la atrapó antes de que pudiera tropezar en su prisa por llegar con él.

—Señorita Sarah, tenemos una invitada.

La niña lanzó una mirada rápida a Milly y decidió que no podría ser posible que fuera más importante que su propio reclamo.

—Es que Tobias arruinó mi enramada. ¡Permitió que los perros la atravesaran corriendo!

—¿Tu enramada?

—¿Te acuerdas que dijiste que podía construir una, cerca de los nuevos setos? —Susurró la condesa—. En el huerto de avellanas.

—Era una enramada de hadas —lloró Sarah—. Pasé horas y horas tejiendo las coronas de flores y preparando un festín para Robin Goodfellow y sus elfos; iba a invitar a mis amigas mañana en la noche de luna llena para que pudiéramos esperar su llegada, ¡pero ahora Tobias la aplastó toda!

—¿Y así echó a perder tu fiesta de medianoche? —Dijo el conde, rápidamente llegando a la comprensión de la gravedad del pecado—. ¿Pero sabía Tobias que la ibas a construir ahí? ¿Y por qué los perros la atravesaron?

Sarah frunció el ceño, enredando su dedo en uno de sus caireles.

—Quizá tomé prestada una poca de carne fría de la cocina para ofrecerles a las hadas.

El conde levantó una ceja.

—Bueno, está bien, tomé una pierna de jamón glaseado de miel de la alacena. Pero... pero los perros ya se la comieron, pelearon por ella como... como...

—¿Cómo, unos perros? —Sugirió el conde, haciendo lo posible para que no le brotara la risa.

—Sí, y ahora todo se echó a perder y las hadas no aparecerán ni muertas en mi enramada, ¡es un desastre y huele mal y se ve horrible y odio a Tobias!

—Entiendo. —El conde se puso de pie, sin saber por el momento cómo remediar la situación, cuando su hermano menor entró con toda confianza en la habitación, claramente consciente de que sus pecados habían sido revelados ante todos.

—Todos: ¿qué hay? —Dijo Tobias con alegría. Fue entonces que vio a Milly—. Ah, y ¿quién nos acompaña? —Hizo una reverencia y le dio una sonrisa amplia, dándole toda la fuerza de sus encantos, con sus ojos oscuros que brillaban como los del elfo travieso que Sarah había querido atraer, Robin Goodfellow—. ¿Qué linda doncella ha llegado al castillo de los Lacey para tentar al dragón del conde a que salga de su guarida?

Milly no pudo evitar recordar el estilo exagerado de Christopher Turner. Aún siendo un par de años menor, quedaba claro que Tobias se dirigía por el mismo rumbo con el sexo femenino.

—Guarda tus palabras, Tobias —advirtió el conde afablemente—. Es de Diego. Quizá te acuerdes que la conocimos en la casa de la señora Prewet.

Tobias se arrodilló y le dio un beso en los dedos.

—Entonces domó al león africano, es un milagro. Es un honor conocerla, linda doncella.

El volcán que era su pequeña hermana interrumpió sus halagos.

—¡To-bi-as! —Se lanzó sobre él, dándole de golpes sobre la cabeza—. ¿Qué vas a hacer con mi guarida?

Extendió su mano para sostenerla a una distancia.

—Will, ¿qué vas a hacer *tú* con esta pequeña harpía?

—¡Te odio! —El rostro de Sarah estaba rojo de furia.

—Yo también te odio, apestosa. —Tobias la insultó con una sonrisa de tal felicidad por su rabia que Milly dudaba de su sinceridad.

—¡Ya, basta! —Gritó el conde—. Tú, Sarah, siéntate como la dama que eres, al lado de Ellie. Tú, Tobias, ponte de pie al lado de mi asiento y compórtate como un caballero, aunque sea por cinco minutos.

La orden del conde sometió a Sarah, quien sin más quejas se fue con la cabeza agachada a su lugar. En contraste con ella, Tobias lanzó una mirada hacia el reloj en el aparador como si estuviera contando los minutos que le faltaban para poder volver a comportarse de manera normal. Milly miró a la señora Ellie, sin saber si sería mejor darle a la familia un poco de privacidad, pero la condesa le dio una pequeña sonrisa y negó sutilmente con la cabeza. Qué bien. Milly tenía muchas ganas de enterarse de cómo terminaría todo esto.

—Veo que hay dos problemas aquí —anunció el conde como si fuera un juez en el estrado—. Uno: que Tobias arruinó el gran esfuerzo de Sarah; y dos, que Sarah sí tomó alimentos de la cocina sin permiso. —El conde levantó una mano anticipándose a sus protestas—. El remedio va a ser el siguiente. Tobias, te irás a la enramada de tu hermana y arreglarás el daño. Teje unas coronas de flores y lo demás hasta que quede como ella la dejó.

—¡Will! —Gruñó Tobias.

El conde lo ignoró.

—Sarah, le confesarás a la cocinera sobre lo que tomaste, te disculparás y le darás el valor del jamón en monedas de tu propio gasto. No se acepta que le ruegues a Ellie ni a nuestra madre para que te lo repongan después. ¿De acuerdo?

—Sí, Will. —La respuesta de Sarah fue en voz baja, sin embargo aún sintió la necesidad de justificarse—. No creía que fuera igual que robar, sabes. Es que mi tutor ha estado hablando sobre Roger Bacon y la necesidad de pruebas experimentales de cosas que no vemos, entonces yo quise hacer un experimento sobre la existencia de los elfos. Tienes que aceptar que necesitaba un buen anzuelo.

A Milly le impresionaba la educación de nivel avanzado que la niña recibía, siendo que la mayoría de las damas tenían que conformarse con sermones sobre los modales y la moral.

El conde rascó su barba para ocultar su sonrisa.

—Qué ingeniosa eres, corazón. Quisiera saber el resultado de tu investigación, pero para la próxima vez, pide permiso antes de sacar algo de la casa y no olvides considerar todos los peligros de tu experimento, sobre todo la reacción de las demás criaturas, antes de dejar un anzuelo.

Sarah asintió con solemnidad.

—¿Tenemos un acuerdo, entonces?

Tobias revisó el reloj. Casi se acababa su tiempo como caballero.

—Obedezco y cumplo, señor.

El conde también estaba consciente de que se acababa el tiempo en que podía insistir que su hermano menor se comportara.

—Entonces, Sarah, vuelve con tu criada y vístete para la cena. Y Tobias, —dijo, recorriendo a su hermano con la mirada con una expresión de resignación—, sólo trata de remediar el hecho de que parece que hace meses que no ves un peine.

Con un saludo entusiasmado, Tobias salió de la habitación. Discretamente, Ellie detuvo a Sarah por un momento, soltándola hasta que supo que el peligro se había ido.

—Bueno —dijo Milly, disfrutando del teatro familiar pero consciente de la necesidad de encontrar posada antes del anochecer—, me tendré que retirar.

—¡Tonterías! Por supuesto se quedará. —La señora Ellie sonó una campana para llamar a su criada—. Usted pertenece a la familia, por asociación.

El conde abrazó los hombros de su esposa.

—No insistas en eso por el momento, amor mío. Después de ver lo que acaba de suceder, es posible que busque una separación de los Lacey.

Milly se rió.

—Oh, no, creo que esta familia me queda justo a la medida.

diecinueve

Entrando al Canal de la Mancha

Encerrado en su cabina, James terminó su dibujo de la isla de Roanoke para que lo interpretara el artista y embelleciera su presentación para que les fuera atractiva a los patrocinadores que Ralegh buscaba para su colonia. Se mordió la lengua por la concentración mientras su pluma formaba la aldea, el bosque y el sitio que proponían para unas casas de colonos; él no contaba con talento artístico pero con su ojo de soldado sabía cómo representar los detalles más importantes. La visita había sido todo un éxito. La tripulación había permanecido unas cinco semanas entre los habitantes; curiosamente, los lugareños los habían seguido recibiéndolos con buena voluntad, y parecían alegrarse ante la idea de que era posible que los extranjeros volvieran (si es que entendían las explicaciones de Barlowe y Amadas, aunque de eso James no estaba totalmente convencido). El logro principal fue el hecho de convencer a dos jóvenes indios de acompañarlos en el viaje a Inglaterra.

Uno de ellos, Manteo, desarmaba a toda la tripulación con su entusiasmo por todas las novedades que tenían para mostrarle; el otro, Wanchese, un habitante de la misma Roanoke, era menos confiado pero causaba una presencia impresionante. Los capitanes habían calculado que su aparición en la corte haría más para atraer la atención hacia el proyecto que cualquier discurso que se llegara a dar sobre el tema. Su única preocupación era que alguien les pudiera hacer entender que se detuvieran en cuanto al asunto de darse golpes en el cuerpo.

Un gemido salió desde la litera de Diego. Con la facilidad que proporciona la práctica, James alcanzó a darle la cubeta a tiempo.

—Acuérdame que nunca te permita volver a poner un pie dentro de un barco.

—Más vale que cumpla con esa promesa, señor.

James le dio una jarra de vino diluido para enjuagarse la boca.

—Tu señora no te va a reconocer: estás delgado como un palo y casi tan pálido como yo.

Con el pensamiento de que casi llegaba a su casa, Diego se sonrió y cerró los ojos, con las manos entrelazadas sobre su pecho.

James estudió a su sirviente con gran cariño. El viaje había llevado su relación más allá de la del señor y su sirviente: se habían convertido en amigos. Ambos sabían que sería difícil mantener la misma informalidad ante la vista de la sociedad más rígida de Inglaterra, pero James esperaba que durara. Para empezar, la vida era mucho más interesante así. Tendría que pensar sobre cómo equiparar sus situaciones desiguales, aún tomando en cuenta el parentesco inusual de Diego, pero por otro lado, esto mismo hacía que el moro fuera único y que quizá por eso fuera más fácil hacer excepciones en las reglas sociales. James deseaba con todas sus fuerzas que esto resultara.

James enrolló el mapa que acababa de terminar.

—No me parece que te haya dado las gracias por haberme acompañado.

—Claro, soy todo un héroe, ya lo sé. —Manteniendo los ojos cerrados, Diego sonrió hacia el techo—. ¿Pero funcionó o no?

James arremangó sus mangas y colocó sus manos con los dedos entrelazados detrás de su cabeza, inclinando su taburete hacia atrás.

—Creo que sí. Los recuerdos de la campaña del invierno son menos dolorosos. Me siento mejor conmigo mismo, ya que pude servir de algo durante la expedición.

—Qué bien. Entonces ya perdió a su espanto.

—¿El qué? —Tartamudeó James, tocando la cruz en la cubierta de su libro de oraciones—. Te advierto que nosotros los marineros tenemos muchas supersticiones, no puedes hablar de tales cosas.

Diego asintió con la cabeza.

—Así es, no se les debe decir por su nombre. Pero sí es verdad, se liberó. El viaje sobre el agua lo confundió, como ya lo sabía yo.

James puso los ojos en blanco, dándose cuenta de que sería inútil tratar de corregir la perspectiva extraña de su sirviente.

—Su hermano diría que se ha restaurado el balance de sus humores —continuó Diego. Conocía muy bien los pensamientos de estos ingleses cerrados sobre su conocimiento del mundo espiritual y se divertía al ver sus reacciones.

—Qué bien, porque si no, quizá me hubiera dejado en manos de los médicos, obligándome a tomar algún tónico asqueroso con el propósito de ponerme de buenas.

—Pero la medicina fue el viaje.

—Así fue. —Sin pensarlo, la mano de James buscó la colección de cartas sin enviar que le había escrito a Jane durante las semanas de ausencia.

Diego lo miró a través de sus ojos entrecerrados.

—¿Se las va a dar?

James alzó los hombros, tratando de ocultar su esperanza de que quizá ella no se hubiera dado por vencida con él.

—No tengo ningún derecho de molestarla. Yo la dejé. No dudo que ella ya encontró nuevos caminos y nuevos amores. Alguien de su belleza y sus atractivos no pasará desapercibida por los caballeros de la corte. ¿Qué esperanzas tengo yo ante tanta competencia?

Diego suspiró con aparente exasperación.

—Bueno, si no entra al campo, por supuesto que no ganará el premio de su corazón.

—¿Crees que lo debería hacer?

—Señor Lacey, si no lo hiciera, se merecería el título del idiota del año.

James se rió.

—Diego, un comentario sobre esta costumbre tuya de hablar tan francamente.

—¿Sí, señor?

—No te detengas. Es el mejor tónico para mí.

El León Rojo, Plymouth

James y Diego desembarcaron del velero y se fueron tambaleando hacia la posada para conseguir un albergue sobre unas piernas que se negaban a cooperar después de su larga estancia abordo.

—Me siento ebrio —dijo James, recargándose fuertemente contra Diego mientras trataba de evitar una colisión con la esposa ofendida de un comerciante.

—Ella me culpa y por única ocasión, soy inocente.

Su llegada pasó casi sin comentario alguno. El buen pueblo de Plymouth, desde el señor Francis Drake, el alcalde, hasta el niño callejero más humilde, había llegado para observar a los extranjeros exóticos que los capitanes habían traído desde América. Wanchese daba vueltas por el muelle con una expresión de disgusto, y en su defensa el puerto sí olía mal; Manteo corría a su lado, con una sonrisa y muchos saludos para su audiencia.

—Cuando se acabe su carrera de embajador, ese hombre podría gozar de una vida maravillosa en el escenario —comentó James.

El propietario les dio la misma habitación para pasar la noche. No tenían deseos de permanecer en Plymouth en esta ocasión, por la ansiedad que tenían por volver a Londres con las noticias de su triunfo. Su anfitrión estaba a punto de dejarles únicamente la cena cuando se acordó del mensaje que Christopher Turner había dejado, hacía tantos meses.

—Señor, tengo una carta para usted. Por poco y lo alcanzan cuando partió y di mi palabra de que se la entregaría en cuanto volviera.

El humor eufórico de James se tranquilizó. Eran raras las veces que las cartas urgentes traían buenas noticias.

—Dámela de inmediato, hombre.

—Sí, señor.

El propietario volvió con la misiva, que no estaba en las mejores condiciones por haber pasado el verano en una repisa esperando su entrega.

James rompió el sello y encontró otra carta más, además de una nota escrita rápidamente por Christopher Turner.

—¡Es la letra de Milly! —Exclamó Diego, apenas resistiendo la tentación de arrebatar la carta de los dedos de James.

James miró la dirección y se la dio a Diego.

—Es para ti.

Diego leyó la carta.

—No es nada bueno. Absolutamente nada bueno. —Se la devolvió a James—. Debería de ver esto.

Después de leer las noticias horrendas sobre el matrimonio forzado de Jane, James se desplomó sobre su asiento, con la carta colgando de sus dedos.

—Llegamos demasiado tarde. Hace meses que fue escrita. —Blandió la carta—. No cabe duda de que Jane ya se casó.

Diego la tomó y la dobló con cuidado antes de guardarla en su bolsillo.

—No sabemos que eso haya sido el resultado, señor. Es posible que otros amigos hayan actuado en su defensa, o que su familia haya cambiado de opinión.

James tomó un puño de su cabello y lo jaló.

—Es posible pero poco probable. Sangre de Dios, me castigan por mi debilidad. Nunca me hubiera ido.

Consternado ante el hecho de que todos los buenos resultados del viaje se estaban desmoronando ante sus ojos, Diego no tardó en contradecirle.

—No diga eso, señor. Usted no fraguó este plan en contra de la dama, usted no es el culpable por haber tomado los pasos necesarios para restablecer su estado de ánimo.

James no estaba de humor para recibir palabras de consuelo.

—Nos vamos ya. Quizá llegué tarde pero, sin saber la verdad, no puedo quedarme aquí.

Diego lanzó una mirada de anhelo hacia la cama que había pensado ocupar hasta las últimas horas de la siguiente mañana.

—Ordenaré que preparen los caballos.

—Dejamos el resto del equipaje en las manos de los transportistas. ¿Puedes ponerte de acuerdo con el propietario?

—Sí, señor. —Diego volteó a ver el cielo nocturno, visible por la ventana—. Tenemos una luna llena a nuestro favor.

—Entonces no perdamos más tiempo. Quiero estar en Londres lo antes posible.

Whitehall Palace

La corte había vuelto a Whitehall después del progreso del verano. Jane sabía que le quedaban pocos días de libertad antes de formalizar su matrimonio en la abadía de Westminster, pero no se le ocurría ninguna manera de escapar de su destino, sin provocar que algo peor le sucediera. Había momentos, durante las madrugadas, en que su desesperación era tal que incluso contemplaba la posibilidad de quitarse la vida, pero rechazaba la idea por el temor a ser condenada al infierno. Ningún hombre, mucho menos ese francés, valía la pérdida de su alma.

Blanche Parry, la dama superior, era la única dentro del círculo de Elizabeth que se daba cuenta del sufrimiento de Jane. Un día antes de la boda, la señora Parry la detuvo en el pasillo fuera de las habitaciones de la reina.

—Ha bajado de peso durante el verano, milady. No le queda bien —dijo la dama con la misma franqueza de siempre—. Hablaría con mi señora, pero estoy consciente de que su padre ya lo hizo. Él dice que se está poniendo así por la ansiedad que siente por casarse. ¿Es esto cierto?

De repente, Jane se sentía como una náufraga al encontrar unos restos flotantes a los cuales aferrarse dentro de su mar de tristezas. Por fin, alguien estaba preocupándose por ella, más no por los beneficios que podía obtener de ella.

—No, señora, en verdad mi deseo es jamás volverme a casar. Por favor, necesito ayuda.

La señora frunció el ceño.

—*Hmm*, me lo imaginaba. Voy a ver si aún existe algún remedio.

Jane negó con la cabeza, haciendo todo lo posible para no ahogarse en sus penas.

—¿Qué podría hacer usted? Nadie puede hacer nada.

—Se sorprendería. No se descuentan cincuenta años de servicio de manera tan ligera; ni siquiera por los soberanos como la reina. —Blanche le apretó el brazo antes de dirigirse hacia la habitación de la reina.

Mientras Jane se preparaba para acostarse en su habitación sencilla, se sujetó de la posibilidad de que la señora Parry le consiguiera un indulto de última hora. Su ajuar de bodas la esperaba extendido sobre un baúl: había elegido un doblete de satén color ámbar con los dobladillos en negro; una prenda de luto que representaba sus sentimientos a la perfección. Aún guardaba esperanzas de evitar la necesidad de usarlo.

Alguien llamó suavemente a la puerta. Jane ya había ordenado que su criada saliera, para que nadie viera cómo pasaba la noche dando vueltas a la habitación.

—¿Quién llama?

Volvió a escuchar los golpes suaves en la puerta.

Jane razonaba que el palacio con sus guardias no permitiría la entrada de algún villano, así que abrió la puerta unos centímetros.

—¿Quién llama? —¿Podía ser la señora Parry, quien venía con las buenas noticias de haber tenido éxito en su petición?

Un pie se metió entre la puerta y la pared.

—Soy yo, milady. Vengo a desearle lo mejor para su matrimonio.

Era Richard Paton, el marqués de Rievaulx. Jane sentía la tentación de aplastar su pie con la puerta pero la superó. Dio un paso hacia atrás.

—Richard, usted viene de visita a una hora muy inconveniente.

Su hijastro entró con la misma arrogancia de siempre, sin esperar una invitación.

—Milady, fue inevitable. Mi caballo perdió una herradura cerca de St. Albans y llegué mucho más tarde de lo que había pensado. —A Jane se le dificultaba creer que su expresión de disculpa fuera completamente sincera—. Por supuesto, no puedo permitir que deje nuestra familia para formar una nueva con su nuevo esposo sin desearle lo mejor.

Jane apretó su bata sobre su camisón y la aseguró con el cinturón.

—Agradezco su atención. Puede reportar que cumplió con su deber. —Ella se movió de nuevo hacia la puerta, señalando que la entrevista había terminado.

—Por favor, mi señora, no tenga tanta prisa por ahuyentarme. Esta es nuestra última oportunidad de reconciliarnos antes de tomar caminos separados. —Richard se metió más hacia adentro de la habitación, y Jane pudo ver que detrás de él venía un sirviente. El hombre llevaba una charola con una jarra y dos copas—. Ya sé que nuestra comunicación no siempre ha sido de lo mejor, y me arrepiento de mi propia parte en eso.

—¿En verdad? —Jane tenía muchas dudas de que fuera cierto. Por algún motivo, Richard había decidido cambiar sus tácticas hacia ella. Quizá quería que ella estuviera a su favor mientras negociaba con su nuevo esposo sobre los derechos de dote. Si era así, aparentemente la creía más fácil de manipular que un sello de cera. Sus altercados recientes no se le olvidaban tan fácilmente.

El sirviente colocó la charola sobre una mesita y se retiró, sin cerrar la puerta completamente por motivos de decencia. Richard sirvió dos copas y tomó de la suya.

—Ah, es un buen año. —A Jane le ofreció la otra—. Vamos, brindemos por el día de mañana y el comienzo de su nueva vida como la señora de Montfleury. ¿Acaso no se escucha agradable? No dudo que se siente muy orgullosa de sí misma.

Jane rozó la sortija de bodas de Jonas que aún llevaba en el dedo; insistía en usarlo a pesar de las protestas de su prometido, quien no había disfrutado ver la marca de otro hombre sobre su persona. Se había jurado no quitársela hasta estar en la entrada de la iglesia, y aún así pensaba colocársela en la mano derecha. Sin importar si a Montfleury lo ofendía o no, no pensaba darle esa parte de su vida.

—¿Dónde vivirá después de casarse? —Preguntó Richard con amabilidad, volviéndole a ofrecer la copa de vino—. Brindemos por usted.

Jane tomó la copa pero sin beber, levantándola a su boca para fingir acompañarlo en el brindis.

—En Kent.

—¿En la propiedad de Grafton?

—Sí, me parece que esa es la intención de Montfleury.

Richard resopló.

—Es una propiedad pequeña, pero los derechos a la pesca

rinden muy buenos lucros. Le irá bien ahí. —Levantó su copa por segunda vez.

Jane se quedaba asombrada por la ausencia de protesta sobre el tema.

—Gracias, Richard. Confieso sentirme muy aliviada de que ya no dispute mis intereses en la propiedad. —Levantó su propia copa y le dio un sorbo.

Él contemplaba sus labios mojados con el interés de un ave de rapiña.

—Decidí que no tenía caso darle seguimiento al caso en las cortes, así los abogados se llevarían a toda la fortuna que yo busco recuperar.

Jane empezó a sentir un hormigueo en la garganta. Jane miró el vaso y levantó la vista nuevamente hacia la cara de su hijastro, donde ahora se notaba una sonrisa de venganza. Le quitó el vaso y tiró los restos sobre el piso.

—Le ayudo a acostarse, querida.

—¿Qué fue lo que hizo? —Dijo Jane, tomando su garganta en sus manos. Tenía la sensación de que unas piedras pesadas aplastaban sus costillas; peleaba por respirar.

—Recuperé lo mío. Si usted se casa, ya no habrá remedio, entonces, lamentablemente —dijo, haciendo un gesto grotesco—, la muerte es la única solución. Es una verdadera tragedia que una joven tenga un corazón tan débil.

Veneno. ¿Cómo pudo haber sido tan tonta y confiado en él? Jane quería gritar, rasguñarle los ojos, pero se mareaba y su cuerpo se cortaba de escalofríos. Unos calambres en el estómago la doblaban. Su corazón iba a toda velocidad en su lucha por seguir latiendo. A punto de perder el conocimiento, sintió que él la levantaba por la cintura y la llevaba hacia la cama.

—Acuéstese, corazón. Prefiero creer que no sufrió de más. —La acostó de lado, arreglando sus brazos para que quedaran cruzados sobre su pecho como la figura que adornaba una tumba. Como gesto final, quitó el anillo de su dedo.

—Descanse bien, querida madrastra. —Presionó su frente húmeda con un beso y se fue en silencio de la habitación.

No había ruido en esta parte del palacio. El dolor consumía el cuerpo de Jane pero no pudo hacer ningún ruido. Lanzó un golpe hacia la jarra sobre la mesa. Se estrelló sobre el piso pero aun así no vino nadie. Podía escuchar una risa distante en el patio de abajo, pero todos pensaban dejar sola a la novia durante su última noche.

—¡Auxilio! —Susurró Jane, su cara empapada de lágrimas—. ¡Ayúdame, James!

༺☙༻

A Milly le encantaba descubrir que la entrada al palacio de la reina era un asunto fácil cuando se trataba de acompañar a un conde. Will Lacey se abrió pasó a través de los lacayos como un cuchillo caliente se abre paso por la mantequilla.

—¡Pero Su Majestad sigue acostada! —tartamudeó uno de los sirvientes, corriendo detrás del conde mientras iba por los claustros que estaban entre los establos y el palacio principal. Milly y la condesa lo seguían unos pasos atrás.

—Entonces dejaré la noticia con su mozo y le rendiré mis honores el día de mañana —declaró el conde con una arrogancia admirable.

—¡Pero mi señor!

Will giró para enfrentar al pobre sirviente.

—¿Sí?

—Todos se han retirado. ¡Ya pasó la medianoche!

—Entonces sugiero que levante al que esté a cargo de encontrar habitaciones para los huéspedes. No me imagino que seamos los primeros que lleguen tarde a la corte.

El pobre se retiró para enfrentar la tarea indeseable de levantar a su superior. La señora Ellie frunció el ceño.

—¿Crees que sea buena idea levantar a Jane a estas horas? Si tan sólo las carreteras no hubieran estado tan enlodadas, ¡hubiéramos llegado hace horas!

Will se quitó los guantes, dedo por dedo.

—No tiene caso lamentar lo que no podemos cambiar, amor mío. Si Jane se siente tan opuesta a este matrimonio, no tiene caso esperar hasta el mismo día para ver si le podemos servir en algo. Necesita a sus amigos con ella ahora mismo. —Volteó a ver a Milly—. ¿Usted sabe dónde está su habitación?

—Sí, mi señor, si es que le tocó la misma habitación que antes.

—Entonces llévenos.

Dejando a uno de los sirvientes de los Lacey para avisarle al mozo adónde se habían ido, los tres se encaminaron rumbo a la habitación de Jane. Aún se veía una vela encendida adentro, una señal de que la ocupante no podía dormir esa noche.

Milly llamó a la puerta, pero no hubo respuesta.

Will negó con la cabeza.

—Parece que se durmió con la vela encendida. ¿Acaso quiere que el palacio se incendie?

Algo estaba mal, muy mal. Milly levantó la cerradura.

—¿Milady? ¿Jane?

La habitación parecía un desastre, con vino tirado sobre el piso, y la misma Jane hecha bola sobre la cama.

—¿Ebria? —Will se preguntó en voz alta—. Quién le culpa por querer ahogar a sus penas, pero aún así... —Se detuvo al ver su mano sin vida, que colgaba sobre la orilla de la cama.

Milly y Ellie fueron corriendo hacia ella.

—Rápido, Will, ¡busca ayuda! —ordenó la condesa.

El conde se fue al pasillo, gritando su petición de ayuda. Milly buscó el pulso: sí había, pero sus latidos eran erráticos.

Ellie dio unos golpes suaves sobre las mejillas de Jane.

—¿Jane? ¿Jane? ¿Me escuchas?

Jane parpadeó pero no abrió los ojos.

—¿Qué le sucederá? —Preguntó Milly con desesperación.

Ellie observó la evidencia en la habitación. El vino derramado sin ningún intento para limpiarlo; una jarra rota.

—Yo diría que fue algo que se tomó, parece que empezaron los efectos súbitamente.

—¿Se refiere a veneno?

Ellie asintió con la cabeza y arrebató una pluma de la mesita de noche.

—Abra su boca, tenemos que provocarle vómitos.

Jane se retorcía mientras la pluma rozaba el fondo de su garganta. Su piel seguía húmeda y del mismo horrible color pálido.

Ellie la sostuvo hasta que terminó de vaciar el contenido de su estómago en la bacinica. Se agachó para darle un beso en la coronilla.

—Mi pobre Jane, ¿qué te hicieron?

O qué se había hecho ella misma... Milly no pudo evitar preguntarse si su amiga había caído en una desesperación de tal profundidad para querer suicidarse.

—¿Estará bien?

Se consoló con el hecho de que la condesa era reconocida por su sabiduría; su padre había sido un célebre alquimista. Si alguien entendía las propiedades de sustancias extrañas, tendría que ser ella.

Ellie frotó las manos de Jane con vigor para calentarlas.

—No puedo decirlo con certeza. Existen venenos que no se curan aunque se induzcan vómitos, que de hecho no tienen antídoto. Todo depende de la cantidad que tomó.

Mientras hablaba, el propio médico de la reina entró corriendo a la habitación, con lo que parecía la mitad del palacio a sus espaldas. Era un anciano de apariencia severa y una barba canosa, y con una mirada pudo asesorar el tratamiento que se había administrado. Asintió su aprobación a la condesa.

—Excelente, ya administró el vomitivo.

—No fue un vomitivo, sino una pluma en la garganta —lo corrigió Ellie.

—No importa, al cabo el resultado es el mismo. ¿Sabemos cuál fue el veneno que se tomó? —El doctor se arrodilló al lado de la cama de Jane con sus togas negras como alas a su alrededor.

—No, doctor, pero su pulso es errático y le cuesta trabajo respirar.

—*Hmm*, posiblemente acónito. No conozco nada que pueda contrarrestar sus efectos; no nos quedará más que esperar. ¿Ha empeorado desde que la encontraron?

—No, señor.

El doctor se permitió una mínima sonrisa y presionó la mano débil de Jane.

—Es una buena señal. Su propio cuerpo está luchando contra el veneno; tenemos que rezar porque gane la batalla.

Desde atrás de los cortesanos escandalizados y los sirvientes que estorbaban su entrada apareció Clèment Mont Leury, esforzándose para llegar al frente de la gente.

—*¡Mon Dieu!* ¿Qué sucede? ¿Por qué mi novia se puso así?

Jane soltó un quejido, que solamente Milly, Ellie y el doctor alcanzaron a escuchar.

—Will, a Jane no le hace falta una audiencia —dijo la condesa a su esposo—. ¿Puedes decirles a todos que abandonen la habitación, por favor?

El conde se puso entre la cama y los espectadores.

—Buenos señores, la dama está en las mejores manos. Necesita su tranquilidad.

El rostro de Montfleury se puso rabioso como si fuera un pequeño gallo intentando discutir con un perro de guarda.

—¡Pero va a ser mi esposa!

—Entonces, *monsieur*, ha de tener las mejores intenciones para ella. Pido a todos que se vayan para que el médico pueda realizar su trabajo.

—¡En unas cuantas horas nos tendremos que casar!

—Señor, ¿no siente usted alguna preocupación por su salud?

Montfleury chasqueó en la cara del conde.

—No me agrada su insinuación, señor. El bienestar de mi *chère Jeanne* es lo que más me preocupa. —Resoplando, el francés se retiró junto con los demás. A Milly le hubiera dado una mejor impresión si hubiera insistido en quedarse, pero quedaba claro que las realidades desagradables de cuidar a una paciente mientras se recuperaba no coincidían con sus gustos delicados.

El conde también se retiró con la promesa de guardar la puerta de más visitas no invitadas. Una vez que estuvo fuera, Milly se puso a limpiar la habitación mientras Ellie y el doctor vigilaban la condición de Jane. Parecía que les esperaba una noche muy larga.

El reloj ya repicaba las dos de la madrugada cuando Jane empezó a reaccionar.

—¡Agua! —demandó.

Con el permiso del médico, Ellie llevó una copa de vino diluido a la boca seca de Jane. Habían tomado la precaución de ordenarlo de las propias bodegas de la reina para asegurarse que no representara ningún peligro.

Los ojos de Jane se abrieron y encontraron la cara de Ellie. Trató de levantar la mano para tocar a su amiga pero se rindió ante el esfuerzo.

—Ellie. ¿Qué haces aquí?

La condesa le sonrió a través de sus lágrimas.

—Al parecer, vinimos a salvarte.

—Me siento horrible. —Jane puso su mano en la garganta.

—También te ves horrible, querida.

—¿Qué hora es?

Ellie levantó una ceja.

—¿Qué importa?

—Es que me tengo que casar mañana. —Jane volvió a cerrar sus ojos.

—No creo que sigan adelante esos planes. Te envenenaron.

Los ojos azules se abrieron como una trampa.

—¡Richard! Dios mío, ahora sí me acuerdo, Richard Paton, él fue quien me dio el vino. —Con frenesí rozaba los dedos de su mano izquierda—. Me quitó el anillo. Ellie, ¡se llevó el anillo de Jonas!

—Tranquila, ya habrá tiempo para investigarlo. Tienes que dormir, recuperar tus fuerzas. Nadie te hará daño. No lo permitiremos.

Jane volteó hacia su almohada, consumida por la tristeza ante la pérdida de su sortija de bodas.

El doctor se puso de pie.

—Señora Dorset, yo diría que la marquesa ya va de salida. Los síntomas de mayor peligro están disminuyendo, pero esperaría que seguiera sintiéndose débil con algo de dolor en el estómago. Después de uno o dos días deberá sentirse mejor. —Miró las manchas rojas sobre el tapete y frunció el ceño—. Reportaré a la reina sus acusaciones contra su hijastro, pero es muy difícil comprobar envenenamiento; es un arte tan insidioso, casi imposible de detectar sin ser testigo en el acto. El responsable tuvo precaución de no dejarnos ninguna muestra para analizar. —El doctor fue con la promesa de volver la siguiente mañana para ver el progreso de la dama.

—¿Qué significa eso? —Milly susurró a Ellie.

Ellie quitó una mecha de cabello de la frente de Jane.

—Creo que lo que quiere decir es que será difícil llevar un caso en contra de una persona de la importancia del actual marqués de Rievaulx, y más siendo que todo el mundo sabe que no se quieren. Es posible que interpreten su acusación como un intento maligno para arruinar su reputación.

—¡Pero no podemos permitir que haga algo así con impunidad!

—Quizá la Ley no sea la mejor opción para protegerla de ese hombre malvado.

—Entonces, ¿qué podemos hacer?

Ellie negó tristemente con la cabeza.

—Esa es la cuestión, ¿no es así?

—Necesita un defensor, alguien que de la cara por ella ante su familia y ese horrible Montfleury.

Las dos muchachas compartieron una mirada, llegando a la misma conclusión en el mismo momento.

—Espero que James vuelva pronto —dijo Ellie.

veinte

Jane se despertó para encontrar a Ellie y a Milly sentada una a cada lado de su cama como dos leonas cuidando a un cachorro. Con mechas de cabello cobrizo escapándose de su gorra rozando la tela en sus manos, Milly se concentraba en bordar el cinturón de un sombrero mientras la condesa leía en voz alta un libro de poemas, con un brillo en la mirada cuando llegaba a los versos más absurdos. Jane permanecía quieta para permitirse el lujo de disfrutar verlas antes de tener que enfrentar la realidad de lo que le había sucedido y lo que aún le esperaba a menos que ocurriera algún milagro.

Después de mucho tiempo, preguntó: —¿Qué día es?

—Jueves. —Ellie extendió la mano y apretó la de Jane—. Me da gusto verte de vuelta.

—Me tengo que casar al mediodía.

Milly miró el sol que atravesaba las ventanas.

—Me parece que tendrás que faltar a esa cita.

Jane se quedó en silencio unos momentos para analizar su condición. Tenía un dolor en el estómago, sus brazos y piernas le pesaban mucho, pero fuera de eso estaba a salvo, y tomando en cuenta su roce con la muerte la noche anterior, eso parecía una maravilla.

—Sobreviví. Pensé que me había muerto.

Ellie le sonrió a través de sus lágrimas.

—No, Jane, harán falta más que unos tragos de veneno para acabar con la viuda marquesa de Rievaulx.

Sus palabras despertaron un recuerdo para Jane.

—Mi anillo.

—Ya lo sé, querida. Will está haciendo lo posible para recuperártelo.

—¿Ya arrestaron a mi hijastro?

Milly apuñaló su tela, en un arrebato. Ellie la miró con severidad para recordarle que no agitara a la paciente.

—Todavía no.

—¿Por qué no? —Jane trataba de sentarse contra las almohadas pero Ellie la empujó hacia atrás.

—Quédate quieta. La orden de la reina es que te quedes a descansar en cama, por recomendación de su médico.

—Dime.

Milly hizo un gesto.

—Te explico, Jane. Ese maldito ladrón dice que fue un corazón débil lo que te provocó lo que él llama un «episodio de mareos» anoche, más no que hubiera algún veneno. Confiesa que sí te vino a ver, y dice que le regalaste el anillo como muestra de la nueva paz entre los dos, y llamó como testigo a su sirviente quien dijo que te dejó en buena salud como a las once.

—Es mentira.

—Claro que sí, pero como es marqués, entonces tiene la razón —dijo Milly, rompiendo su hilo con la furia—. Oh, está lleno de preocupación por tu estado de salud, este marqués mendaz, pero dice que una pobre mujer sería incapaz de comprender tales cosas lanzando acusaciones de envenenamiento aunque las mentes más sabias sepan más.

—Eso no es cierto.

—Incluso utiliza el hecho de que sobreviviste como evidencia de que estás equivocada, dice que el mismo pánico que tuviste al sospechar que era veneno te provocó los síntomas. Incluso convenció al médico de la reina de que es una posible explicación.

Jane permaneció acostada de espalda, con las manos hechas puños a sus costados, viendo con enojo las cortinas marchitadas de la cama.

—Cuando yo salga de aquí, voy a buscar a Richard y le voy a llenar el taparrabos de agujas, mientras aún lo traiga puesto. Y eso será solo el comienzo.

—Me parece bien, Jane. Yo le sostengo los brazos. Tengo unas agujas muy largas en el taller, me avisas cuántas vas a necesitar.

Ellie negó con la cabeza.

—Cielos, entre qué clase de mujeres violentas me encuentro. Yo estaba dispuesta a dejar que Will se hiciera cargo de su castigo, pero quizá la idea de ustedes también tenga su lado bueno.

—Incluso castrarlo sería un castigo leve para ese hombre, ¡lo deberían ejecutar por sus crímenes! —Continuó Milly.

Jane se estremeció: desahogarse de su coraje era una cosa, pero contemplar la muerte del marqués era otra.

—Aún así, no deja de ser el hijo de Jonas.

A Milly no le impresionó.

—No sé. Quizá su madre no fue honesta: no muestra nada de la bondad de tu esposo. Me cuesta trabajo creer que sean parientes.

Un disturbio fuera de la habitación interrumpió su conversación.

—¡No puede pasar, señor! —gritó Will. Se escuchó una confusión de pies, y luego algo pesado que caía al suelo.

—¡La voy a llevar a la iglesia! —Rugió el conde de Wetherby—. No me importa que esté al borde de la muerte: este día se casa con Montfleury.

Will respondió en voz baja, pero sus palabras no se alcanzaron a escuchar.

Wetherby no tenía la misma capacidad de moderación.

—Ella misma tiene la culpa. Yo no creo ni por un instante que el marqués pudiera hacerle algo así. Ha estado tratando de evitar este compromiso desde que se firmaron los papeles. ¡No soportaré ya más!

El rostro de Ellie, que normalmente era bondadoso, se iluminó por la rabia; Milly se puso de pie con un brinco, poniéndose entre la cama y la puerta.

—Si se atreve a ponerle una mano encima, ¡le daré de coscorrones! —juró.

Jane cerró los ojos, avergonzada porque sus amigos se dieran cuenta del poco amor que le tenía su propia familia.

—¡Hija! —Parecía que el conde había forzado su entrada a la habitación, ya que se escuchaba muy cerca—. Ya deja de fingir enfermedad y levántate. Tenemos que celebrar la boda.

—La reina le ha ordenado descanso. —La voz de Will tenía la misma cólera que el padre de Jane. Podía sentir que ambos estaban al lado de la cama, pero prefirió el escape del cobarde, cerrando los ojos con la débil esperanza de que, si lograba convencer a su padre de que estaba demasiado enferma para levantarse, entonces la dejaría en paz.

Una mano gruesa la tomó del hombro y la agitó.

—Ya déjate de tonterías, ¡diabla desobediente! Sé muy bien que estás perfectamente. Me obedecerás. ¡Ay! ¡Dios mío, mujer, eso dolió! —Los dedos se aflojaron de inmediato.

—Oh, ruego su perdón, señor. Parece que se me resbaló la aguja. —Fue Milly. ¿Dónde diablos había picado a su padre? Lo mejor era no pensarlo.

Jane se dio por vencida en su intento de ignorar la invasión de su habitación. Abrió los ojos y vio que su padre había traído a Henry; su hermano detenía a Will mientras su padre trataba de obligarla a levantarse.

—¡Te dije que nos engañaba! —Gritó su padre.

—¡Esto es ridículo! —Interrumpió Ellie—. Hace pocas horas envenenaron a su hija, ¡y aún así insiste en arrastrarla a la iglesia! ¿Acaso ha abandonado completamente la razón? No le pido que vea dentro de su corazón, al cabo no tiene ninguno, sin embargo si utilizara su razón, la dejaría descansar.

—¿Y cómo pretende que crea que la envenenaron? No, simplemente trató de quebrantar nuestro acuerdo con Montfleury fingiendo un mareo.

La pequeña condesa se puso frente a frente con el hombre a pesar de que él superaba su peso por unos veinte kilos.

—¿Y si fuera así, qué le diría? ¿Cómo es posible que a su hija la obligue a casarse cuando es algo que claramente le repugna?

—¿Entonces usted está aceptando que todo es un pretexto para escaparse de la boda?

Ellie tenía ganas de gritar por la frustración.

—No señor, no le dije nada por el estilo. Estoy tratando de hacerle entrar en razón.

Apretando la cobija entre sus puños, Jane sintió que su padre se estaba preparando para levantarla de su lecho de enferma, con o sin la orden de la reina. Estaba tan desesperado de que continuara el matrimonio; estaba enfermo de avaricia. Se disponía a arrastrarla de la cama de la misma manera que una criada arrastraría la lana al torno para convertirla en tela para la venta. A pesar de la defensa por parte de sus amigos, los hechos no cambiaban: después de todo, se tendría que casar con el francés.

Jane se preparaba para la pelea cuando escuchó aún más escándalo en la puerta. Dos personas más forzaron su entrada en la habitación.

—¡Diego! —gritó Milly, abandonando su lugar al lado de Jane para arrojarse en los brazos de su amado.

—¡James! —Rió Will con alivio—. Justo a tiempo. Ven, ayúdame. El conde de Wetherby y su hijo están a punto de retirarse.

—Será todo un placer. —James tomó el otro brazo de Henry y los dos lo sacaron al pasillo.

La batalla había cambiado, ya que ahora había más Lacey que Perceval.

—Señor, dudo mucho que la reina esté de acuerdo cuando se entere de que usted ignoró su orden directa de que su dama permaneciera en la cama —dijo Ellie bruscamente.

Viendo que todo estaba en su contra, el padre de Jane ignoró a la condesa y miró a su hija con furia.

—Tendrás que continuar con esta boda en cuanto la reina te conceda el permiso de levantarte.

Jane se sentía tentada a decirle que entonces parecía que había descubierto que su misión en esta vida era permanecer en cama, pero decidió no arriesgarse.

—Le doy gracias por sus buenos deseos por mi pronta recuperación. —Le obsequió una sonrisa dura que provocó otra lluvia de insultos mientras su padre se retiraba con renuencia.

Ahora que por fin se habían liberado de Wetherby y su hijo, Jane pudo poner su atención completa en el hecho maravilloso de que James había regresado y que estaba justo aquí, en su habitación. Sus emociones daban vueltas. Lo veía bien, estaba quemado por el sol y despeinado, pero bien de salud. Ella lo miró con ojos hambrientos mientras él saludaba a su hermano y a su cuñada. Y entonces llegó a su lado y le dio un beso en la mano.

—Entonces, señora Jane, ¿qué travesuras ha hecho en mi ausencia? ¿Y a quién tendré que liquidar para que todo salga bien?

Fue en ese momento, después de todas las impresiones de las últimas horas, que Jane se puso a llorar.

Los demás dejaron a Jane y James a solas, tomando su lugar discretamente en el fondo de la habitación para que Diego les pudiera contar sobre el viaje. Mientras se retiraba, Milly jaló las cuerdas que sujetaban las cortinas de la cama para darles aún más privacidad. James decidió que ahora no era el momento de guardar el cauteloso respeto y se deslizó en la cama al lado de Jane y la tomó en sus brazos para que ella pudiera llorar contra su pecho. Sus lágrimas mojaron su camisa, y su mejilla se sentía caliente contra el corazón de James. Él deslizó la mano sobre su cabello largo para tranquilizarla, dejando que ella llorara hasta que terminara. Consciente del hecho de que ella todavía lo quería y que por algún milagro aún la encontraba soltera, él rezó en silencio por encontrar las palabras adecuadas para consolarla, y las acciones adecuadas para ayudarla.

—Ay, amor, ¿qué le han hecho? —Preguntó.

Los hombros de Jane se estremecían mientras respiraba profundo, tratando de recuperar la compostura.

—No sé en qué situación la encontramos ahora, pero ya me enteré sobre la boda. Milly le escribió a Diego pero la carta no logró llegarnos a tiempo. ¿Entiendo que no desea casarse con Montfleury?

—Con él no —susurró Jane, trazando el encaje flojo en la garganta de James.

Él se permitió una pequeña sonrisa, se agachó y le dio un beso en la coronilla.

—Entonces, no lo tendrá que hacer.

—No es así de sencillo, Jamie.

Él dejó su comentario a un lado por el momento. Si la tuviera que llevar al extranjero, lo haría; de ninguna manera permitiría que ella se viera forzada a casarse con el ridículo del francés. Cuando había partido en su viaje, había imaginado que para ella sería algo fácil destruir sus esperanzas; si no era así, sería un placer ayudarle.

—¿Qué más ha sucedido? ¿Se encuentra mal de salud?

—Me envenenaron.

James se estremeció por la impresión, casi tirándola de la cama antes de volverla a tomar contra su pecho.

—¿Qué?

—Fue Rievaulx, busca mis derechos de viuda y probablemente mi dote también. —Volteó a ver a James, sus ojos como dos piscinas azules de tristeza—. Se llevó el anillo, Jamie.

A duras penas, James se obligó a permanecer sobre la cama en lugar de ir a buscar al marqués en ese mismo momento.

—Es hombre muerto.

Ella levantó la mano para acariciar su mandíbula con los dedos.

—No, no vale la pena. Yo no quiero que tenga más problemas por mí.

Era otro asunto que quedaría pendiente, decidió James. No permitiría que Rievaulx la lastimara sin repercusiones.

—Recuperaré su anillo, se lo prometo.

Ella se acurrucó junto a él.

—Me basta con haberlo recuperado a usted. Cuénteme de su viaje.

James la dejó descansar con la cabeza contra su pecho mientras él le contaba de sus aventuras en Roanoke, embelleciéndolas para hacerla reír. Podía sentir que ella absorbía cada detalle mientras acariciaba la tela de su camisa como para asegurarse que en verdad estaba ahí. Viéndola así, tan maltratada por los que deberían haberla cuidado, no podía evitar sentir un fuerte instinto para protegerla. Su bienestar se había convertido en su primera prioridad. Viendo las sombras bajo sus ojos, supo que en ese momento lo más importante era que descansara. A propósito, cambió sus cuentos de aventuras por unos datos geográficos, contándole de las largas listas de estadísticas que había recolectado para hacer su mapa. Como había imaginado, era como un tónico para el sueño y su respiración se normalizó y su mano se relajó. Estaba dormida.

Levantándose con cuidado para no despertarla, la acomodó sobre su almohada de plumas y debajo de sus cobijas. Sus dedos se estremecieron como si aún lo buscaran. Él rozó el dorso de su mano con su dedo pulgar para tranquilizarla, y se encaminó hacia el otro lado de la habitación.

—¿Todo bien? —Preguntó Will.

—Está descansando —dijo James, cayendo al lado de su hermano sobre el banco.

Will abrazó a su hermano.

—Qué bienvenida.

—Sí, es una envoltura.

Desde donde estaba sentada sobre las rodillas de Diego, Milly frunció el ceño.

—Pero entre toda la seda envuelta siempre se encuentra un hilo. Tiene que haber alguna manera.

—Saben, cuando yo la dejé, estaba convencido de que estaba en la gloria, segura como una de las joyas de la reina, las damas de compañía. ¿Qué cambió?

—Su familia lo cambió todo. —Milly acarició las manos de Diego que estaban dobladas bajo las suyas.

—Cuéntenme los detalles. Jane me dio una idea pero necesito los detalles.

Milly, quien había estado más cercana a los hechos, le explicó las acciones de los Perceval, Montfleury y los Paton. El coraje de James aumentaba pero tenía que ver más allá de la emoción para poder ayudar a Jane.

Will cruzó sus pies por los tobillos.

—¿Podemos considerar que la dama es tuya, James?

Él asintió con la cabeza.

—Si me acepta.

—Ya era hora —murmuró Ellie antes de darle una sonrisa bella a James—. Ella te quiere; siempre te quiso.

—Entonces, hermano, tú deberás encabezar esta campaña —dijo Will, cediendo el mando.

James se puso de pie y se dirigió hacia la ventana, y luego de nuevo hacia su pequeño grupo de reclutas en el ejército de Jane.

—Según mi punto de vista, tenemos tres problemas: alejarla de su familia, convencer a Montfleury que busque otra opción que no sea el matrimonio y obtener justicia para Jane con ese bastardo de Rievaulx. ¿Cuál es la actitud de la reina hacia todo esto?

Will miró hacia la cama escondida tras sus cortinas, preocupado por despertar a Jane con su conversación, pero no mostraba señales de estar despierta.

—Hasta ahora han logrado convencer a la reina de apoyar a Wetherby. Las apariencias lo hicieron inevitable.

—Entonces, nosotros también necesitamos aliados: algunos con más cercanía a la reina.

—Quizá las demás damas de compañía —sugirió Ellie.

James agitó la cabeza.

—No, tiene que ser alguien con aún más cercanía a la reina.

Will respingó.

—¿Estás pensando en quien yo pienso que estás pensando?

James se rió profundamente.

—Señor, Will, parece mi viejo tutor de filosofía, lleno de oraciones extrañas. No lo sé. Dime.

—No quiero mencionar el nombre a menos que no me quede otra opción.

James sonrió.

—No puedes negar que me debe. Yo hice un muy buen trabajo en América; deberá sentirse agradecido. Y tenemos que cambiar a Jane de lugar, a un lugar donde su familia no la encuentre, o la casarán en cuanto les demos la espalda. Diego, ¿puedes ir a ver si el señor Ralegh se encuentra en la corte?

Con un beso sobre la nariz de Milly, Diego la levantó de sus piernas.

—Sí, señor.

—Will, si tú te quedas a cuidar aquí, yo voy en busca de un marqués.

Will se puso de pie.

—Jamie...

—Deténte, Will. Esta es una deuda que de alguna manera u otra se tendrá que pagar.

veintiuno

James encontró a Richard Paton encerrado con sus hermanos dentro de sus habitaciones cerca del palacio. Lejos de ser las mejores disponibles, resultaron ser la más clara evidencia de que los libros de cuentas de la casa de Rievaulx se encontraba en malas condiciones bajo su nuevo marqués. Si a Paton le costaba trabajo mantener su apariencia ante la corte, entonces el estado de su fortuna tenía que ser pésimo, lo cual explicaba más no justificaba su desesperación por acabar con su madrastra para recuperar el ingreso que tanto le hacía falta. Mientras un sirviente maleducado lo conducía a la planta alta, James se preguntaba a sí mismo si el marqués se acordaría de él por el altercado fuera de la abadía hacía tantos meses; viendo la expresión de desconfianza que puso Paton cuando James entró, supuso que estaba en lo correcto.

—Señor Lacey, ¿en qué le puedo servir? —Preguntó el marqués fríamente, sin molestarse en levantarse para recibir a la vista—. El día de hoy me encuentro con tiempo limitado, ya que tengo que atender asuntos lejos de aquí.

Abandona la escena del crimen, pensó James con amargura; Paton tenía la esperanza de que estar fuera de la vista era lo mismo que estar fuera del pensamiento de la reina.

—Solamente pido un momento de su valioso tiempo, señor. —James casi perdió el control al ver el anillo de Rievaulx en el dedo meñique del señor. Entrelazó sus dedos a su espalda para controlar el impulso de arrancárselo—. Le pido que me acompañe a la sala de esgrima.

Paton resopló.

—No tengo tiempo para juegos, señor.

—No es un juego. —James permitió que un toque de salvajismo se mostrara en su sonrisa. No quería nada más que enterrar su daga en el corazón de este villano, si es que tenía uno, pero tenía que cumplir con las normas sociales. Y con la Ley. A Jane no le serviría en nada si lo encerraran en la Torre por asesino.

Paton observó al menor con desdén.

—¿Y esto qué es? ¿Un reto?

James alzó los hombros.

—Si así lo quiere llamar, pero decir que es un reto llevaría implícito el que yo lo considerara digno de recibirlo, mientras que la verdad es que lo veo peor que una rata de basurero.

—¡Qué!

Los tres hermanos se pusieron de pie con un salto. *Excelente*, pensó James.

—¡Usted me insulta, señor! —Tartamudeó el marqués.

—No, en verdad insulto a las ratas al mencionarlas en la misma medida en que lo menciono a usted. —James desenfundó su espada para detener el avance de los tres hacia él—. Lo que yo propongo es una apuesta. Usted intentó envenenar a mi señora, y agravando la situación, le robó el anillo de su dedo cuando estaba indefensa.

El marqués desenfundó su espada también.

—No hay pruebas, sólo su palabra en contra de la mía. Las cortes no tomarán la palabra de una mujer como ella.

—Ah, y ahí está su error, señor, porque yo no soy ninguna corte de justicia. Mi intención es que pague y no me importa la manera en que esto se logre. Lo podría matar y estar fuera del continente antes del atardecer, a mí me importa poco mientras mi dama obtenga justicia.

—¿Justicia? ¡Rayos! —Escupió Lucres, el menor y más impulsivo de los tres hermanos. Apuñaló la mesa con su propia daga—. Ella se merece quedar en la calle.

Paton le señaló que guardara silencio, ya que aparentemente se daba cuenta de que lo más peligroso del mundo es el hombre que no tiene nada que perder.

—¿Y su apuesta? ¿Cuál es?

—Que llevemos esto a la sala de esgrima y que resolvamos la discusión delante de testigos. Si yo gano, usted me dará el anillo y jurará no volver a acercarse ni siquiera a la vista de mi señora, ni tampoco a través de terceros, durante el resto de su miserable vida, si es que yo tengo la bondad de concedérsela.

—¿Y si usted pierde?

—Usted dirá.

El segundo hermano, Otho, se rió.

—Dile que se corte su propia garganta.

El marqués tamborileó la mesa con los dedos, el anillo brillaba ante la luz de la fogata.

—Abandonará el país, si sobrevive.

James asintió con la cabeza.

—Así será.

Fue corta la distancia que tuvieron que atravesar para llegar a la sala de esgrima. James evitó caminar adelante de los hermanos Paton, ya que no quería exponer su espalda a sus espadas. Cuando llegaron, James encontró a Diego esperándolo en la entrada, acompañado por nada menos que Walter Ralegh.

—Señor. —James hizo una reverencia, pensando rápidamente lo que esto significaba para su apuesta con el marqués. ¿Sería posible que Ralegh se sintiera obligado a interponerse para evitarlo?

—Me da mucho gusto verlo de regreso del viaje. —Ralegh también hizo una reverencia—. Me tendrá que contar todo, pero veo que tiene otros asuntos que atender en este momento.

—Así es. —James vio a los tres Paton, tratando de averiguar si estaban a punto de pedir a Ralegh que interviniera para suspender el combate—. El marqués y yo tuvimos una discusión filosófica y hemos decidido reconciliar nuestras diferencias a través de la esgrima.

Ralegh lanzó una mirada de odio hacia los Paton.

—¿Una discusión entre filósofos? Lo que a mí me contaron fue que el bastardo trató de envenenar a la señora Jane. —El marqués fue ágil en ocultar la consternación que le provocó el comentario, pero ahí estaba, detrás de la máscara de confianza—. Adelante, con mi bendición. —Con un gesto señaló que pasaran a la sala.

—¿Los mandó la reina? —Preguntó James, una vez que los Paton no lo pudieran escuchar.

Ralegh respondió con una sonrisa malvada.

—No exactamente. Su sirviente anticipó que su discusión los traería acá y la señora Parry y yo estuvimos de acuerdo que sería mejor para la señora que yo asistiera. Yo me ofrecí para atestiguar que se observen las normas del juego limpio. Pero no es necesario que los Paton se enteren de eso, ¿o sí?

James tuvo que aceptar que Diego había concebido un mejor plan que él. Con el apoyo del favorito de la reina, y la implicación de que su majestad lo apoyaba a pesar de que la realidad fuera muy diferente, las repercusiones del encuentro serían mínimas.

—Gracias, señor.

Ralegh le dio un golpe en la espalda.

—No puedo decirle que su hermano me cae bien, pero me parece que puedo soportar por lo menos a uno de los Lacey. Y la dama también tiene mis respetos, no soy amigo de los que buscan hacerle daño.

—Gracias. —James hubiera preferido que Ralegh no tuviera ningún sentimiento hacia Jane.

Ralegh sonrió como si leyera sus pensamientos.

—Y de todos modos, perdería la oportunidad de recibir sus informes si cayera injustamente ante la espada del marqués.

James hizo un gesto.

—Es usted tan sentimental, señor.

—¿Verdad que sí?

Se notaba que al marqués no le agradaba la idea de que Ralegh hubiera optado por ver su pelea pero no le quedaba más que aceptarlo. Algunos caballeros que ya estaban practicando el arte dentro de la sala levantaron sus vistas cuando entraron; Ralegh atraía la atención de la gente presente sin importar donde estuviera. El ambiente de hostilidad que rodeaba a James y los Paton hablaba de sucesos extraordinarios que estaban a punto de llevarse a cabo, y muchos de los hombres presentes se aproximaron para formar una audiencia.

James se preparó en su esquina, enfocado en la tarea que le tocaba, ignorando los susurros de los demás.

—¿A qué grado piensa llevar esto? —Preguntó Diego, revisando el estoque de James.

James le respondió con una sonrisa seca.

—Desafortunadamente, no hasta la muerte. Me conformo con humillarlo y la devolución del anillo. Por ahora me basta con que la corte esté enterada de que es culpable.

Diego pasó una tela suave sobre el metal.

—¿Y si le vence?

—No lo permitiré.

—Acabo de hablar con el maestro de esgrima. Paton es bueno. Practica casi todos los días.

—Entonces tendré que ser mejor.

—Mis señores caballeros. —Ralegh levantó la mano para imponer silencio—. El señor Rievaulx y el señor Lacey han venido a resolver sus diferencias. Estoy aquí en nombre de la reina para asegurar que se observe el juego limpio. Los dos señores han jurado apego a los términos ya acordados si son vencidos. ¿A qué pelean? ¿Primera sangre? ¿Desarme? ¿O puntos?

—Desarme, de la manera que sea —respondió James rápidamente. No quería que esto se convirtiera en una formalidad; ni tampoco quería que se terminara antes de que sacara sangre de Paton más de una vez; estaba de humor para algo mucho más satisfactorio.

—¿Mi señor, está usted de acuerdo?

Paton hizo un gesto de coraje.

—Esto es ridículo, no tengo tiempo para esto. —Ralegh levantó una ceja en forma de burla—. Sí, sí. Estoy de acuerdo. Le daré al cachorro una cicatriz para que se enseñe a mostrar respeto a sus superiores.

Los hombres mayores presentes, sin saber el motivo de la competencia, aplaudieron, por supuesto en apoyo a su semejante y no al joven.

—Entonces, tomen sus posiciones, caballeros.

James tomó su posición justo fuera del alcance del marqués, para averiguar cómo pelearía. Viendo que su complexión era robusta, James suponía que Paton dependía de su fuerza corporal en lugar del alcance y la agilidad, que eran las propias ventajas de James. Afortunadamente, James había entrenado con Diego, quien a pesar de ser menos robusto, era casi de la misma estatura de Paton. Él le había enseñado a su señor que tenía que esperar lo inesperado de un oponente de menor estatura.

—¡Comiencen!

Los contendientes se enfrentaron, ambos probando las destrezas del otro con sus primeras acciones. Los estoques eran delgados y peligrosamente filosos. Era posible utilizarlos como látigos, con el lado ancho contra la muñeca del oponente para obligarlo a soltar su espada; o si la intención era sacar sangre, los ojos eran vulnerables, pero eso no se consideraba juego limpio y James quería una victoria libre de manchas. Siempre y cuando pudiera penetrar las defensas de Paton. Rayos, el hombre contaba con más destreza de la que había imaginado.

La audiencia aplaudió el intercambio elegante de ataques, defensas y contraataques que tenía a los dos bailando como cortesanos el *coranto*.

—¡Bravo! —gritó uno de los señores mayores.

Qué gusto que se divierta, pensó James amargamente.

James empezaba a sentir el peso de sus cuarenta y ocho horas sin dormir; mientras peleaba por sostenerse parado sobre sus pies descalzos, su planta rozó contra una piedra dispareja en el piso y por un segundo perdió el equilibrio. Paton empujó su espada a través del hueco para que la punta rozara el mentón de James, y luego su camisa, penetrando la tela pero sin tocar carne. La audiencia aplaudió de nuevo.

Los contendientes se separaron para volver a sus lugares. Diego le pasó una toalla a James para quitarse el sudor y la sangre.

—Lo he visto pelear mejor.

—Y yo también. Hubiera descansado antes de intentar esto, pero ya conoces mi orgullo maldito.

—Y él se hubiera dado a la fuga, y se hubiera escapado de su venganza.

—Cierto.

—Pero aún así, tendrá que mejorar su estándar.

James le arrojó la toalla.

—Como si no lo supiera.

La confianza de Paton había aumentado con la caída de James. Entró al segundo tiempo con arrogancia en sus pasos.

—¿Ya eligió el país de su exilio, Lacey? —Se burló—. ¿Qué le parece Rusia? ¿Será lo suficientemente lejos?

James no atrapó el anzuelo y no perdió la calma. Simplemente levantó la espada y se enfocó en el torso de su oponente, buscando las señas que anticipaban los movimientos de Paton. El punto en su contra había sido la señal de alarma que necesitaba; no pensaba regalar otro.

Las espadas chocaron, acero con acero como afiladores trabajando los cuchillos antes de un festín. James se puso firme y encontró su viejo ritmo, llegando desde la defensa para atacar, haciendo que el mayor sudara para llegar a tiempo para defenderse de los golpes. Algunas veces casi logró sacarle sangre, pero el marqués conseguía esquivarlo en el último instante. Los jóvenes entre la audiencia soltaron un grito de apoyo, viendo que su campeón estaba nuevamente en forma. Cuando James consideró que Paton había tenido el tiempo suficiente para sudar, atravesó la clavícula del señor con su espada, dejando una cortada superficial sobre la parte superior de su pecho. El marqués dio un paso hacia atrás, sujetándose de la herida.

James bajó su espada.

—Esa fue por mi señora, por el dolor que le causó. Duele como el infierno, ¿verdad? Ahora siente un poco de lo que ella sintió anoche cuando usted la abandonó a su muerte.

Un silencio cayó sobre la audiencia, quienes se dieron cuenta de que algo más allá de la destreza estaba bajo discusión.

—¿Se atreve a mencionar a esa callejera delante de mí? —graznó el marqués—. Ella ha enlodado el buen nombre de la familia.

—Está usted equivocado. —El tono de James era cortante, aún bajo su control. Sería muy difícil resistir la tentación de apuñalarlo en el corazón con su espada—. Es usted quien ha enlodado el buen nombre de su padre, Paton. Él le pidió que protegiera a su esposa y usted rompió su palabra tratando de asesinarla.

—Basta con estas tonterías —escupió el marqués—. ¿Vamos a pelear o piensa usted quedarse ahí predicando?

James agitó su espada.

—A pelear, definitivamente. *¡En garde!*

Durante el próximo tiempo la pelea se volvió salvaje, las reglas olvidadas por Paton que se lanzó hacia los ojos, los riñones y demás zonas capaces de incapacitar al joven. James tenía la sangre caliente, esquivar cada ataque le procuró gusto, igual que exponer al marqués por torpe y superado en su destreza.

Varias veces parecía que Ralegh estaba a punto de intervenir, sin embargo entrar en plena batalla era una cosa imposible. Hacía mucho tiempo que habían sacado la primera sangre pero ninguno de los dos estaba dispuesto a rendirse. Paton tenía una cortada en la mejilla que derramaba mucha sangre; por fin, satisfecho de que la camisa del marqués tuviera las manchas rojas suficientes, James se cansó de atormentar a Paton. Permitió que el marqués fallara en el último ataque descontrolado antes de responder ágilmente con un golpe del lado plano de su espada sobre el dorso de la mano derecha de su oponente. La espada del marqués cayó al suelo mientras sujetaba sus dedos paralizados.

Dando un paso hacia adelante, James tomó la mano lesionada y arrebató el anillo antes de que Paton tuviera la oportunidad de recuperarse.

—Me parece que esto le pertenece a mi señora.

En ese instante, Ralegh se puso entre James y los otros hermanos Paton quienes parecían dispuestos a seguir peleando por su hermano.

—Al señor Lacey lo declaro el vencedor. Por el honor de las casas de ambos, es preciso que ambos cumplan con su acuerdo y se vayan de aquí sin más violencia.

—Se arrepentirá de esto, Lacey —gruñó el marqués.

—Me parece que no me escuchó, señor —dijo Ralegh sin emoción—. Si busca su venganza fuera de estas paredes, quedará usted deshonrado y ya no será bienvenido en la corte. De hecho, me parece que en esta ocasión su estancia ha superado su bienvenida, y es preciso que vuelva a sus terrenos en el Norte hasta que la reina mande que regrese.

Si los ojos de Paton fueran relámpagos, hubieran abatido a Ralegh en ese instante, sin dejar más que unos zapatos humeantes. Entonces, el marqués asintió de manera cortante.

—Siendo así, le deseo que goce de su callejera.

Al tratar de irse, descubrió que lo detenía la punta de una espada contra su pecho. El dueño era Ralegh.

—Cuidado, señor. Usted difama a una de las damas de compañía de la reina sin provocación alguna, y no puedo permitir eso, ya que afecta muy de cerca a la persona de su majestad. No permitiré que se retire de este lugar sin retractarse.

El marqués parecía que estaba a punto de un derrame cerebral. Ralegh prácticamente le había dicho que insultar a Jane se aproximaba a una traición. Muchos de sus iguales habían ido a la Torre por ofensas menores.

—Me retracto. No tuve ninguna intención de ofender a Su Majestad. —El tono de su voz daba la impresión de estar escupiendo piedras.

Ralegh bajó la punta de su espada.

—Bien. Me da gusto que haya reconocido sus errores.

Paton reunió a sus hermanos con un movimiento de la cabeza.

—Quizá domine aquí por ahora, Ralegh, ¿pero por cuánto tiempo más? —Se fue marchando de la sala, abriéndose camino a empujones cuando los presentes no se quitaban de su camino con suficiente rapidez.

Ralegh agitó la cabeza.

—Bueno, eso me puso en mi lugar, ¿verdad, caballeros?

La audiencia se rió, como había sido su intención, y se dispersó para difundir los rumores sobre la humillación del marqués por los pasillos y las antesalas del palacio.

—¿Basta con eso? —preguntó Ralegh a James, con su mirada astuta.

James guardó su estoque.

—Ni siquiera un poco. Pero me tendré que conformar por ahora. La lastimaría aún más si lo llevara más allá.

Ralegh le arrojó su doblete.

—Venga, tengo entendido que debo ofrecerle un santuario en la casa de Durham a una marquesa.

Al despertar, Jane encontró a James sentado a su lado, descansando sus pies sobre las cobijas, con el mentón en el pecho mientras dormía. Ella se sonrió. En verdad estaba él ahí. La distancia que se había abierto cuando él partió rumbo a América se había cerrado después del desastre de la noche anterior y era suyo de nuevo.

¿Pero por cuánto tiempo? En cuanto se levantara de la cama, tendría que lidiar con el enorme lío en que se había envuelto con Montfleury. Si existía un premio para el más inepto en los asuntos del amor desde los tiempos del viejo rey Henry, entonces ella sería la premiada. Apretó los puños, resistiendo los principios del pánico. No, no se entregaría a la histeria; tendría que encontrar la manera. Por lo menos, ahora contaba con amigos a su alrededor. Y con James.

En ese momento su pie se resbaló de la cobija, despertándolo por el susto. Jane veía con ternura su confusión al despertar, su cara llena de sueño. Cuando levantó la cara, ella vio que su mentón tenía un rasguño largo que recorría su mandíbula, una línea sangrienta casi oculta por su barba.

—¿Se cortó mientras se afeitaba?

James rozó sus barbas con su mano.

—Sí, durante un corte de barbas, pero era al marqués a

quien afeitaba. —Dentro del bolsillo de sus calzas buscó el botín de sus ganancias, y lo sacó.

—¡Mi anillo! —Dijo Jane, estirando la mano para recibirlo.

Con una sonrisa, James la tomó de la mano y se lo puso de nuevo en su dedo.

—Ahí está, mi amor, de nuevo en su lugar. Pero espero que no sea por mucho tiempo. Pido que muy pronto me otorgue el consentimiento de colocarle un anillo diferente.

Jane trató de retirar la mano, pero él la sostuvo.

—Pero Jamie, ¿qué pasará con mi familia y Montfleury? Estoy en un lío.

—Y soy muy bueno para resolver los líos; que sea mi regalo de bodas, ya que tengo muy poco para ofrecerle.

—Pero, Jamie...

Él negó con la cabeza.

—Tranquila, amor. Confíe en mí. ¿Acaso no recuperé su anillo?

Apenas se le estaba ocurriendo a Jane que Richard no hubiera entregado el anillo por su libre voluntad.

—Usted lo... ¿lo mató?

James acarició sus dedos congelados.

—Sentí esa tentación, pero no. Peleé con él por el anillo y le gané. Ralegh también estuvo presente, eso me ayudó.

—¿Ralegh? —Dijo Jane, casi atragantándose por la sorpresa. Él no era un señor con el cual ella hubiera acudido en busca de favores.

—Curiosamente, le caigo bien, y usted tiene sus respetos, en sus propias palabras.

—Mire nada más. —Jane se había quedado sin palabras.

—Y hará aún más. Ha obtenido el permiso de su señora para trasladarla a usted a la casa de Durham para que ahí esté durante el resto de su recuperación. Necesitamos que esté en un lugar donde le sea difícil a su padre entrar. El palacio está muy abierto para él y temo que saldrá con alguna sorpresa a menos que tomemos las medidas necesarias para fortalecer su seguridad.

Jane se llenó de humillación ante el prospecto de estar bajo el techo de Ralegh.

—¡Pero no puedo ir a la casa de Durham!

—Ya sé que su hermano es su amigo, pero en este asunto Ralegh la apoyará a usted. Ha prometido negarle la entrada a Henry.

No había más remedio: ella tendría que explicarle, de otra manera él no comprendería la situación. Jane cerró los ojos, temerosa de ver el rostro de James mientras confesaba.

—No, James, no es eso. Es que Ralegh y yo… bueno, es que, tenemos un pasado. —Ella tragó saliva, el corazón se le aceleró como si hubiera tomado más veneno.

James permanecía en silencio, una mala señal.

—Fue…, fue hace dos años. —Jane pudo sentir las lágrimas que amenazaban brotar por debajo de sus párpados. ¿Con esto lo volvería a perder? ¿Acaso se tendría que arrepentir de su error estúpido durante el resto de su vida?

—Yo pensaba que lo amaba y que él también me amaba. ¡Tonta, torpe, insensata!

James carraspeó.

—Entiendo. Entiendo.

—Creo que mi hermano lo sabe. Y Milly también. Y la que era mi criada entonces. —Esto era una tortura—. Le dije a Jonas, por supuesto, antes de que nos casáramos, pero él me perdonó. Así era él, no era capaz de ver los pecados ajenos. Nadie más sabe de lo que sucedió entre Ralegh y yo, aunque los rumores me siguen, como usted ya lo sabe. Le…, le pido perdón por no ser lo que usted creía.

Silencio. Por Dios.

—¿Quiere…, se quiere retirar?

Sintió su palma nuevamente contra sus dedos.

—Jane, amor, véame a los ojos.

—No puedo. Tengo miedo.

—Véame a los ojos.

A regañadientes abrió los ojos. Él se había inclinado hacia ella, y su rostro estaba a unos centímetros del de ella.

—¿Y yo a usted le parezco territorio virgen?

Ella negó con la cabeza, sonriendo ante el pensamiento a pesar de todo.

—¿Quiere que me disculpe por las camas donde estuve antes de llegar a la suya?

—Pero no ha estado en la mía —susurró. Todo estaría bien, todo bien.

—Y esa es una gran lástima y una omisión que pienso corregir con el primer sacerdote al que pueda convencer para que nos case.

Jane acarició su mandíbula con la punta de su dedo.

—Gracias. No tienes idea lo mucho que he estado temiendo este momento.

—No, no me des las gracias. Al igual que tú, me arrepiento de muchas cosas pero no quiero que afecten a nuestro matrimonio. Basta con decir que a partir de ahora tú solamente seas para mí, y yo para ti, espero.

—Claro que sí. No habrá nadie más.

Él sonrió de repente.

—Y por eso no te casarás con ese francés sin cojones, y sí te casarás conmigo. Así los dos volveremos a empezar, con buenos recuerdos llenos de lujuria para hacer que nos olvidemos de los demás.

Jane se permitió una sonrisa en anticipación.

—Le dije a Ralegh que como amante era una decepción.

—¿Le dijiste qué? —La risa se apoderó de James—. Pobre hombre. Es un santo por ofrecerte refugio después de haberle faltado al respeto a su hombría de tal manera.

—Me pareció lo más justo.

James abandonó la silla para recostarse al lado de ella, descansando su cabeza en una mano.

—Así es. Es un desgraciado por haberte seducido, pero también entiendo su tentación. —Le dio un beso suave—. En el pasado nunca he tenido la costumbre de acostarme con las vírgenes pero sería faltar a la verdad decir que jamás rompí ningún corazón. Pagaremos a Ralegh con nuestra felicidad, y con sonreírle cuando nos vea envueltos en abrazos amorosos... y pienso darle muchas oportunidades de vernos así, con el único propósito de hacer que los celos lo ofusquen.

—Será una venganza muy dulce. —Ella le correspondió el beso.

—Sí, lo será.

Ella permitió que el silencio durara un momento, sin estar segura si podría confiar en estos nuevos territorios amorosos donde él la había traído. Era difícil confiar en un paisaje así de verde con sus cerros de felicidad y un futuro soleado en el horizonte, ya que ella estaba tan acostumbrada a ver que de repente llegaban las nubes oscuras y las tormentas cuando menos las esperaba.

—¿Estás seguro, Jamie, que me quieres? ¿Muy seguro?

Él acarició su cabello, rozando la piel delicada detrás de su oído con las puntas de sus dedos.

—Muy seguro.
—Pero en los primeros meses de este año no me querías.
Él suspiró.
—Te quería, pero no quería que me tuvieras en el estado en que estaba en aquel tiempo. Me sentía vacío, inútil. Al poco tiempo de desembarcar, me di cuenta de mis sentimientos por ti. No sé por qué, pero el hecho de estar sobre el mar cambia la perspectiva, pude liberarme de las viejas pesas de culpa y convertirme en algo nuevo y brillante nuevamente. América suele tener ese efecto.

¿Sería posible que le dijera esas palabras nada más porque pensaba que eran las que ella necesitaba escuchar para ayudarla en su recuperación?

—No es necesario que finjas conmigo, Jamie. No me ofenderé si confiesas que tú... que tú... —Ella no pudo obligarse a decirlo: que él la despreciaba por sus debilidades, sus fallas.

James la abrazó con más fuerza.

—Veo que aún no confía usted en mí, señora, y requiere de pruebas. Afortunadamente, sí cuento con tales pruebas.

—¿Pruebas?

—De mis sentimientos por ti. Este loco enamorado te escribió muchas cartas durante su viaje de descubrimiento. —De su bolsillo sacó un bulto de cartas, que puso en sus manos—. Aquí están las pruebas de que mi mente se despejó de las nubes depresivas al muy poco tiempo después de dejar atrás estas tierras, y que el sol que salió para sonreírme eras tú.

Jane escondió su cara contra el pecho de James, casi con temor de leer que esto fuera cierto.

—Me dará mucho gusto leerlas, señor. No lo confundiría con un loco enamorado, quizá enfermo de mar.

—Ah, pero ese papel fue para otro. Ahora, descansa, amor, o Ellie me dará una golpiza por haberte cansado en exceso. Lee las cartas cuando no esté, porque no quiero sonrojarme cuando veas las tonterías que escribí.

—¿Serías capaz de sonrojarte? ¡Jamás!

—Suele suceder. —Le dio un beso en la coronilla—. No se imagina el poder que tiene sobre mí, milady.

veintidós

Antes de trasladar a Jane en secreto a la casa de Durham, James siguió el consejo de Milly y despidió a su criada; la mujer ya había traicionado a su señora, revelando sus secretos a Henry, y quedaba claro que no era de confianza. Todo se llevó a cabo sin mayor incidente: Jane se trasladó sin escándalo por el río, y sin intervención por parte de los Perceval, y al poco tiempo estaba acomodada dentro de una habitación con Milly para que no se sintiera sola.

A solas por primera vez desde su conversación con Jane, James optó por volver caminando a Whitehall. Necesitaba un tiempo y un espacio para reconciliarse con la confesión de Jane sobre su breve aventura con Ralegh. Él se había dado cuenta de que este era uno de los momentos en que jamás se perdonaría si fallaba. Le había hablado con sinceridad al decir que no la culpaba, siendo que su propio historial era menos que perfecto. Sin embargo, no le gustaba la idea de que Ralegh la hubiera conocido primero. Ella era suya, su territorio. La idea de que otro lo hubiera colonizado antes de él le dio asco.

Y por supuesto, tenía que reconocer que en eso estaba equivocado. Todo había sucedido antes de que ella tan siquiera lo conociera y desde entonces su vida había estado libre de pecados. Como lo había explicado Diego en América, el asunto de reclamar territorio no era tan sencillo. Lo que importaba era quién vivía ahí ahora. Su tarea era formar nuevos recuerdos con Jane para justificar su reclamo, más no preocuparse por los viejos.

Estaba a punto de pasar por la entrada del palacio cuando un caballero mayor de edad con el aspecto duro se puso enfrente de él, con su doblete lleno de las manchas y raspones del viajero. Temiendo que esto fuera un acto de venganza por parte de los Paton, James puso su mano sobre su espada, y luego se dio cuenta que la persona no era una que hubiera visto entre los seguidores de los Rievaulx.

—¿Le puedo ayudar, señor? —Preguntó, decidiendo intentarlo primero con buenos modales.

—¿Señor Lacey?

—Así es.

—Mi nombre es Silas Porter, soy el padre de Milly.

James dejó que su mano cayera de la espada para inclinarle la cabeza al soldado de manera militar.

—Señor. Me da mucho gusto conocerlo.

Silas respondió con el mismo gesto.

—¿Me permite caminar con usted? Lamento no poder entrar al palacio, hace muchos años que ya no me reciben ahí.

No era difícil anticipar el tema que Silas quería tratar; James supuso que necesitarían privacidad para su discusión.

—Caminemos por la ribera.

Los llevó al exterior del complejo de edificios reales hasta llegar al camino que llegaba hasta la aldea de Chelsea.

Por aquí las tierras campestres eran más visibles, había más árboles que casas, y alcanzaban a ver cómo el Támesis daba vuelta hacia el corazón de Inglaterra, con un molino blanco al lado y su rueda dando vueltas que iba al paso del río. Tres barcos iban a paso de las corrientes, con cortesanos en ropa brillante encima, como abejas que iban camino hacia el panal de la corte y su reina.

—Su hombre quiere casarse con mi niña —dijo Silas sin preámbulo.

James suspiró. ¿Acaso el encuentro terminaría como el que había tenido con Christopher Turner?

—Ya me enteré.

—¿Y cómo ve usted el partido? Sé que mi niña está determinada pero temo por ambos.

Las palabras de Silas eran justas. La unión atraería mucha atención maliciosa.

—Diego es un buen hombre y un buen amigo. Ambos se merecen toda la felicidad.

Frustrado por la posición en que se encontraba, Silas frotó su palma con el puño de la otra mano.

—Pero, ¿cómo podemos asegurar su seguridad? Hasta ahora he hecho mi trabajo muy mal, pero tendré que oponerme si me parece que se está condenando a toda una vida de miseria.

—En este caso, la miseria vendrá por parte de terceros, porque los dos se complementan bien, y creo con toda sinceridad que podrán hacerse felices. Muchos entran al matrimonio sin tales esperanzas.

Pensándolo por un momento, Silas quitó una rama de su camino con una patada.

—Lo sé, pero los hombres son crueles. A veces no basta con dos.

James buscaba los argumentos adecuados para convencer al padre. Y luego la respuesta le llegó.

—Pero, señor Porter, está usted equivocado: no solamente son dos.

—¿Qué? ¡Está esperando un hijo! —Tartamudeó Silas, llegando a una conclusión completamente equivocada—. Si es así, ¡castraré a su hombre!

James tuvo que tragarse una carcajada.

—Maldita sea mi lengua tonta, ¡no! No tengo facilidad para esta clase de pláticas, señor, perdóneme. Soy soldado, mas no poeta, pero incluso un hombre duro como yo sabe que su hija es virtuosa.

—*Mmm*, más vale. Perdóneme, tengo la costumbre de llegar prematuramente a mis conclusiones. —Silas sonrió, arrepentido—. Guardaré silencio. Vamos a ver qué hacemos de esto dos guerreros torpes.

Sin necesidad de palabras, los dos se detuvieron por acuerdo mutuo en un pequeño muelle y se sentaron sobre un barco volcado. Lo extraño era que a pesar de la diferencia de edades, James se sentía en armonía con el otro, sabiendo que tenían muchas cosas en común, entre ellas, el carácter impulsivo.

—Le pido perdón por haberle causado un momento de alarma. A lo que me refiero, señor, es que su hija cuenta con amigos que la protegerán, al igual que mi hombre. Ya le dije a Diego que si Londres resulta difícil para ellos, siempre tendrán un hogar en el Salón Lacey. Y si no espero demasiado, también serán bienvenidos en mi hogar cuando me case con mi señora.

El interés de Silas se despertó.

—¿Oh? ¿Y qué señora recibiría con gusto a un matrimonio como el de mi hija?

—La señora Jane, la viuda marquesa de Rievaulx.

Silas soltó una carcajada y se dio un golpe en el muslo.

—¡Excelente, por Dios! Así que usted ha llegado para reclamar a la dama, y a liberarla de los líos que la envolvían. Le deseo mucha felicidad, esa muchacha también es una joya.

Su halago sincero inspiró confianza en James.

—Y yo soy el canalla afortunado que piensa tenerla.

Llegó una brisa que empujó el agua contra los postes del muelle, recordando a James que aún le faltaba mucho por hacer ese día, pero no tenía el corazón para cortar al padre de Milly.

Silas rascó su barbilla por un momento, pensando en las opciones.

—¿Y dónde radicarán?

James agitó la cabeza.

—Hasta ahora no sé. Mi señora sirve a la reina y es posible que desée continuar. Yo tengo que buscar mi propio camino, y la corte ofrece las mejores oportunidades para un hombre de mi situación.

Silas gruñó.

—Sí, segundo hijo; conozco esa situación. Pero la vida en la corte es buena. Y mi Milly es muy buena para los negocios. No me gustaría pensar que podría perder su sueño tan sólo porque los londinenses dejen de utilizar sus servicios por motivos de prejuicios. Si cuenta con la protección de usted, y de su señora, no creo que los plebeyos la desprecien.

James no había dado la importancia que se merecía al asunto, pero en ese momento se dio cuenta de que Silas tenía la razón. No tenía caso que Milly y Diego huyeran al Salón Lacey, siendo que sus habilidades eran apreciadas por la nobleza y la aristocracia. Si pensaba ver mejorar las fortunas de su sirviente, la corte era el mejor lugar para hacerlo.

—Entonces, ¿no está en contra del partido por principio?

—¿A qué padre le gusta ver que su hija se vaya con otro hombre? —Silas negó con la cabeza ante su propio egoísmo—. Pero no, Diego siempre me simpatizó, aunque jamás lo consideré como un posible futuro yerno. Soy un hombre de mundo y mi perspectiva no es tan cerrada. Lo único que me sigue preocupando es que su fe no es muy ortodoxa que digamos. Hace pocos años, eso hubiera terminado en la hoguera.

Personalmente, James pensaba que Diego era irremediable en cuestiones de doctrina, pero siendo que él mismo también tenía sus dudas, eso no le causaba consternación. Su esperanza era que ambos se beneficiarían de la influencia de sus esposas más ortodoxas.

—Afortunadamente, bajo esta reina, vivimos en tiempos más felices. Las creencias de Diego son las de su niñez, mezcladas con lo que aprendió entre nosotros, nada que provoque la misma reacción que ser católico.

James había dicho las palabras en forma de broma pero Silas hizo un gesto. Su propia traición había tenido sus raíces en su apego a la fe de su niñez; desde entonces había aprendido, como los demás, a guardar silencio e ir por el lado de la paz.

—Si usted le brinda su apoyo tanto en esto como en lo demás, entonces me quedo tranquilo.

Con el gusto de ver que le había servido a su compañero fiel en un asunto de tanta importancia, James extendió la mano y tomó la de Silas para finalizar el acuerdo.

—Muy bien. Le doy mi palabra. Ahora, ¿usted regresará conmigo después de que termine con un pendiente para avisarles a los novios? Ambos están en la casa de Durham con la señora Jane.

—Claro, con gusto. ¿Pero qué pendiente tiene que atender?

—Tengo que convencer a un francés que no le conviene casarse con mi señora.

—Caray, me gustaría ver eso. ¿Necesita algún apoyo?

—Claro que sí. Necesitaré quién me hable con razón si pierdo la calma.

Silas se rió.

—Entonces no soy el indicado, hijo, pero le prometo sostener el abrigo si desea golpearlo.

Después de preguntar dentro de Whitehall, James no tardó en descubrir que Montfleury se alojaba en la calle Cruz Roja en la posada del señor Mann, uno de los dueños de las casas elegantes que atendían las necesidades de los que no cabían dentro de la corte. Acompañado por Silas, llegó al exterior de un edificio enorme de tres pisos en el corazón de la ciudad. Era la hora de la cena y tenía esperanzas de encontrar al francés en casa. El propietario le confirmó que Montfleury se encontraba, pero parecía sin ganas de darles el acceso.

—Tiene compañía, señores —dijo Mann de manera evasiva—. No le gusta que le interrumpan cuando tiene compañía.

James sacó una moneda de su bolsillo.

—Le aseguro, señor, que le encantará recibirnos a nosotros.

El dinero se desapareció de la vista a una velocidad impresionante.

—Entonces, señores, síganme, por favor. ¿Los anuncio?

Silas tomó la espalda de la chaqueta del propietario.

—No, en estos casos es mejor sorprenderlos.

El propietario los consideró por un momento, viendo que ambos eran capaces e inconfundiblemente soldados.

—No van a derramar sangre bajo mi techo, ¿o sí? No quiero mucho al francés, pero mi casa sí es decente.

James quitó a Mann de su camino con un empujón antes de que pudiera cambiar de opinión y negarles el paso.

—No tema: nuestra misión es pacífica.

—¡Pero no lo dejen descuartizado! —dijo el propietario antes de desaparecer.

James se detuvo fuera de la habitación de Montfleury. Adentro, alcanzaba a escuchar varias voces masculinas, todos hablando en francés rápido, interrumpidas en momentos por carcajadas.

Silas lo empujó.

—¿Qué espera?

Era cierto que la situación no se haría más sencilla, con o sin testigos. James puso su mano en la manija y entró.

Como lo habían anticipado, estaban interrumpiendo la cena, sin embargo lo que no habían previsto era la naturaleza de la compañía. Montfleury estaba acostado como un dios griego del vino sobre una pila de cojines rojos y morados, vestido solamente en camisa y calzas; sus dos compañeros masculinos portaban un atenuado similar, a excepción de uno de ellos que llevaba el adorno de una muchacha con poca ropa sentada sobre sus piernas. Todos levantaron la vista, sorprendidos al ver a los intrusos en su festín.

James miró a Montfleury con desdén.

—¿Así es como el novio se prepara para su boda, mientras su prometida está en cama? La profundidad de su preocupación por su bienestar me toca el corazón.

Ya recuperado de la sorpresa de hacía unos momentos, el francés alzó los hombros y su copa a los recién llegados.

—En nada le puedo servir a la dama, entonces me divierto. No es un pecado. —Le sonrió a su compañero, un hombre atractivo.

James no estaba tan seguro.

—Más precisamente: lo correcto es que *no le sirve*. Como esposo, no sería más que un estorbo para la dama —y ella también para usted— entonces vengo a liberarlo de esa carga. Vengo a decirle que me voy a casar con la señora Jane. Usted puede elegir entre retirar su demanda sin mayor escándalo, o pelear conmigo por ella.

Montfleury resopló con desprecio.

—Por los dioses, los ingleses son tan divertidos, llegando como un pequeño perro *buldog* para ladrar fuera de mi puerta. No hace falta pelear con usted, tengo el permiso de la familia, la aprobación de la reina, ¿acaso me hará falta algo más?

James también sonrió de una manera calculadora y se sirvió un puño de uvas de una canasta sobre el aparador.

—La dama. Se le olvidó lo más indispensable. Ese es el problema con esta alianza, que la dama no le sirve a usted, ni usted a ella. No tiene caso insistir, siendo que se quedará parado en el altar, rechazado ante toda la concurrencia. En eso no encontrará ningún honor para su casa.

A empujones, Silas hizo a un lado al compañero de Montfleury para tomar su lugar sobre el cojín.

—Abróchate los botones, muchacho —dijo bruscamente—. Tanta carne pálida a la hora de cenar me da asco.

Confundido por los modales poco refinados del viejo soldado, el muchacho se fue a la cama como un cangrejo retirándose debajo de una piedra. La prostituta se rió y a Silas le ofreció un plato con unos panes dulces.

Montfleury se enderezó, alejándose de Silas que hacía lo posible por estorbarle mientras llenaba su plato.

—Es usted muy ingenuo, señor. El matrimonio no se trata de la dama.

—¿Un matrimonio? ¿Qué no se trata de una dama? ¡Pero qué lío! —comentó Silas, cerrándole un ojo a la muchacha.

—*Pas du tout*, el matrimonio entre la nobleza es asunto comercial. Es un asunto de negocios. —Montfleury lanzó un gesto hacia Silas.

James se introdujo en el espacio al otro lado de Montfleury.

—Entonces, si los términos de tal negocio se pudieran cambiar para que usted se beneficie tanto, si no es que más, abandonando el compromiso, ¿sería posible persuadirlo?

—*Bien sûr*, ¿pero cómo sería posible? Estos asuntos siempre se arreglan con un enlace de matrimonio; ¿de qué otra manera confiar en la palabra de un inglés?

James sonrió, porque por fin le quedaba clara la salida.

—Lo primero es que tiene que entender que se formarán carámbanos en el infierno antes de que permita que usted se lleve a Jane. Ella es mía. —La expresión de Montfleury mostró disposición para discutir este último argumento, pero James continuó con determinación—. Si usted considera favorable mi matrimonio con Jane, entonces haré todo lo que me queda en las manos para adelantar sus intereses comerciales en Inglaterra. Además de los bienes de mi esposa, mi hermano el conde de Dorset tiene lana para comerciar y sería un socio de valor para usted en la importación de vinos franceses al sur de Inglaterra, cerca de la corte, un negocio bastante más lucrativo que el reino del norte controlado por su amigo Wetherby. Mi hermano es cercano amigo del señor Burghley y su hijo, consecuentemente a través de él tendrá usted una conexión con la reina.

A James le alentaba ver que Montfleury estaba considerando sus palabras con seriedad, reemplazando su aspecto de hombre-de-placeres por el de hombre-de-negocios.

—Sin el afán de presumir en exceso a mis propias influencias —continuó James, abriendo aún más la distancia que había logrado con sus otros argumentos—, tengo una buena relación con Ralegh y acabo de volver de un viaje a América donde algunas oportunidades para los inversionistas están a punto de realizarse. Si usted cuenta con la amistad de la señora Jane y mía, entonces tendría una alianza con la gente más poderosa de la nación, mucho mejor de la que tendría si se conformara solamente con el apoyo del conde de Wetherby.

Aún sin estar convencido por completo, Montfleury jugó con las semillas en la orilla de su plato, moviéndolas con la punta de su dedo como unas piezas en un juego de mesa.

James se sirvió una copa de vino.

—¿Usted se da cuenta de que Jane tiene la libertad de tomar decisiones sobre su fortuna con total independencia de su padre? Su esposo anterior lo garantizó. Ahora que estoy yo aquí, su oposición a este compromiso de matrimonio se ha fortalecido, y con mi apoyo ya no estará dispuesta a doblegarse ante su hostigamiento. Si es necesario, incluso estamos dispuestos a desafiar a la reina y abandonar el país, pero eso sería una lástima para todos los interesados, ya que nos llevaríamos su fortuna. Vea la realidad, Montfleury. Suceda lo que suceda, la va a perder. ¿Por qué no rescatar lo que pueda rescatar? Si usted sigue mis consejos, puede seguir adelante con el estilo de vida que guste, sin la carga de una esposa; usted será exitoso en sus negocios y volverá a casa triunfador.

Montfleury sacudió las migajas de su cena de sus dedos.
—Está bien.
—¿Está bien qué?
—Me convenció. —Su mirada se clavó de manera provocativa sobre el rostro de James—. No me interesa la muchacha, y a usted sí, eso queda claro. Romperemos el compromiso al mismo tiempo para que ninguno de los interesados pueda acusar al otro de una violación de compromiso.
—Es válido lo que usted dice. A mí no se me había ocurrido.

Montfleury le sonrió con condescendencia a James, sin ocultar en su expresión la admiración que sentía por su valor y la atracción por sus encantos.

—Usted tiene asegurada mi amistad, *monsieur* Lacey.

Silas puso fin a sus intentos de conquista, dándole un ligero golpe en las costillas con su codo.

—Basta con eso, hombre; está a punto de casarse y no comparte sus gustos extraños.

Montfleury alzó los hombros de manera filosófica.

—Siempre vale la pena el intento. Siempre hay los que sí los comparten, a pesar de ocultarlo. —Entonces, se puso a contemplar a Silas, haciendo sonrojar a este hombre que normalmente no se sorprendía ante nada.

—¡Por Dios, hombre! ¡Yo tampoco! —Silas se puso de pie con un salto, jalando su collar.

El francés alzó su copa a ambos.

—Me imaginaba, ambos son tan conservadores y propios, pero me tendrán que perdonar esta pequeña burla. *Eh bien*, llamaré a mi abogado para concluir el papeleo.

James miró por la ventana las calles que se estaban oscureciendo.

—Debo volver con Jane. Podemos esperar a mañana.

—No será necesario. No tardaremos porque se aquí encuentra.

El tercero entre la compañía de Montfleury, quien hasta ahora había guardado silencio, quitó a la muchacha de sus piernas y se puso de pie para hacer una torpe reverencia a los visitantes, a pesar de la desventaja de no contar con calzas. Fue apenas en ese momento que descubrieron que estaba sentado sobre las togas de satén negro de un abogado.

Silas y James cambiaron una mirada y se rindieron ante la risa que les provocaba. Monfleury los acompañó, y también el licenciado, aunque a regañadientes.

—Me permito presentarles el señor Wriothesley. Vengan, cerremos el asunto de una vez. Cantinero, más vino para mis invitados —gritó Montfleury, golpeando el piso con una jarra de peltre—. Tenemos un compromiso roto que celebrar.

veintitrés

La casa de Durham

Milly no podía creer su suerte. Su padre había llegado con James a la casa de Durham, ya decidido a que aceptaría su unión con Diego. Ella había esperado muchos meses más de discusiones y peticiones; en lugar de eso, le había dado un beso de cariño, tomado la mano de Diego y preguntado qué era lo que esperaban. La dejó sin palabras, lo cual era algo muy raro para ella.

—¿Cuánto piensa pedir por su hija? —Preguntaba Diego con toda seriedad mientras Jane y James se retiraron al fondo de la habitación para darles privacidad para sus negociaciones.

Silas gruñó.

—¡Otra vez con eso, muchacho! Está todo mal, soy yo quien tengo que darle una dote para acompañarla.

—Pero sería un honor para ella que yo le presentara la misma cantidad de monedas para muchas vacas.

—Y me niego. Pienso quedar en doscientas libras para cerrar el trato.

Milly cerró los puños sobre sus caderas y a ambos les lanzó una mirada intensa.

—¿Se han dado cuenta de que estoy aquí?

—Recuperó la voz —observó Silas dirigiéndose a Diego.

—Sí, yo tampoco esperaba que ese milagro durara mucho tiempo.

—Usted —dijo Milly, dándole a su padre en el pecho con su dedo índice, no cuenta con recursos suficientes para olvidarse de sus ahorros de tal manera, pero si desea invertirlos en mi negocio, adelante. Y tú —ahora el pecho de Diego recibió el toque duro de su dedo—, necesitarás esas monedas para armar tu escuela de esgrima, además de comprarte un caballo decente para aparentar ser verdaderamente un buen maestro de caballería.

Silas volteó a ver a Diego con un nuevo interés.

—¿Piensas enseñarles las destrezas de la espada y de la silla a los caballeros de la corte?

—Es uno de mis planes —confesó Diego—. Mi señor está a favor.

Silas sonrió.

—Entonces creo que sé en qué invertir la dote de Milly. Me parece más apropiado invertir en una empresa como la tuya que en sus tejones extravagantes. —Extendió la mano—. ¿Me aceptarás como socio, muchacho?

Diego tomó su mano y se sonrió.

—Sí, señor.

—Entonces cuando me liberen del ejército, me parece que mis propias destrezas te servirán. Necesitarás un maestro de espada del viejo estilo, además de esas tonterías extravagantes del estoque italiano y la daga que tanto te gustan.

—Es cierto.

Silas rascó su mejilla.

—Hay un lugar en Southwark que podrá ser adecuado, está cerca de la corte pero fuera de los límites de la ciudad.

Ya de pie, Milly les dio un golpe a ambos para llamarles la atención.

—Antes de que empiecen a alquilar salas de esgrima, ¿podemos resolver el pequeño detalle de «mi boda»?

Diego la jaló para sentarla sobre sus piernas y le dio un beso.

—Basta, muchacho —dijo Silas, entrecerrando sus ojos—, todavía no están casados.

—Entonces hagamos los juramentos esta misma noche y casémonos en cuanto se lleven a cabo las amonestaciones —sugirió Diego—. En mi aldea no tenía caso esperar, una vez que el padre estuviera de acuerdo con el precio.

Milly se sonrojó.

—¿Esta noche? ¿Tan pronto?

—Sí, ¿para qué esperar?

Silas asintió con la cabeza y se levantó de la mesa.

—Milady, señor Lacey, nuestros tortolitos quieren intercambiar promesas. ¿Usted funge como testigo, señora Jane? ¿Y usted, señor Lacey, acepta conducir la ceremonia?

James se acercó con su brazo entrelazado con el de Jane.

—Será un placer para ambos.

Diego tomó la mano de Milly y la puso de pie. Se pararon frente a frente delante de la fogata, con James entre los dos, y Jane y Silas detrás de Milly para darle su apoyo.

James tomó la mano derecha de cada uno.

—No conozco las palabras que se tienen que decir para tal ocasión, mucho menos las más finas, entonces vamos por

lo más básico. ¿Diego, juras que amarás a esta mujer durante toda la vida, que la protegerás y la respetarás y que le serás fiel?
—Lo juro.

Los ojos de Milly se llenaron de lágrimas al ver cómo la miraba desde su altura.

—Millicent Porter, ¿jura usted que amará a este vagabundo indigno, Diego, durante el resto de su vida, protegerlo del mal hasta donde pueda, y serle fiel?

—¡Sí, claro que sí!

James se sonrió ampliamente ante su entusiasmo y unió las manos de los dos, envolviéndolas en las suyas y presionando.

—Entonces, Dios bendiga a los dos. Felicidades, Diego, y buena suerte, señora Milly.

Diego se lanzó sobre su novia de juramento y la besó. Cuando por fin se separaron, Milly frunció el ceño.

—¿Qué te pasa, corazón? —Preguntó Diego.

—No tienes apellido. ¿Cómo me tendré que llamar?

Él se rió y le dio un beso en su frente arrugada.

—Ay, las tonterías que tanto preocupan a ustedes los ingleses.

Silas dio un paso hacia adelante y a Diego le dio un golpe en el hombro.

—Mira, yo te adopto, muchacho. Así, Milly, tú seguirás siendo Porter; él simplemente será parte de la familia.

—Muy sencillo —asintió Jane—. Y ni siquiera será necesario cambiar las iniciales de tus pañuelos.

James envolvió a Jane en sus brazos y la dobló un poco hacia atrás para verle los ojos.

—Pero tú, mi amor, ¿aceptarías cambiar el bordado en los tuyos para que diga JL?

Jane asintió tímidamente con la cabeza.

—Si la reina está dispuesta.

Todos sabían que era difícil anticipar los caprichos de la reina, y que no le gustaba que sus damas de compañía se casaran, entonces todavía no tenían nada asegurado.

—¿Y si se niega? ¿Qué pensarías de convertirte en colonizadora e irte a Roanoke con los demás colonos de Ralegh?

Milly imaginaba que en una nueva colonia Jane sería igual de útil como una capa de armiño en un lugar tropical, y parecía que Jane compartía su opinión de sus propias habilidades con el hecho de mostrar poco entusiasmo ante la propuesta de James.

—Quiero estar contigo sin importar el costo —confesó, con unas arrugas en la frente—, pero sinceramente espero que no llegue a eso.

James besó sus manos.

—Yo también.

Diego le dio una palmada en la espalda.

—Sea sincero, señor: no está nada opuesto a la idea. De hecho, le encantaría ver que su señora adoptara las costumbres de los lugareños, incluso su estilo de vestirse.

Ahora a James le tocaba poner una expresión de incomodidad.

—Diego, guarda silencio.

Y a pesar de que, más tarde durante esa misma noche, Milly trató de obligar a Diego a revelar a qué se había referido con ese comentario, él insistió en guardar silencio sobre cuáles eran las costumbres a las que se había referido, prefiriendo distraerla con un beso.

El palacio de Whitehall

Durante su semana de recuperación, Jane había encontrado el tiempo para reflexionar y leer las cartas de James una y otra vez, cada una de ellas era un bálsamo para las lesiones de su corazón. Ahora, había llegado el momento para tomar el control. Para fortalecerse, tenía en sus manos la garantía escrita del amor de James; con ese respaldo, ¿de qué manera darse por vencida? Gracias a James, Montfleury había aceptado disolver el compromiso sin que ninguno de los dos se quedara con la culpa; Jonas se había asegurado de que Jane no tuviera que depender económicamente de su padre, y por eso no había necesidad de temer a su padre ni a su hermano, siempre y cuando se casara antes de que encontraran el tiempo para actuar en su contra. Había llegado a este punto con la ayuda de los hombres, sin embargo, el mando de Inglaterra estaba en manos de una mujer y la decisión sobre el futuro de Jane se decidiría dentro del entorno femenino; solamente la aprobación de la reina le aclararía el camino a seguir. El bendito de James, en su afán por ser su campeón, no comprendía esto; él continuaba hablando durante largas horas con su hermano mayor sobre la posibilidad de obtener el acuerdo para la alianza en base a las consideraciones dinásticas y otras perspectivas masculinas. Pero Ellie y Milly sí entendían: ellas también sabían que aquí se necesitaría un toque femenino; que sería necesario acercarse a la reina como mujer tanto como monarca, lo cual no era asunto sencillo. Sin mencionarles sus planes arriesgados a los hermanos Lacey, Jane se preparó para su maniobra con la ayuda de sus amigas, antes de embarcarse en su visita a las habitaciones reales.

Sabiendo que su majestad no soportaba que sus damas de compañía sacaran provecho de su posición, Jane jamás había utilizado su nombramiento tan cercano con la persona de la soberana para alcanzar sus propios intereses. El día de hoy sería la excepción.

La señora Parry salió de la habitación principal para elegir las joyas que portaría la reina durante su primera cita del día. Torciendo el anillo Rievaulx para darle suerte, Jane se introdujo rápidamente a la habitación principal y en la puerta hizo una reverencia. Elizabeth, sentada junto a la ventana con dos asistentes que estaban ocupadas con los toques finales a su tocado, levantó la vista. Bajo la luz brillante, su piel pálida parecía casi transparente, como si fuera un fantasma que ocupaba las insignias de la reina.

—Señora Rievaulx. Me da gusto verla recuperada. Acérquese.

Jane dio cinco pasos más hacia la reina, volvió a hacer una reverencia por costumbre, y cerró la distancia hasta estar arrodillada en los pies de Elizabeth.

—¿Se encuentra bien?

—Sí, gracias, majestad.

Se percibía un fuerte olor a flores. La soberana valoraba mucho la limpieza, se bañaba frecuentemente y utilizaba solamente los perfumes más finos. Sobre una mesa a su lado derecho estaban los cosméticos que la reina utilizaba para blanquear su piel al tono espectral del que era afecta. La palidez hacía un fuerte contraste con su peluca de chinos pelirrojos entrelazados con mechas de oro y plata. Aún a distancia, Elizabeth era una figura imponente; de cerca, era difícil ignorar la telaraña de arrugas sobre su piel y las señales de la edad que permanecían sobre su cuello que con el tiempo se estaba haciendo más flaco. Aunque ya no fuera una belleza, seguía siendo Gloriana. Jane admiraba la determinación de su señora para mantener a su imagen; todas las damas entendían que de ella dependía la fortaleza del dominio que Elizabeth ejercía sobre los hombres caprichosos de la corte, y a través de ellos, sobre el país. Era el secreto y el privilegio de las damas asegurar que jamás se viera menos que deslumbrante.

—Faltó a su ceremonia de bodas —dijo la reina con la sugerencia de una sonrisa—. Veo que está inconsolable.

—Resultó una demora afortunada, majestad, ya que nos dio a mi señor Montfleury y a mí la oportunidad de reflexionar. —El corazón de Jane latía como si hubiera subido corriendo varias escaleras y peleaba por controlar el temblor nervioso de sus manos.

Elizabeth movió su dedo como invitación para seguir adelante con la explicación.

Jane carraspeó.

—Después de la caprichosa prisa con la que entramos en el compromiso, nos dimos cuenta que no haríamos buen partido. Nos hemos separado bajo buenos términos.

La reina hizo una seña para que la señora Parry se acercara con su carga de anillos y collares.

—Está será la segunda vez que rompe usted un compromiso, señora Rievaulx. No me gusta que mis damas ensucien sus reputaciones con juegos de alcoba de este estilo. El matrimonio deberá proceder.

—No hubo ningún juego de alcoba, *madame*, simplemente fue un malentendido por parte de un padre preocupado.

Elizabeth levantó un diamante para examinarlo bajo la luz.

—Pero para una mujer, las apariencias son lo primordial.

—Comparto su opinión en ese aspecto, majestad. Y por lo mismo estoy de acuerdo que es mejor que no permanezca soltera durante mucho tiempo. Quisiera estar fuera del alcance de los reproches.

Elizabeth dejó caer el diamante nuevamente a su cofre.

—Señora Rievaulx, no soy ninguna tonta. Usted viene a pedir algo.

Jane temía marearse a causa del riesgo aterrador que estaba a punto de tomar. Si bien la reina le pedía hablar francamente, eran raras las veces que le agradaban cuando alguien lo cumplía.

—Mi primer deseo es servir a su majestad —empezó Jane.

Elizabeth inclinó la cabeza para darle reconocimiento a la obediencia.

—Pero también deseo casarme con James Lacey, el hermano del conde de Dorset.

La reina frunció el ceño, intentando recordar el rostro de uno de tantos caballeros que llenaban los pasillos del palacio.

—Hace poco regresó de América —agregó Jane.

—Ah, sí, Ralegh ha hablado bien de él. Sería un partido de primera para él, ¿no es así? La fortuna de usted es impresionante.

—Pero él se merece algo mejor. Me parece que sería un sirviente fiel para su majestad. No habrá mejor uso para mi fortuna que levantar a un hombre digno a su servicio.

La reina acariciaba un collar de perlas que tenían la fama de haber pertenecido alguna vez a la encarcelada reina María de Escocia. En este reinado, al final Elizabeth se adueñaba casi de todo, con excepción del amor y del matrimonio, los frutos dulces que no se atrevía a probar. ¿Pero sería capaz de permitirle tal felicidad a otra?

—Alguna vez tuvo usted un compromiso con su hermano.

—El conde y la condesa de Dorset son muy buenos amigos míos, majestad, y apoyan el enlace por completo.

—No lo dudo, o no se hubiera atrevido a hablar de ello, más bien se hubiera ido a casar a escondidas antes de pedir perdón como lo han hecho otras. Detesto tales engaños.

Jane ya lo sabía. La Torre estaba llena de huéspedes quienes habían ofendido a la reina de tal manera.

—No tengo ningún deseo de actuar a espaldas de Su Majestad. Le dirijo la palabra como su sirvienta fiel, pidiéndole concederme este deseo para que en el futuro le pueda servir de manera aún más fiel.

—¿Su pensamiento no es solicitarme su retiro de la corte? —Escogió un pasador de rubí del cofre y se lo pasó a la señora Parry—. En verdad no soporto tanto disturbio en mi casa.

Con humildad, Jane agitó la cabeza.

—No, señora. El matrimonio me daría la posibilidad de quedarme. Montfleury había pensado sacarme de aquí, entonces me atrevo a esperar que usted vea este acuerdo como el más ventajoso.

El silencio de la reina era casi insoportable: su futuro estaba lleno de dudas mientras Elizabeth deslizaba sus dedos sobre las perlas perfectamente combinadas en el collar.

—¿Y su padre?

—Tengo esperanzas de convencerlo de que esta unión es beneficiosa para nosotros una vez que acepte la pérdida de Montfleury como su yerno. Me consuelo con el pensamiento de que una vez buscó aliarse con los Lacey.

La reina sonrió.

—Se defiende bien, marquesa. Jamás favorecí a su padre, su actitud hacia nuestro sexo es demasiado despectiva para mis gustos. Y en cuanto a nuestro francés, no la convenció como amante, ¿verdad?

La tensión que Jane sentía por dentro se tornó en alivio al sentir que la reina se estaba poniendo de su lado.

—No, *madame*, no creo que hubiera sido agradable para ninguno de los dos.

La reina chasqueó los dedos.

—El broche de diamante con perlas, Blanche. Este día me reuniré con el embajador veneciano y me lo dio como regalo el pasado año nuevo.

Jane permaneció de rodillas, esperando su juicio.

—Tenemos muchas exigencias sobre nuestro tiempo este día. Damas, requeriré de su atención en la cámara del consejo. —La reina se puso de pie para aceptar una manta fina de tela dorada.

—Señora Rievaulx, ¿por qué sigue usted ahí?

—¿Majestad?

—Me parece que de todas mis damas, es usted quien tiene menos tiempo para perder. No tan sólo requiero de su presencia en la reunión del consejo privado —por cierto, póngase el vestido de satén marfil, le queda muy bien— sino también tiene que organizar su boda, ¿o no es así? —Elizabeth salió a paso veloz, seguida por el portador de su cauda.

Blanche Parry se detuvo para colocar un beso sobre la coronilla de Jane.

—Bien hecho, niña. Ahora creo que se le puede permitir una hora para ir a darle las buenas noticias a su joven.

La casa de Durham

Jane encontró a James encerrado en su habitación con Will, Silas Porter y Diego. Lo más sorprendente era la presencia además de Christopher Turner. Había llegado a escuchar los rumores de una reconciliación pero aún no lo había visto con sus hermanos legítimos. Por un momento se quedó fuera de la puerta, escuchando su conversación. Los hombres estaban sentados alrededor de una mesa planeando su estrategia para acercarse a la reina; incluso estaban consultando con el actor sobre la posibilidad de presentar una obra de teatro o secuencia de sonetos para ablandarle el corazón.

Cielos, en verdad se les estaban agotando las ideas si James se veía obligado a recurrir a la poesía, pensó Jane. Sin embargo, le daba mucho gusto ver que el medio hermano también se integraba poco a poco al círculo familiar. Nada como una crisis para unir a una familia.

La condesa y la costurera estaban dejando que los hombres siguieran con lo suyo, disfrutando de su comadreo al lado de la fogata. Una vez entrando a la habitación, no había necesidad de decirles a Ellie y Milly de sus noticias, ya que su rostro lo hacía por ella. Las dos mujeres dejaron sus bordados a un lado y se dirigieron con sus hombres.

—Ven, querido, tengo unas compras que hacer —la condesa informó a su esposo.

La expresión de Will era de alarma.

—Ellie, mi amor —rogó como si fuera un hombre pidiendo perdón por una condena de muerte—, ¿no será mejor que Jane te acompañe? Ya sabes que no sirvo para decirte si algo se ve bien o no.

Ellie le jaló el codo con firmeza.

—No te irá tan mal, vamos a gastar todo nuestro dinero con Milly. Diego puede prestarte el apoyo moral para que sobrevivas. Señor Porter, señor Turner, me parece que todos nos hemos vuelto *de trop*, es decir, que no le hacemos falta a James por el momento.

Turner fue el primero en entender la sugerencia. Vio a Jane, luego puso un beso sobre los nudillos de la condesa con un halago que le provocó bastantes celos a Will. El conde se acercó para liberar la mano de su esposa.

—Dirían algunos que yo siempre soy *de trop*, señora —dijo Turner—. Pero mi voluntad además de la de su esposo está a sus órdenes por el día de hoy.

Ellie miró a su esposo sonriendo con los ojos, entendiendo muy bien la broma que Turner le quería hacer a su hermano mayor.

—Vengan, caballeros. Vamos a retirarnos.

La expresión de James se llenó de confusión al ver que estaba a punto de perder a todos sus aliados.

—Will, Kit, Diego, señor Porter, ¡existen asuntos pendientes más importantes que la ropa! —protestó.

—No, no existen —respondió Milly bruscamente, sacando a su padre y a Diego de la habitación a empujones—. Pregúntele a Jane. —Cerró la puerta.

—¿Y a qué se debía todo eso? —dijo James, volteando a ver a Jane donde lo esperaba junto a la fogata—. ¿A qué se refería?

Con ganas de disfrutar el conocimiento que era suyo por un momento, Jane aprovechó su consternación.

—Tenemos que hablar de tu ropa.

Él se rascó la cabeza.

—¿Pero por qué? No me interesan mientras cumplan con su tarea de evitar que me moje o me enfríe.

—Tu ropa para la boda —continuó Jane—. Me parece que lucirías muy bien de azul.

James creía que por fin la había entendido. Con una sonrisa, agitó la cabeza.

—Ay, amor, lo que más me encantaría sería arreglarme para ti, pero no podemos vender la leche antes de ordeñar la vaca.

Jane dio un paso hacia él y tomó sus dos manos y las suyas.

—Ay, amor —dijo como eco—, la vaca ya fue ordeñada y la leche espera en sus cubetas.

—Pero… ¿cómo? —La expresión de James, llena de confusión, era graciosa.

—Hoy hablé con mi señora, diciéndole que hay un pobre vagabundo entre los caballeros de la corte que necesitaba casarse con urgencia, conmigo. Ella entendió que sería beneficioso para el reinado, entonces aceptó.

—¿Qué? ¿La reina aceptó?

—Sí, siempre y cuando no pierda mis servicios, y le juré que no los perderá, entonces lamento decirte que no me podré ir a América.

Radiante por la felicidad, James liberó sus manos para tomar la cara de Jane para darle un beso profundo.

—Señora Jane, usted obra milagros.

Ella jaló su doblete negro, lleno de parches.

—¿Entonces?

—¿Entonces, qué? —Dijo, con confusión.

—¿Vas a cambiar esto por uno azul?

Riéndose, la apretó contra su pecho.

—Oh, sí. Pero en la iglesia de Stoke-by-Lacey, si no te molesta. Quisiera casarme contigo en familia.

Jane rozó sus labios sobre su corazón.

—Excelente. Es que conozco a una costurera muy buena con una tienda maravillosa que nos recibiría con gusto.

James se rió.

—Diabla mercenaria, lo único que te interesa es cuidar tu inversión. Después. Nos vamos después. Por ahora, quiero pasar el mayor tiempo posible admirando a mi futura esposa. Ven, muchacha, bésame.

—¡Muchacha! —Dijo Jane, fingiendo ofensa—. Soy una dama de compañía.

—Quizá. Pero primero que nada eres mi dama y te reclamo para mí.

La marquesa, intriga en la corte, de Eve Edwards
se terminó de imprimir y encuadernar en septiembre de 2012
en Quad/Graphics Querétaro, S. A. de C.V.
lote 37, fraccionamiento Agro-Industrial La Cruz
Villa del Marqués QT-76240